KEEP ON

DREAMING

KIRA MINTTU

KEEP ON DREAMING

ROMAN

ink rebels

Impressum

Texte: © 2016 by Kira Minttu
Redaktion: INK REBELS
Lektorat: Franziska Fischer
Korrektorat: Tatjana Weichel
Umschlaggestaltung: Julia Dibbern
Verlag: Kira Minttu c/o INK REBELS
Mozartstraße 19 80336 München
www.ink-rebels.de

Herstellung und Vertrieb der Lizenzausgabe:
Amrûn Verlag Jürgen Eglseer
www.amrun-verlag.de
ISBN 978-3-95869-278-7

Die Deutsche Nationalbibliothek verzeichnet diese Publikation in der Deutschen Nationalbibliografie; detaillierte bibliografische Daten sind im Internet über http://dnb.d-nb.de abrufbar

1 16

FUER NATHALIE UND LIAM

EINS

»Sie hatte gar nichts an? Wie meinst du das, sie hatte gar nichts an? Gar nichts?«

Sehr gut. Ich habe Julis volle Aufmerksamkeit. Blöd nur, dass wir gerade in der Mathestunde bei Herrn Lorenz sitzen und uns eigentlich mit seinen Ausführungen zur Integralrechnung befassen sollen. Ich verfluche mich selbst, aber es hilft nichts. Wenn meine beste Freundin Julika eine Frage zweimal hintereinander wiederholt, komm ich aus der Nummer nicht eher wieder raus, bis alle Fragezeichen beantwortet sind.

»Nein«, flüstere ich und schenke unserem Mathelehrer gleichzeitig ein aufmerksames Nicken, »gar nichts. Sie trug nur noch Schuhe, nachdem sie diesen peinlichen Pelzmantel von sich geworfen hatte. Um ein Haar hätte sie mir mein ganzes Interview versaut.«

Juli kichert in einer Mischung aus Faszination und hysterischer Begeisterung. »Mann, warum hab ich das verpasst? Ich wäre zusammengebrochen vor Lachen!«

Möglichst unauffällig schüttele ich den Kopf. »Du hättest nur genauso bescheuert geguckt wie alle anderen, abgesehen natürlich von ihrer komischen Freundin im durchsichtigen Oberteil.« Ich beuge mich zu ihr. »Und weißt du, was sie dann gemacht hat? Sie ist direkt auf ihn los und hat sich auf seinen Schoß gesetzt. Mitten im Interview! So, als sei ich gar nicht da!«

Herr Lorenz steht mit dem Rücken zu uns an der Tafel, und ich mustere seine Aufzeichnungen, während ich an meinem Stift herumkaue. Was diese dämliche Ziege sich dabei gedacht hat. Wochenlang arbeite ich auf ein Interview mit Go Ahead hin, eine der angesagtesten Bands aus Großbritannien, und dann kommen diese beiden Groupies rein und vermasseln beinahe alles!

»Und was hat sie dann gemacht?«, raunt Juli mir aufgeregt zu. »Und was hast du gemacht?«

»Ich weiß nicht, was Ihre Freundin gemacht hat, aber ich weiß, was Sie beide heute Nachmittag tun werden, wenn diese Privatgespräche nicht bald ein Ende haben!« Herr Lorenz wirft uns über die Köpfe unserer Mitschüler hinweg einen finsteren Blick zu, bevor er sich wieder zur Tafel dreht. »Also, nehmen wir einmal an, Sie haben die folgende Funktion ...«

»Ja, ja, ja«, murmelt Juli und angelt seufzend nach einem Stift.

Als die Stunde endlich zu Ende ist, packen wir alles zusammen, drängeln uns zur Tür auf den Gang zwischen den Klassenzimmern hinaus und laufen durch das von Stimmen und Geschrei widerhallende Treppenhaus zur Mensa hinunter.

»Wer braucht eigentlich Mathe?«, mault Juli, während wir in der Schlange vor der Essensausgabe stehen. Ich stelle Saft und einen Teller Salat auf mein Tablett und lasse sie jammern. Juli gehört zu den beneidenswerten Menschen, für die Mathe einfach logisch ist. Sie löst jede Aufgabe, noch bevor es mir überhaupt gelungen ist, das Ding in seine Einzelteile zu zerlegen. Und dabei guckt sie angeödet. Ihr einziges Problem ist, dass sie sich in den Stunden von Herrn Lorenz zu Tode langweilt – mein Mitgefühl für sie hält sich entsprechend in überschaubaren Grenzen.

»Jetzt erzähl«, fordert sie mich schließlich auf, nachdem wir noch nach zwei Brownies gegriffen haben, »wie hast du reagiert? Das Interview war gelaufen, oder?«

Schulterzuckend krame ich nach meinem Portemonnaie. »Na ja, was sollte ich machen? Ich saß blöde rum, mit dem Aufnahmegerät in der Hand und einem nackten Hintern direkt vor meiner Nase.«

Die Frau an der Kasse starrt mich an.

Es klingt lässig, gestern allerdings habe ich mich nicht so gefühlt. *Listen Up!*, mein Musikblog, läuft jetzt seit über einem Jahr, und es passiert mir häufiger, dass Musiker sich mehr aufs Angraben verlegen, statt meine Fragen zu beantworten. Trotzdem war es ziemlich ernüchternd, mal wieder deutlich vor Augen geführt zu kriegen, was die in mir sehen.

Wir balancieren unsere Tabletts zu einem freien Tisch und setzen uns einander gegenüber. Juli stützt die Ellbogen links und rechts von ihrem Teller auf. Sie ist ziemlich klein und muss sehr gerade sitzen, damit ihr das gelingt.

»Vielleicht hätte ich mir auch das Shirt runterreißen sollen. Dann hätten die sich bestimmt wieder auf meine Fragen konzentriert«, brumme ich mit vollem Mund.

»Garantiert.« Achtlos klemmt Juli sich eine glatte Strähne ihrer schulterlangen Haare hinters Ohr. »Also, auf jeden Fall hätten sie sich wieder auf dich konzentriert.«

Im nächsten Moment hebt sie winkend die Hand. Ein paar Jungs sind reingekommen, und mittendrin hat sie Levin entdeckt. Das ist leicht, denn Levin ist ziemlich groß, und seine Haare sind sogar noch heller als Julis.

»Hi, Katinka«, begrüßt er mich, lässt sich neben Juli fallen und zieht sie in seine Arme. Augenrollend wende ich mich ab. Ja, Juli und Levin sind erst seit wenigen Wochen zusammen, und ja, verliebt sein ist was Feines, aber ich muss mir trotzdem nicht in Großaufnahme ansehen, wie sie quasi miteinander verschmelzen. Wo bleibt Jako eigentlich? Die Mensa ist noch nicht sehr voll, aber er ist nirgendwo zu sehen.

»Ich hol mir was Süßes«, informiere ich unnützerweise das ineinander verschlungene Pärchen gegenüber und rutsche von der Bank.

Als ich wiederkomme, sind sie Gott sei Dank fertig.

»Juli hat gerade erzählt, du bist dem Sänger von Go Ahead nackt auf den Schoß gehüpft.« Levin grinst mich an. »Wie genau hast du das eigentlich gemacht?«

Ich lächele süß. »Levin, extra für dich, damit du so was einmal im Leben auch zu sehen kriegst!«

Juli lacht, als ich mir meine Lederjacke über die Schultern hänge, nur um sie mit einer hoffentlich einigermaßen eleganten Wellenbewegung wieder runterrutschen zu lassen. Dann drehe ich mich schwungvoll um und starre Jako ins Gesicht, der mit einer Flasche Wasser in der Hand vor mir steht und mich mit hochgezogenen Augenbrauen ansieht.

Jako ist ebenso groß wie Levin, aber deutlich durchtrainierter. Im Gegensatz zu seinem Freund hat er was übrig für Sport, während es Levin mit seiner Gitarre eher auf das nächste Sofa zieht.

»Verpasse ich gerade irgendwas?«, fragt er jetzt und setzt sich an unseren Tisch.

»Katinka übt für den nächsten Poledance-Wettbewerb«, erklärt Levin ernst.

»Idiot«, sage ich freundlich und setze mich zu Jako, um ihm die ganze Go Ahead-Geschichte auch noch mal zu erzählen. Er und Levin sind eine Jahrgangsstufe über uns. Eigentlich heißt Jako Jakob-Aldo, und es ist nicht so, dass er seinen Eltern dankbar dafür wäre, ihm die Namen seiner beiden Großväter verpasst zu haben. Alle, die ihn näher kennen, nennen ihn Jako, und seine Lehrer lassen gnädigerweise zumindest den Aldo weg.

Am Ende meines Berichts sieht er mich fragend an. »Hab ich das jetzt richtig verstanden – du denkst, Bandtypen könnten erwarten, dass du dir das Shirt runterreißt?«

»Nein, ich –«

»Ich kann dich beruhigen: Nur, weil ein Typ in einer Band spielt, erwartet er natürlich nicht, dass du dir das Shirt runterreißt. Er würde das auch erwarten, wenn er nicht in einer Band spielen würde.«

»So ist es«, mischt sich Levin ein, die Stirn in Jammerfalten gelegt. «Mein Leben besteht ja übrigens komplett aus unerfüllten Erwartungen.«

Juli verdreht die Augen und stößt ihn in die Seite.

Lachend sieht Jako wieder zu mir. »Was ist mit dem Interview morgen Abend? Mit Haggard, oder so ähnlich? Ich kann das doch übernehmen.«

»Hazard«, korrigiere ich. »Ach, klasse, Jako. Am Samstag steht ja schon das Interview mit Trouble an, und meine Mutter rastet aus, wenn ich morgen auch noch weg bin. Fotos brauchen wir keine, ihr Label hat welche geschickt. Kannst du nachher kurz mitkommen? Es gibt auch noch eine

Promo-CD. Und hast du vielleicht Zeit, dich in den nächsten Tagen um ein paar Rezensionen zu kümmern?«

»Aber nicht über Fallen Angels, zu denen will ich was schreiben«, schaltet Juli sich ein.

Rasch gehen wir noch die Alben durch, für die Besprechungen fehlen, bevor Juli zum Abschied in Levins Armen versinkt und wir in unsere Klassen zurückkehren.

Ich kann mich noch gut an die Anfangszeit von *Listen Up!* erinnern. Damals formulierte ich Rezensionen, die den Mitarbeitern der Plattenlabels vermutlich Tränen der Rührung in die Augen trieben. Inzwischen mache ich den Blog längst nicht mehr alleine, und wir werden mit Neuerscheinungen beinahe schon überflutet, aber obwohl wir uns wirklich alle Mühe geben, schaffen wir es oft nur gerade so, überall zumindest mal reinzuhören.

Nach der Schule warte ich am Haupteingang auf Jako. Schon seit einigen Minuten beobachte ich ein Mädchen aus den unteren Jahrgangsstufen, das sich jetzt nervös nähert. Das Kinn nach vorne geschoben, die Lippen ein bisschen zusammengekniffen – diesen Gesichtsausdruck kenne ich, und ich ahne, was jetzt kommt. Noch bevor sie mich erreicht hat, überzieht ein deutlicher Rotton ihr Gesicht.

»Du kennst doch Jako, oder?« Sie schießt einen unwilligen Seitenblick auf ihre Freundinnen ab, die kichernd ein paar Meter von uns entfernt stehen.

»Ja, warum?«

»Könntest du ihm das geben, bitte?« Ihre Hand öffnet sich, und ein zusammengefalteter, verschwitzter Zettel taucht auf.

»Warum gibst du's ihm nicht selbst? Er muss jeden Moment hier sein.«

»Ach, echt?« Unwillkürlich sieht sie sich um. »Nein, besser nicht ...«

Sobald ich ihr das Briefchen abgenommen habe, eilt sie erleichtert zu den anderen Mädchen zurück, und immer noch vor sich hingackernd verzieht sich die Gruppe. Belustigt sehe ich ihnen hinterher.

Sie sind noch nicht ganz verschwunden, da stößt Jako die schwere Tür zum Schulgebäude auf. Ich halte ihm den Zettel entgegen. »Von deinem Fan-Club.«

Er steckt das Papierchen ein, ohne es zu lesen. »Wollen wir?«

Gerade habe ich die Hazard-CD rausgesucht, da kommt meine Mutter nach Hause. »Katinka!«, ruft sie, kaum dass sich die Haustür hinter ihr geschlossen hat. »Ich habe dir schon hundert Mal gesagt, räum dein Zeug aus dem Flur! Entweder schaffst du den Kram in dein Zimmer, oder ich werfe ihn eines Tages in den Mülleimer!«

Ihre Stimme nähert sich, während sie die Treppe nach oben steigt. Ohne anzuklopfen reißt sie die Tür zu meinem Zimmer auf und schaltet übergangslos in ihren für Gäste reservierten Tonfall, als sie Jako entdeckt. »Bitte räum das weg, Katinka. Hallo, Jako. Wollt ihr was trinken?«

»Nein, danke.« Jako sitzt auf dem Stuhl vor meinem Schreibtisch, die Hände locker in den Taschen seiner Jeans, und lächelt meine Mutter an. »Ich bleib sowieso nicht lange.«

Mit einem Nicken zieht meine Mutter die Tür zu.

»Warte mal eben.« Seufzend drücke ich Jako die CD in die Hand und laufe hinter meiner Mutter her. Meine Güte, das bisschen Schulzeug.

Mit Rucksack und Jacke eile ich wieder nach oben. Jako sieht sich gerade das Booklet an, schiebt das dünne Heftchen dann zurück ins Case und bückt sich, um die CD in die Umhängetasche zu seinen Füßen gleiten zu lassen. Seine dunklen Haare fallen ihm ins Gesicht, und er streicht sie sich aus den Augen, während er sich wiederaufrichtet.

»Was ist mit Sonntag? Schaffst du's um neun? Dann wären wir am See, bevor der größte Trubel losgeht.«

»Ja, klar.«

Ich beuge mich über ihn, um den Rechner anzuschalten, und Jako lehnt sich zurück.

»Was machst du?«

»Gucken, wie das Wetter am Sonntag wird.«

»Schön.«

»Und wenn nicht?«

»Vergessen wir die Radtour und unternehmen was anderes.« Beim Aufstehen schwingt er sich seine Tasche über die Schulter. »Aber es wird schön. Bis morgen!«

»Ruf an, wie's mit Hazard gelaufen ist!« Sein nachlässiges Winken lässt sich als Zustimmung deuten.

Etwas später habe ich die Hausaufgaben erledigt und sehe meine Mails genauer durch. Es ist einiges von verschiedenen Plattenlabeln dabei, Anfragen für Interviews, neue Alben, die demnächst erscheinen werden. An einem Cover bleibe ich hängen – wer hat das denn verbrochen? Keep on Dreaming. Nie gehört. Sieht aus wie selbstgezeichnet und zwar nicht besonders gut. Irgendein Tier, aber was für eins?

»Abendessen!« Die Stimme meiner Mutter schallt durch die Wohnung, und kopfschüttelnd schalte ich den Rechner in den Ruhemodus. Hoffentlich hat die Band für dieses grafische Desaster nicht auch noch bezahlt.

Ich trete im gleichen Moment in den Flur, in dem mein Bruder Tom die Tür gegenüber öffnet. Er ist vierzehn, zwei Jahre jünger als ich, aber es reicht ein schneller Blick, dann rennen wir los und stürzen, uns einander gegenseitig am Shirt zurückzerrend, die Treppe zum Esszimmer hinunter.

»Erster!« Tom lässt sich auf seinen Stuhl fallen. »Was gibt's?«

»Was zu essen.« Meine Mutter stellt Gläser und eine Schüssel mit Salat auf den Tisch. Sie trägt noch immer Bluse und Rock und sieht ein bisschen gestresst aus. »Katinka, im Ofen steht der Auflauf, bringst du den bitte mit?«

Ich schwenke ab in die Küche. Lecker, Kartoffelauflauf. Schade, dass meine Mutter nicht jeden Tag früh genug nach Hause kommt, um noch Zeit fürs Abendessen zu finden. Sie arbeitet beim Stadtjugendamt, und an drei Tagen in der Woche wird es ziemlich spät. Tom und ich haben uns darüber mal beklagt, woraufhin sie meinte, das Geld müsse ja von irgendwoher kommen, und außerdem seien wir alt genug, uns selbst was zu kochen. Wir beklagen uns also nicht mehr und schmieren uns Brote.

Samstagmorgen läuft absolut nichts so, wie ich mir das vorgestellt habe. Noch vor dem Aufstehen liege ich mir mit meiner Mutter in den Haaren, die darauf besteht, dass ich mit ihr und Tom zum Geburtstagsfrühstück von Oma Janice gehe. Ich liebe Oma Janice wirklich. Sie ist die Mutter meines Vaters, der allerdings beinahe immer eine Ausrede findet, um an den Geburtstagsessen nicht teilnehmen zu müssen. Er hasst größere Menschenmengen, und wenn meine reisefreudige Oma Geburtstag hat, strömen aus allen Himmelsrichtungen Freundinnen herbei. Ursprünglich lebte sie in Großbritannien, aber seit sechzehn Jahren wohnt sie im Frankfurter Nordend, seit meiner Geburt, um genau zu sein, als sie sich entschloss, kein einziges Jahr ihrer Enkelin zu verpassen. Sie ist die netteste Oma der Welt, und garantiert würde sie verstehen, dass ich erstens gerade immer noch hundemüde bin und zweitens vor dem Interview mit Trouble heute Abend ein Referat vorbereiten muss.

Meine Mutter allerdings zeigt keinen Funken Verständnis.

»Katinka, seit wann weißt du jetzt, dass am Montag dieses Referat ansteht? Seit gestern? Oder vielleicht doch schon seit zwei Wochen? Hättest du dir einen Zeitplan gemacht, könntest du bereits damit fertig sein. Jedenfalls ist seit Monaten klar, dass heute Oma Janice' Geburtstagsfrühstück ist, denn zufällig findet dieses Frühstück jedes Jahr am ersten Samstag nach ihrem Geburtstag statt. Also steh jetzt endlich auf und zieh dir etwas an!«

Stöhnend rolle ich aus dem Bett. Ich habe mir einen Zeitplan gemacht, und der sah vor, dass ich heute Vormittag den ganzen Kram zusammenschreibe. Ich will morgen bei der Radtour mit Jako nicht die ganze Zeit an dieses blöde Referat denken müssen. Kurz überlege ich, ob ich meine Unterlagen einfach zum Geburtstag mitnehmen soll, verwerfe den Gedanken allerdings wieder, als mir der dazu passende genervte Gesichtsausdruck meiner Mutter einfällt.

Beim Zähneputzen plane ich den Tag neu durch: erst das Geburtstagsfrühstück, dann zwei, drei Stunden für das Referat, danach das Interview für heute Abend vorbereiten, und im Anschluss daran direkt mit Juli zum Konzert. Wir gehen meistens zu zweit, einer führt das Interview, der andere schießt Fotos. Und danach hat man jemanden zum Quatschen.

Mit der Bürste zerre ich an den verknoteten Kopfkissenlocken herum, gebe schließlich auf und wickele die Haare zu einem Knoten zusammen.

Leider wird aus dem Geburtstagsfrühstück zunächst einmal fast schon ein Geburtstagsmittagessen. Bis wir uns durch den Frankfurter Innenstadtverkehr gedrängelt haben, platzt die Wohnung von Oma Janice unter dem Ansturm ihrer Freundinnen bereits aus allen Nähten. Es dauert ewig, bis sie zumindest einen Teil der Geschenke ausgepackt hat und alle kleinen Ansprachen endlich gehalten sind. Ich schiele so oft auf die Uhr in meinem Handy, dass ich mir schon ärgerliche Blicke von meiner Mutter einfange, bevor ich den Versuch starte, die Feier zu verlassen. Vorsichtig drücke ich mich zwischen dem Sofa und dem niedrigen Kaffeetisch entlang, der unter Tellern mit Speck, Rührei und halben Grapefruits beinahe verschwindet, und versuche dabei, auf nicht mehr Füße als unbedingt nötig zu treten. Meine Mutter greift nach meiner Hand und zieht mich zu sich runter. »Verabschiede dich wenigstens«, flüstert sie, und ich verdrehe die Augen.

»Natürlich! Was denkst du denn von mir?«

Oma Janice steht im engen Hausflur und unterhält sich mit einer älteren Dame in einem himmelblauen Kleid, das stark an ein plüschiges Nachthemd erinnert. Als sie mich neben der Garderobe stehen sieht, berührt sie noch einmal kurz den Arm ihrer Freundin und kommt dann auf mich zu.

»Katinka, *dear*, musst du etwa schon gehen? Wir hatten noch gar keine Zeit, uns in Ruhe zu unterhalten.«

Ich folge ihr ergeben in die Küche, wo sie frischen Kaffee in die Thermoskanne füllt und einen neuen aufsetzt.

»Wie geht es dir also, *dear*? Was macht die Schule? Und wie geht's deinem Blog?«

Gleich zwei wunde Punkte. Meine Hand zuckt nach dem Handy.

»Hast du es eilig?«

Vermutlich kann nur meine Oma diese Frage mit genau dem Lächeln stellen, das es einem ermöglicht, geradewegs mit der Wahrheit herauszurücken. Hätte meine Mutter dieselbe Frage gestellt, wäre bei ihrem Tonfall die Raumtemperatur um mehrere Grad abgesackt. Oma Janice dagegen sieht sogar nach meiner Erklärung noch genauso heiter aus wie vorher. »Warum sagst du das denn nicht schon früher, Katinka?«, fragt sie. »Sieh zu, dass du loskommst. Schau doch die Tage mal vorbei und erzähl mir, was es Neues bei dir gibt.«

Dankbar umarme ich sie und lasse mich danach von ihr zur Küchentür hinausschieben.

»Dann muss ich heute eben meinen zweiten Enkel mit Fragen nach der Schule beglücken«, erklärt sie fröhlich.

Zu Hause wuchte ich einen Stapel Bücher und loser Zettel auf meinen Schreibtisch. Eins steht fest: Es wird mir nicht mehr gelingen, sowohl das Interview als auch das Referat noch vorzubereiten. Aber wenn ich das Referat am Montag nicht halbwegs gut hinbekomme, ist mir eine miese Note im Zeugnis beinahe sicher. Heute Abend dagegen kann ich bestimmt improvisieren – ich werde einfach eher allgemeine Fragen stellen, dann bekommt garantiert niemand mit, dass ich über die aktuellen Aktivitäten der Band nicht wirklich informiert bin. Hoffe ich jedenfalls. Bisher habe ich nicht mal richtig in die Musik von Trouble reingehört und hätte auf die Interviewanfrage ihres Plattenlabels gar nicht eingehen sollen. Diese Woche war ohnehin so viel los. Aber es war einer der Deals, die ich eingehen musste, um Go Ahead zu kriegen.

Knappe drei Stunden lang bastele ich am Thema *Deutschland im 19. Jahrhundert* herum und bin einigermaßen zufrieden mit dem Ergebnis, als ich die ausgearbeiteten Notizen in meinen Rucksack stopfe und mich auf den Bauch werfe, um einen meiner Chucks unter dem Bett hervorzuangeln.

Irgendwann zwischendurch hat meine Mutter ins Zimmer gesehen, sich aber mit Vorwürfen wegen meines vorzeitigen Verschwindens bei Oma Janice zurückgehalten. Das dürfte der einzige Vorteil sein, wenn man quasi unter Schulbüchern begraben sitzt: Keiner wagt es zu stören.

»Ich bin weg!«

»Wann bist du wieder da?«

Meine Mutter sieht von den Unterlagen auf, die vor ihr auf dem Esszimmertisch ausgebreitet liegen, und ich beeile mich vorbeizuhuschen, bevor sie mir doch noch einen Vortrag halten kann.

»Weiß ich nicht. Wird sicher spät.«

Sie taucht im Türrahmen auf, ehe die Haustür hinter mir ins Schloss fällt. »Hast du deine Schlüssel? Und dein Handy?«

»Ja, klar!«

Ich drehe mich auf dem Absatz herum, um ihr zuzuwinken, und hetze dann im Laufschritt zur U-Bahn. In nicht einmal zwanzig Minuten bin ich mit Juli vor dem *Nachtleben* verabredet. Während ich die Treppen zum Bahnsteig runterspringe, strömt mir ein Luftzug entgegen, und ich fluche vor mich hin, noch bevor ich das typische Geräusch der anfahrenden Bahn vernehmen kann. Verdammt! Ich bin viel zu spät dran.

Juli steht am Eingang des Clubs vor den Tourplakaten und sieht trotz der SMS, die ich ihr unterwegs noch geschrieben habe, nervös aus. »Wo bleibst du denn?«

»Das Referat am Montag«, entschuldige ich mich und ziehe sie hastig mit mir, »und ich musste auch noch beim Geburtstag meiner Oma vorbeischauen. Sorry, hat alles viel länger gedauert, als ich gedacht habe.«

In der Schlange vor dem Ticketschalter warten wir gefühlte Stunden, während ein Typ uns auf der Gästeliste sucht. *»Listen Up!, Listen Up!«*, murmelt er vor sich hin und muss das komplette Ding ganze zwei Mal durchgehen, bis er endlich zufrieden brummend auf eine Zeile tippt.

Drinnen sehe ich mich nach allen Seiten um. Das *Nachtleben* ist nicht groß, aber es ist so voll, dass es schwer werden wird, Ella zu finden, die Tourmanagerin, an die wir uns wegen des Interviews wenden müssen.

Juli mustert ihren Backstageausweis. »Woher kommt die Band noch mal?«

»Aus Cambridge, glaube ich. Oder auch aus Norwich, ich weiß es nicht mehr genau. Siehst du Ella irgendwo?«

Ella spart sich jede herzliche Begrüßung, nachdem wir uns endlich zu ihr durchgefragt haben. »Na endlich! Ihr seid fast eine Viertelstunde zu spät, wisst ihr das? Braucht ihr einen Dolmetscher?«

Sie schiebt die Leute vor sich zur Seite und wirft mir dabei über die Schulter hinweg einen fragenden Blick zu. Irritiert schüttele ich den Kopf. Das ist nicht das erste Interview mit einer von Ellas Bands, wie kommt sie auf die Idee, mein Englisch könne dafür nicht ausreichen?

»Dann kommt mit. Ihr habt nur noch etwa zwanzig Minuten.«

Sie eilt voraus, Juli und ich traben hinterher.

»Wieso fragt sie nach einem Dolmetscher?«, rätselt Juli misstrauisch und folgt Ella und mir in einen fensterlosen Raum, in dem es sich die Bandmitglieder von Trouble auf abgewetzten Sofas gemütlich gemacht haben. Ella weist mit einer Handbewegung in die Runde: »Sie stehen zu deiner Verfügung. Viel Spaß!« Im nächsten Moment ist sie verschwunden.

Einer der Typen erhebt sich mit einem Grinsen. »Hi«, sagt er und streckt mir seine Hand entgegen. »Je suis Marc. Comment t'appelles-tu?«

Gerade noch bin ich auf ihn zugegangen, jetzt aber bleibe ich so abrupt stehen, dass Juli mir gegen die Fersen tritt. Das darf doch nicht wahr sein. Cambridge oder Norwich? Wohl eher keins von beidem. Hektisch sehe ich zur Tür, durch die Ella zurück in die Halle gelaufen ist. Marc, der von meiner aufsteigenden Panik überhaupt nichts mitbekommt, nimmt meine erstarrte Hand und zeigt dabei auffordernd auf einen Sessel.

»Devons-nous commencer de faire l'interview?«

»Äh ...« Hilfesuchend drehe ich mich zu Juli um, die ihre Füße noch nie gesehen zu haben scheint. »Je m'appelle Katinka et ... äh ... où est Ella?«

»Ella?« Marc sieht mich überrascht an. »Pourquoi? Tu as oublié quelque chose?«

»Ich ... je ...«

Hinter Marc beginnt einer der Typen zu kichern, und mir wird warm.

»Je ne parle pas francais«, krächze ich, »also, nicht gut. Oder doch gar nicht. Un peu.«

»Katinka, halt einfach die Klappe«, raunt Juli dicht an meinem Ohr. »Komm raus hier.«

»Je suis ... pardon.«

Marcs Mundwinkel zucken, und er hebt die Schultern. »Pas de problème«, sagt er, während sich seine Bandkollegen vor Lachen nicht mehr einkriegen. Juli greift nach meinem Shirt und zieht mich zur Tür hinaus.

Minuten später laufen wir abermals hinter Ella her, nur, dass sie jetzt fuchsteufelswild ist.

»Wieso sagt ihr mir, ihr braucht keinen Dolmetscher, wenn ihr offenbar kein Wort Französisch sprecht?«, faucht sie. Ich stelle mir kurz vor, wie sie explodieren wird, wenn ich ihr gestehe, dass ich die Band mit ihren englischen Namensvettern verwechselt habe, und schweige schuldbewusst. Diesmal ist es Ella, die so plötzlich stehenbleibt, dass Juli und ich Mühe haben, sie nicht über den Haufen zu rennen.

»Bis ich Pete gefunden habe, ist die Zeit für das Interview schon fast rum, das macht überhaupt keinen Sinn mehr. Für heute war's das!«

»Entschuldige, Ella«, hebe ich an, doch sie winkt ab. »Verschon mich, Katinka. Nächstes Mal sag eben gleich, was Sache ist. Erst kommt ihr zu spät, und dann auch noch so was!«

Mit diesen Worten lässt sie uns stehen und verschwindet in der Menge. Ich atme aus. Dann greife ich nach Julis Hand und drängele mich zwischen den gaffenden Leuten hindurch zur Seite. Mit dem Rücken an der Wand rutsche ich zu Boden und ziehe die Knie an mich heran.

»Mann, war das peinlich«, spricht Juli aus, was ich denke, und hockt sich neben mich. »Hast du nicht gesagt, die kommen aus Norwich oder so?«

Das habe ich wohl gesagt. Was für ein bescheuerter Tag.

»Na das lief ja großartig.«

Ein Typ im schwarzen Shirt grinst auf uns runter, zwischen zwei Fingern hält er den Hals einer Bierflasche geklemmt. War der eben auch im Zimmer? Ich kann mich nicht an ihn erinnern.

»Verzieh dich einfach.« Das muss ich mir jetzt wirklich nicht antun, die Szene von eben mit irgendjemandem noch einmal durchzukauen.

»Na komm, so schlimm war's nicht.« Er nimmt einen langen Schluck aus seiner Flasche. »Französisch sprechen und Französisch können ist eben nicht das Gleiche.« Mit einer Hand stützt er sich auf meinem Knie ab, und ich bekomme seinen Bieratem in die Nase.

»Was bist du denn für ein Arsch?« Schon wieder schaltet Juli schneller und zerrt mich am Arm nach oben. Ich habe das Lachen des widerlichen Typen noch im Ohr, als wir endlich draußen sind.

ZWEI

Am Sonntagmorgen radele ich gemächlich hinter Jako her und fühle mich zum ersten Mal seit Tagen völlig entspannt. Die Sonne scheint bereits um diese frühe Uhrzeit warm auf uns hinunter, Vögel zwitschern, Blumen blühen, und alles ist geradezu perfekt – noch einen Hauch mehr, und der Tag könnte es, was den Kitschfaktor betrifft, mit weißen Porzellankätzchen aufnehmen. Tief atme ich die warme Luft ein und hänge meinen Gedanken nach. Ob ich wohl Ella anrufen und ihr statt des vermasselten Interviews demnächst mal einen Konzertbericht anbieten soll?

Jako dreht sich zu mir um. «Soll ich dich schieben?«

Ich strecke ihm die Zunge raus. »Ein Tandem wäre praktisch.«

»Ein Tandem?« Er lässt sich zurückfallen und fährt langsam neben mir her. »Vielleicht besser ein Kindersitz.«

Lachend stelle ich mich in die Pedale. »Oder eine Rikscha?« Dann gebe ich alles und bin mindestens zehn Sekunden lang ein gutes Stück vor ihm, bevor er mich wieder überholt. Und sich dabei auch noch ausrollen lässt. Pfff.

Erst als wir später auf einer Wiese eine Trinkpause einlegen, fragt Jako: »Und? Wie lief es gestern Abend?«

»Das willst du nicht wissen.« Seufzend lasse ich mich nach hinten ins Gras fallen. »Es war total und absolut komplett schrecklich.« Mit einer Hand schirme ich meine Augen vor der Sonne ab. »Ich dachte, wir haben ein Interview mit

Trouble aus Großbritannien, stattdessen warteten da Trouble aus Frankreich. Und das fiel mir erst auf, als ich quasi schon im Interview saß.« Kurz sehe ich vor mir, wie Juli und ich Hals über Kopf aus dem Raum gerannt sind, und Ellas Gesichtsausdruck fällt mir leider auch wieder ein. »Lass uns lieber über was Anderes reden.«

»Nicht wirklich tragisch.« Jako stupst mich an. »Gibt Schlimmeres. Immerhin hattest du Kleider an.«

Ich muss ein bisschen lachen und fühle mich besser.

Die Sonne steht bereits hoch am Himmel, als wir den Badesee erreichen. Wir nehmen uns kaum die Zeit, unsere Handtücher unter einem Baum auszubreiten, bevor wir uns ins Wasser stürzen. Ich schwimme soweit raus, bis ganz sicher keine Pflanzen mehr meine Beine berühren können, dann lasse ich mich treiben. Jako ist abgetaucht. Er schwimmt meistens bis zum letzten Floß, das im See vertäut ist.

Juli und ich haben früher immer so getan, als wären wir Seejungfrauen. In erster Linie bestand das Spiel darin, sich mit angehaltenem Atem vorzustellen, unter Wasser stünde ein Schloss und alle Fische seien unsere Freunde. Jako wollte nie mitmachen, auch nicht, als wir ihm anboten, er dürfe eine von uns im Spiel heiraten. Erst recht nicht, als wir ihm anboten, er dürfe eine von uns heiraten.

Lächelnd schwimme ich zum Ufer zurück.

Jako kommt genau rechtzeitig. Ich halte ihm die Sonnencreme hin und lege mich bäuchlings aufs Handtuch. Er verteilt die Creme über meinen Rücken, seine Hände sind noch kühl. Ein paar Wassertropfen fallen aus seinen Haaren in meinen Nacken, und ich erschauere.

Als er neben mir liegt, vergleiche ich heimlich seine gebräunte Haut mit meiner eigenen. Ungerecht. Jako sieht schon nach den ersten sonnigen Tagen immer so aus, als käme er gerade aus dem Urlaub, während ich über einen Sonnenbrand jammere. Und wenn der endlich überstanden ist, bin ich immer noch blass. Sehr ungerecht. Seufzend vergrabe ich den Kopf in meinen Armen. Gar nicht davon zu reden, dass Jako unter »sich eincremen« versteht, zu Beginn des Sommers ein paar Male nachlässig etwas Sonnencreme auf den Schultern zu verteilen.

»Habt ihr euch nach dem Interview noch das Konzert angeschaut?«

Träge drehe ich mich zu Jako um, der seinen Kopf in die Hand gestützt hat und auf mich runterguckt.

»Hätten wir vielleicht, wenn da nicht dieser ätzende Typ gewesen wäre.« In knappen Sätzen erzähle ich von dem Idioten im schwarzen Shirt. »Manchmal habe ich das Gefühl, jeder denkt, ich würde durch *Listen Up!* nur Musiker angraben wollen.«

Ich schließe die Augen. Blöde Anmachen wie die von gestern Abend passieren nicht gerade selten. Meistens gelingt es mir immerhin, zumindest nach außen darüber zu stehen. Juli hat mal versucht, die doofen Sprüche als eine Art Kompliment zu verkaufen, aber eigentlich bedeuten sie: Ich nehm dich null ernst. Und jedes Mal fühle ich mich so, als hätte mir jemand quer übers Gesicht geleckt. Ums mal deutlich auszudrücken.

Jako hat bisher noch nichts zu meinem Bericht gesagt, und ich werfe ihm einen Blick zu. Fast habe ich damit gerechnet, dass er eingeschlafen ist, doch er liegt neben mir auf der

Seite, den Kopf immer noch auf den Arm gestützt, und mustert mich finster.

»Was ist?«, frage ich irritiert. »Ist irgendwas?«

Einige Sekunden lang sieht er mich an, dann lässt er den Kopf sinken. »Ach, egal.«

Ich richte mich auf. »Was meinst du mit ›egal‹? Was ist egal? Wieso schaust du mich an, als hätte ich was falsch gemacht? Das ist doch wohl nicht meine Schuld, wenn jemand sich so aufführt!«

»Katinka, reg dich ab. Wann hab ich denn gesagt, das sei deine Schuld?« Jako rollt sich auf den Rücken und lächelt mich versöhnlich an, aber irgendwie hat sein Blick bei mir einen wunden Punkt berührt.

»Denkst du, es liegt an mir, dass so dämliche Sprüche kommen, oder wie? Was mach ich denn? Ich mach doch gar nichts! Ich komme in Jeans und T-Shirt, ich binde mir die Haare zusammen, ich trage die ältesten Turnschuhe der Welt! Was soll ich denn noch tun?«

Jako richtet sich jetzt ebenfalls auf. »Katinka, ich hab doch gar nichts in dieser Richtung gesagt! Wieso sollte ich dich für das miese Verhalten von irgendwelchen Typen verantwortlich machen wollen?« Er greift nach der Wasserflasche. »Ich denke allerdings, du kannst anziehen, was du willst, an so was kommst du nicht vorbei.«

Langsam sinke ich wieder auf mein Handtuch zurück. Warum motze ich jetzt ausgerechnet Jako an? Eine Weile beobachte ich eine Biene, die um eine Kleeblume herumsurrt. Über das Lachen und Rufen von Kindern hinweg kann ich ihr dunkles Brummen hören. Vielleicht sollte ich mich bei Jako entschuldigen.

»Hast du mal überlegt, mit dem Blog aufzuhören?«

»Was?« Ich fahre erneut hoch. »Was ist das denn jetzt für eine idiotische Idee?«

Ich fühle mich, als hätte mein bester Freund mich gerade im Stich gelassen, und irgendwie ist es ja auch ein bisschen so.

»*Listen Up!* war meine Idee! Ich hab das die ersten Wochen ganz allein durchgezogen! Das ist mein Ding, warum sollte ich aufhören, nur weil ich von lauter Idioten umgeben bin?« Mehrere Badegäste sehen zu uns rüber, und ich senke die Stimme. »Auf keinen Fall hör ich damit auf, verstehst du?« Wütend lasse ich mich auf den Rücken fallen.

Eine Gruppe kleiner Jungs hechtet ins Wasser, sie kreischen und toben, und je länger ich ihnen zuhöre, desto mehr sinkt mein Ärger in sich zusammen und wird durch banalen Frust ersetzt.

»Sorry, Katinka«, sagt Jako in diesem Moment. »Du hast ja Recht. Du redest nur so oft darüber, dass diese dämlichen Sprüche dich nerven, und ich denke immer ... warum lässt du es nicht einfach? Es zwingt dich doch keiner.«

»Aber mir macht das Spaß, verstehst du das nicht? Ich mag die Musik, ich find's spannend, mit den Bands darüber zu reden ... na ja, meistens jedenfalls. Ich steh auf Konzerte, ich schreibe gern – ich liebe diesen Blog.«

»Weiß ich doch.« Er kommt auf die Füße, sein Schatten fällt über meine Beine. »Es war auch nur so ein Gedanke. Nur eine Idee.«

Ich sehe ihm nach, als er zum See läuft. Jako hat sich entschuldigt, es gibt keinen Grund mehr, gekränkt zu sein. Blöd nur, dass ich immer noch gekränkt bin. Versteht er überhaupt, worum es mir geht? Wie kann er allen Ernstes vorschlagen, *Listen Up!* zu knicken? Er hätte einfach mit mir über diesen Typen von gestern lästern sollen.

Die innere Stimme, die gehässig feststellt, dass ich bereits mehr als einmal selbst darüber nachgedacht habe, ob es das alles wert ist, verbanne ich in die hinterste Ecke.

DREI

Als ich am nächsten Tag von der Schule nach Hause komme, hat sich meine Laune erheblich gebessert. Nicht nur, dass ich das Thema »Referat« vorerst mal wieder abhaken kann, der Vortrag ist auch noch ziemlich gut gelaufen. Ob nun meine Geschichtslehrerin oder ich einen besonders guten Tag hatte, sei mal dahingestellt.

Im Briefkasten liegt Post, fühlt sich nach einer CD an. Noch auf der Treppe zu meinem Zimmer packe ich sie aus. Moment, dieses peinliche Cover kenne ich doch. Ein Tier mit rot leuchtenden Augen, um was genau es sich handelt, lässt sich nur erahnen. Ein Wolf? Ein Löwe? Eine Kuh? Zähne hat es jedenfalls, ziemlich viele sogar. Vermutlich keine Kuh.

Quer darüber der stachelige Schriftzug *Keep on Dreaming*. In Rot. Es sieht ein bisschen so aus, als pikse das »R« aus »Dreaming« dem Tier ins Auge. Lieber Himmel, das hätte sogar Tom besser hingekriegt. Gleichgültig lege ich das Ding auf den Schreibtisch.

Später klopft es an die Tür. »Katinka?« Tom steckt seinen Kopf herein. »Du sollst runterkommen und den Tisch decken.«

Unwillig verdrehe ich die Augen. Immer ich.

Im Esszimmer lege ich gerade Messer und Gabeln neben die Teller, als meine Mutter mit zwei Schüsseln hereinkommt. »Du deckst den Tisch? Hat Tom dich bequatscht?

Der sollte das nämlich eigentlich übernehmen.« Sie stellt alles ab und verschwindet noch einmal in der Küche.

Das ist doch mal wieder typisch! Eine Sekunde lang spiele ich mit dem Gedanken, Toms Teller zurück in den Schrank zu stellen, dann setze ich mich an meinen Platz. Es wird sich schon eine Gelegenheit ergeben, ihm das heimzuzahlen.

Es gibt Gemüsereis mit Kokosmilch, und Tom ist ziemlich lange damit beschäftigt, die Pilze auszusortieren, was meine Mutter zunehmend genervt beobachtet.

»Was haltet ihr davon, am Wochenende mal wieder was zu unternehmen?« Sie gibt noch einen ordentlichen Schwung Gemüse auf ihren Teller. »Wir haben lange nichts mehr zusammen gemacht.«

Tom zieht verstohlen die Augenbrauen in die Höhe. »Kann ich nicht.« Er stopft sich eine Riesenportion Reis in den Mund und nuschelt hinterher: »Ich geh direkt nach der Schule zu Andy und bleib dort bis Sonntag. Wir müssen echt viel lernen und so.«

Meine Mutter betrachtet Tom skeptisch. Ihr Misstrauen ist berechtigt, schließlich weiß jeder hier am Tisch, mein Bruder eingeschlossen, dass er und seine Freunde sehr viel stärker den Drang verspüren, Computergames durchzuspielen, statt sich mit Schulkram abzugeben. Zum Glück für ihn gilt in unserer Familie das ungeschriebene Gesetz, dass jeder im Großen und Ganzen tun und lassen kann, was er will, so lange es sich nicht in den Noten niederschlägt. Na ja, und in irgendeiner Form illegal sollte es vermutlich auch nicht sein.

»Und du, Katinka?«, wendet sich meine Mutter an mich, und an ihrem vorwurfsvollen Unterton lässt sich heraushören, dass sie bei mir noch weniger Hoffnungen hat.

»Schon verplant.« Ich beuge mich über meinen Teller. »Samstag will ich mit Juli weg, und Sonntag hab ich ein Interview. Und diesen Donnerstag übrigens auch.«

»Findest du nicht, dass du in den letzten Monaten ein bisschen viel Zeit in diesen Online-Blog investierst?«

Ich spare mir eine Antwort. Für meine Mutter ist *Listen Up!* immer nur »dieser Online-Blog«, und das wird sich vermutlich auch nie ändern.

Sie wartet noch einige Sekunden, greift dann nach den Schüsseln und steht auf. »Gut«, erklärt sie beleidigt, »muss ja auch nicht sein.«

Wir hören, wie sie in der Küche mit einem Ruck die Spülmaschine aufreißt. Tom kratzt mit der Gabel über den Teller und begegnet meinem Blick mit einem Schulterzucken. »Kann ich doch nichts dafür, dass sie nix auf dem Programm hat«, sagt er leise.

»Denkt daran, dass ihr übernächstes Wochenende bei eurem Vater seid!«, ruft meine Mutter über das klappernde Geschirr hinweg.

»Na, was für eine Freude«, murmelt Tom und verzieht sich in sein Zimmer.

Meine Mutter hat schon kurz hereingeschaut, um mir eine Gute Nacht zu wünschen, und ich liege zurechtgekuschelt im Bett, als ich noch einmal mit Juli telefoniere.

»Sei doch froh«, sagt sie. »Immerhin hat deine Mutter Lust, mal was mit euch zu unternehmen.«

Ich weiß, Juli nimmt es ihren Eltern übel, dass die so gut wie nie zu Hause sind. Im Moment wäre ich allerdings lieber überwiegend auf mich gestellt, statt mich schlecht zu fühlen, weil ich so oft unterwegs bin. Meine Mutter würde ihre wenige freie Zeit gerne häufiger mit uns verbringen, aber Tom und ich sind für gemeinsame Zoobesuche oder Wanderausflüge mittlerweile einfach nicht mehr zu begeistern.

»Sie sollte sich mal wieder einen Freund zulegen. Dann müsste sie nicht immer auf uns hoffen.«

»Bleibst du am Samstag bei mir?«, fragt Juli. »Wir könnten Sonntagvormittag noch schwimmen gehen.«

Die vorwurfsvolle Missbilligung, die meine Mutter immer umweht, wenn ich am Abend zuvor spät nach Hause gekommen bin, fällt mir ein. Und nicht mal Tom wird da sein.

»Gute Idee.«

Am liebsten würde ich mich auch gleich noch für das übernächste Wochenende mit Juli verabreden. Auf den Besuch bei meinem Vater habe ich nämlich überhaupt keine Lust. Zu behaupten, dass er nie so recht weiß, was er eigentlich mit uns anfangen soll, wäre untertrieben. Er meint es gut, aber Kindern überfordern ihn. Auch seine eigenen. Natürlich mag er uns, und ich weiß nicht, wie viel Zeit seines Lebens er damit verbracht hat, die Dinge so zu planen, dass wir Spaß haben – Urlaube, Wochenenden und so weiter. Aber dass er diese Zeiten auch mit uns verbringen musste, war für ihn immer anstrengend. Als ich noch klein war, haben mich die Väter immer sehr beeindruckt, die mit meinen Freundinnen nicht nur ins Schwimmbad gingen, sondern sogar mit ihnen schwammen. Mein Vater saß in einem mitgebrachten Klappstuhl, las ein Buch und erwartete von Tom und mir, dass wir uns irgendwie ohne ihn beschäftigen.

Ich bin schon eingeschlafen, da klingelt das Handy erneut. Im Dämmerzustand taste ich danach. »Ja?«

»Katinka?« Jako. »Hör dir das mal an!«

Übergangslos dröhnt mir scheppernd ein Gitarrensolo ins Ohr, und ich halte das Telefon von mir weg. »Wer is'n das? Muss ich das wirklich um ... um Viertel nach eins wissen?«

»Keep on Dreaming. Sind die nicht hammergeil?«

»Das sind die mit der Kuh, oder?«, seufze ich und lasse mich wieder ins Kissen zurücksinken.

»Welche Kuh?«, fragt Jako verwirrt.

»Egal.« Mir fallen die Augen zu. »Ich hör morgen mal rein.«

Mit Jakos Worten im Ohr lasse ich am nächsten Morgen beim Anziehen Keep on Dreaming laufen und greife bereits während des ersten Songs nach dem Booklet. Leider fällt es sparsam aus. Keine Fotos, keine Lyrics. Nur die Namen der Bandmitglieder, ihr Plattenlabel und das übliche Kleingedruckte. Immerhin lässt sich herauslesen, dass sie aus Edinburgh kommen und in der klassischen Fünferbesetzung spielen: Sänger, zwei Gitarren, Bass, Schlagzeug.

Die obligatorische Ballade kommt gleich an zweiter Stelle, und es passiert mir wirklich selten, aber obwohl ich eben noch das Bedürfnis hatte, durch mein Zimmer zu tanzen, sitze ich jetzt mit Gänsehaut am Schreibtisch. Dieser Sänger hat eine unglaubliche Stimme!

Jemand klopft an die Tür, und unmittelbar darauf steht meine Mutter auf der Schwelle. »Katinka! Was machst du denn? Du musst jetzt los, und du hast weder gefrühstückt, noch bist du angezogen!«

Ich sehe an mir hinunter. T-Shirt. Socken. Keine Hose. Okay, angezogen sieht anders aus. Ein Blick auf die Uhr verdeutlicht, dass meine Mutter nicht übertrieben hat. Hastig fahre ich in eine Jeans, wuschele die langen Haare zum »Keine Zeit zum Kämmen«-Knoten und schlüpfe in meine Turnschuhe. Im Vorbeigehen schnappe ich mir meinen Rucksack und rase die Treppen hinunter.

»Katinka«, ruft mir meine Mutter hinterher, »nimm wenigstens eine Banane mit!«

Die Haustür fällt zu, und ich trabe los. Eine Banane. Nee, ist klar. Sollte ich jemals auf offener Straße Bananen essen, ist mir ein Fell gewachsen.

Die Klassentür ist schon geschlossen, und ich schleiche mit einer gemurmelten Entschuldigung an meinen Platz. Herr Lorenz belässt es glücklicherweise bei einem tadelnden Räuspern. Er ist dabei, eine monstermäßige Gleichung an die Tafel zu schreiben, und ich ziehe das Matheheft hervor.

»Verschlafen?«, will Juli wissen.

Mit einem Kopfschütteln rutsche ich näher an sie heran. »Jako ist gestern Nacht anscheinend ein paar Musikfiles durchgegangen. Er hat angerufen, um mir etwas vorzuspielen und war völlig hin und weg, deshalb hab ich heute Morgen in die CD noch reingehört.«

Langsam tritt Herr Lorenz einen Schritt zurück und tippt sich nachdenklich mit der Kreide gegen die Handfläche, während er die Gleichung an der Tafel betrachtet.

»Und?« Juli guckt mich neugierig an.

»Hammer!«, flüstere ich. »Hammer, Hammer, Hammer! Das passiert mir einmal im Jahr, dass ich eine Band sofort so gut finde. Wirklich, Juli, ohne Worte. Fast wäre ich deshalb ohne Hosen gekommen!«

»Ziemlich viele Worte für eine Band«, sagt Juli. »Wie heißen sie?«

»Keep on Dreaming.«

»Nie gehört.«

Unser Mathelehrer räuspert sich geräuschvoll, und wir verstummen. Ausnahmsweise schaut er jedoch nicht zu uns, sondern steht ratlos vor der Tafel. Er beginnt, mit einem Schwamm einzelne Zahlen abzuwischen, und schreibt an deren Stelle neue an.

»Komm doch nach der Schule einfach mit, dann kannst du sie dir anhören.«

»Hätte ich ohnehin fragen wollen.« Juli seufzt verhalten. »Meine Mutter ist gestern Abend noch los, die kommt erst am Wochenende wieder. Irgendeine Fotostrecke, die unbedingt sofort fotografiert werden muss.«

Inzwischen wirkt Herr Lorenz ziemlich überfordert. Ungeduldig wippt er mit einem Fuß auf und ab, und ich hoffe, er kommt nicht auf die Idee, uns diese Gleichung als Hausaufgabe überarbeiten zu lassen. Vielleicht sollte er mal Juli um Hilfe bitten.

»Du könntest deine Sachen holen und bis Samstag bei uns bleiben. Dann stolpert dein Vater auch nicht dauernd über leere Pizzakartons, wenn er nachts nach Hause kommt.«

Juli nickt zufrieden. »Gute Idee. Stattdessen mal wieder Selbstgekochtes.«

»Also, meine Damen und Herren!«

Herr Lorenz mustert missmutig seine verschmierte Gleichung, die sich über die komplette Tafel erstreckt. Dann greift er nach dem Schwamm und beginnt zu wischen.

»Vergessen Sie alles, was ich gesagt habe, seit ich zur Tür hereingekommen bin, bis auf ›Guten Morgen‹.«

In der Pause sitzen wir auf der niedrigen Mauer, die das Schulgelände umfasst, in der Sonne. Vergebens halte ich nach Jako Ausschau und frage schließlich Levin nach ihm, als der endlich damit fertig ist, Juli zu begrüßen.

»Der ist direkt beim Rausgehen von einer Gruppe Minis abgefangen worden«, erwidert Levin grinsend. »Und du kennst ihn ja. Jetzt steht er vermutlich immer noch da und versucht sich in Kleine-Mädchen-Smalltalk.«

Erst in der zweiten Pause setzt sich Jako mit gehetztem Gesichtsausdruck in der Mensa an unseren Tisch.

»Na, so ganz alleine unterwegs?«, stichelt Juli. »Worüber redet man denn so mit ein paar Vierzehnjährigen?«

»Darüber zum Beispiel, ob man nicht Lust hätte, Nachhilfestunden zu geben.« Jako lehnt sich zurück und fährt sich mit beiden Händen durch die Haare. »Hat man aber nicht.«

Bevor Levin, der bei dem Wort »Nachhilfestunden« amüsiert die Augenbrauen gehoben hat, etwas sagen kann, guckt er zu mir. »Und? Hast du reingehört?«

»Hab ich. Absolut genial!«

»Versuch mal, einen Termin zu bekommen. Nächsten Monat treten sie zusammen mit Odd Fish in der Festhalle auf.«

»Mit Odd Fish?«, ruft Levin dazwischen. »Wie cool ist das denn? Meinst du, die kriegen wir auch für ein Interview, Katinka?«

»Keine Ahnung. Wenn wir Glück haben. Die werden begehrt sein.« Ich zucke mit den Schultern. »Aber mit Keep on Dreaming, das sollten wir hinkriegen. Wann sind die denn in Frankfurt?«

»Am vierzehnten Juli«, sagt Jako. »Ich würd's übernehmen.«

»Wenn du nett bist, darfst du vielleicht mitkommen.«

»Nächstes Mal behalte ich meine Geheimtipps für mich«, mault er, und ich muss lachen.

Nach der Schule fährt Juli zu sich, um ein paar Sachen zusammenzupacken und ihren Schlafsack zu holen. Ich dagegen drücke auf *play*, kaum, dass sich die Zimmertür hinter mir geschlossen hat, und beginne damit, nach Infomaterial zu Keep on Dreaming zu suchen. Als ich endlich etwas gefunden habe, klicke ich als Erstes auf das Bandfoto.

Aber hallo. Nicht schlecht. Zu wem gehört wohl diese Wahnsinnsstimme, wer ist »James ›Jamie‹ McMillan – vocals«? Müsste ich raten, würde ich auf den dunkelblonden Typen mit dem selbstbewussten Ausdruck im Gesicht tippen, der Zweite von rechts. Ich gleiche die Namen ab.

Treffer.

Keep on Dreaming und Odd Fish sind bei Hell Yell unter Vertrag, und ich betrachte weiter das Foto, nachdem ich die Nummer von Greg eingegeben habe, der dort für Blogs wie *Listen Up!* zuständig ist.

Warum haben sie nicht einfach ein Bandfoto als Albumcover gewählt? Sind doch allesamt ziemliche Hingucker, die es locker mit jeder Zombiekuh aufnehmen könnten.

Greg nimmt ab, und einen Moment später steht fest: zweiter von rechts, James ›Jamie‹ McMillan – am vierzehnten Juli haben wir ein Date.

Für Odd Fish dagegen sieht es schwarz aus.

»Keine Chance, Katinka«, stellt Greg fest. »Die geben in Deutschland nur eine Handvoll Interviews, euch bring ich da ganz bestimmt nicht rein.«

»Ja, war schon klar«, winke ich ab. »Schade.«

Als Juli später zur Tür reinkommt, sitze ich auf dem Boden und bastele gerade an einer Übersicht aller interessanten Konzerte, die in den nächsten Monaten anstehen. Außerdem habe ich eine Liste der Interviews bis Ende August angefertigt und eine weitere mit Alben, für die noch Rezensionen fehlen.

Juli steigt gleichgültig darüber hinweg und greift nach der CD, die auf der Anlage liegt. »Was ist das?«, fragt sie. »Ein Dinosaurier?«

»Keine Ahnung. Aber wir können sie das am vierzehnten Juli selbst fragen.«

»Sind sie das?« Juli schaut zum Rechner, auf dessen Monitor noch immer das Bild der Band zu sehen ist. »Zucker.«

»Hör mal.« Ich setze die CD auf das zweite Lied zurück.

»Oh.« Juli grinst. »Die Ballade?«

»Die Ballade«, erwidere ich und lasse mich aufs Bett zurückfallen.

You're there –
as soon as I wake up.
You've changed me.
I don't want anybody else.
I don't need anybody else.
Where are you?
Who are you?
You're there –
Still haunting me

Das Gänsehautgefühl von heute Morgen stellt sich wieder ein, und als der Refrain beginnt, hole ich Luft. Auf dem Konzert werde ich spätestens an dieser Stelle mitsingen, das ist mal sicher. Laut.

Juli wirft sich neben mich und sieht zur Decke. Die letzten Töne hängen noch im Raum, als sie sich zu mir umdreht. »Ich glaube, ich will auch mit.«

»Erklär das Jako.«

»Mist.«

Später ruft Levin auf Julis Handy an, um zu fragen, ob wir noch ins *Cave* kommen werden. Sie spielen dort überwiegend Musik, mit der wir alle etwas anfangen können, und abgesehen davon liegt der Laden nur drei S-Bahnstationen von uns entfernt. Tanzen kann man auch. Juli und ich müssen nicht lange überlegen.

Meine Mutter ist noch nicht da, ich hefte ihr einen Zettel an den Spiegel im Hausflur, und kurze Zeit später sitzen wir in der S-Bahn. Juli hat ihre feinen Haare mit vielen winzigen Spangen zusammengesteckt, einige Strähnen fallen nach vorn, während sie sich über ihr Handy beugt, um eine Nachricht von Levin zu lesen. »Sind alle schon da«, teilt sie mit, dann tippt sie eine Antwort ein.

Derweil operiere ich an meinem linken Schuh herum. Bereits vorhin beim Anziehen ist der zerfaserte Schnürsenkel gerissen, und eben hat er sich an der notdürftig verknoteten Stelle schon wieder gelöst. Ich ziehe das Band komplett aus den Ösen und fange an, den Schuh neu zu schnüren. Vielleicht sollte ich mir mal neue Chucks zulegen. Die hier habe ich vor zwei Jahren gekauft und zuvor eigenhändig erarbeitet, indem ich im Büro meiner Mutter tagelang tonnenweise Akten schredderte. Als ich sie endlich hatte, wanderte ich damit durch jeden erdenklichen Dreck, von Hundehaufen einmal abgesehen. Ich pflügte durch Sand und Staub, bis die vormals schwarzen Schuhe endlich den Ist-mir-doch-völlig-egal-wie-meine-Schuhe-aussehen-Look angenommen hatten, und seitdem trage ich sie beinahe täglich. Demnächst werden sie mir wohl von den Füßen fallen, aber fürs Erste tun es vermutlich noch mal neue Schuhbänder.

Jako und Levin sitzen im *Cave* ein Stück entfernt von der Bar in unserer üblichen Ecke. Auch Finn, der gelegentlich bei *Listen Up!* mitmacht, ist da, und noch ein paar andere Leute, die man hier oder auf Konzerten immer wieder trifft. Wir haben gerade die Jacken auf eine Sitzbank geknüllt, als *Feel Free to Go* von Odd Fish aus den Boxen ertönt, und mit einem Winken in Richtung Juli, die immer noch an Levin hängt, steuere ich die Tanzfläche an, wo sich die Leute dicht an dicht zur Musik bewegen.

Juli drängelt sich kurz darauf zu mir durch, und als wir uns nach ein paar Liedern zum Tisch zurückarbeiten, sind wir völlig verschwitzt. Ich brauche jetzt unbedingt was zu trinken.

Plötzlich bleibt Juli abrupt stehen. »Wer ist das denn?«

Ich sehe an ihr vorbei und entdecke Levin, der einige Meter von uns entfernt am Tresen lehnt. In den Händen hält er jeweils ein Bier, um seinen Hals hat ein zierliches, schwarzhaariges Mädchen seine Arme geschlungen und lächelt ihn begeistert an. Juli drängelt sich bereits zu den beiden durch, und ich bleibe dicht hinter ihr.

»Hallo«, sagt sie eisig, als sie direkt vor Levin steht.

Levin schaut auf. »Juli!«, grinst er und wirkt nicht sonderlich verlegen. »Gut, dass du kommst – du kannst mir mal das Bier abnehmen, bitte.«

Ganz schlechte Antwort, Levin. Eine lange Sekunde beobachte ich, wie Julis Blick zwischen den beiden Bieren und Levin hin und her wandert. Sicherheitshalber reiße ich Levin die Flaschen selbst aus den Händen und stelle sie auf die Theke. Levin löst die verschränkten Finger des Mädchens von seinem Hals und schiebt sie ein paar Zentimeter von sich.

»Milla, das ist Juli, meine Freundin.«

Milla hat im Gegensatz zu Levin zumindest den Anstand, etwas erschrocken auszusehen. »Oh«, sagt sie und lächelt verlegen. Unsicher fährt ihre Hand in die Höhe, dann lässt sie sie hastig wieder sinken. »Hallo, Juli. Ich ... Levin hat gerade von seinem Interview mit Odd Fish erzählt, und ich ... also ...«

»Milla dachte, mit ein bisschen Körpereinsatz könnte sie mich vielleicht davon überzeugen, sie mitzunehmen.« Levin hat sich eine der Bierflaschen gegriffen und trinkt einen Schluck.

Milla sieht ihn gekränkt an. »Nein, ich ... ich wollte ...«

Nervös sieht sie zu Juli und tritt den Rückzug an. »Ist ja auch egal«, sagt sie. »Viel Spaß beim Interview!« Eine Sekunde später ist sie im Gewühl untergetaucht.

»Was denn für ein Interview?«, wende ich mich an Levin. »Von einem Interview mit Odd Fish war doch gar nicht die Rede.«

»Ist das wichtig?«

So langsam geht mir Levin auf die Nerven, und Juli scheint ähnlich zu empfinden. »Soll das heißen, du erzählst hier was weiß ich für Storys, damit sich dir irgendwelche Tussis an den Hals werfen, oder was?«, faucht sie ihn plötzlich an.

Levin zuckt überrascht zusammen. »Was ist denn? Das war nur ein Witz. Ich hab gesagt, wir kriegen vielleicht ein Interview mit Odd Fish, und ... Dings ... Milla, mein ich, fand das offenbar so geil, dass ich sie im nächsten Moment an mir hängen hatte.« Er fährt sich durch die Haare. »Sonst war gar nichts weiter.«

Juli sieht ihn noch eine Sekunde lang an, dann stolziert sie einfach davon.

»Juli!« Eilig stellt Levin die Flasche zurück und sprintet ihr hinterher. »Ich hab echt nichts gemacht, das ist doch nicht meine Schuld ...«, höre ich ihn noch rufen, bevor ihn die Menge verschluckt.

Ich überlege, den beiden zu folgen, entscheide mich jedoch dagegen. Sollen sie das erst mal unter sich klären. Stattdessen nehme ich die Flaschen und arbeite mich zurück zu unserem Tisch. Vorsichtig schiebe ich mich auf einen freien Platz und stelle das Bier ab. »Die hat Levin vergessen. Hat die jemand bestellt?«

»Nö«, sagt Finn und greift nach einer Flasche. »Aber sie werden schon nicht umkommen.« Er lässt sich zurückfallen und redet weiter auf ein Mädchen ein, das ich nur flüchtig kenne.

»Wo ist denn Levin?«, fragt Jako.

»Der erklärt gerade Juli, warum ihm wildfremde Mädchen am Hals hängen.«

»Du redest von Milla, oder?«

Erstaunt sehe ich ihn an. Jako nickt halb entschuldigend.

»Wir haben hier nur ein bisschen blödes Zeug geredet, was demnächst ansteht und so. Levin hat Odd Fish erwähnt und wollte dann Bier holen, und als Milla ihm nachgegangen ist, hab ich mir schon so was gedacht.«

»Wieso hast du dir so was gedacht?«, will ich wissen. »Woher kennst du denn diese Milla?«

»Na ja«, Jako zuckt die Schultern, »jeder kennt die Mädchen wie Milla.«

Ich rücke ein bisschen von ihm ab. »Mädchen wie Milla«, wiederhole ich.

»Ja, genau, Mädchen wie Milla. Mädchen, die sich halb auf dich drauf werfen, wenn sie irgendwas wollen. Jetzt guck mich nicht so an, Katinka! Nur, weil du auf keinen Fall mit den Millas dieser Welt in einem Atemzug genannt werden willst, heißt das ja nicht, dass man sie nicht erwähnen darf.«

Gereizt stehe ich auf. »Darum geht es doch gar nicht!«

»Sondern?« Auch Jako erhebt sich. »Worum geht es dann?«

Aufgebracht hole ich Luft, finde aber keine Worte. Ja, worum geht es eigentlich? Darum, dass Jako so herablassend von »Mädchen wie Milla« spricht? Oder darum, dass Levin sich Millas Umarmung einfach so hat gefallen lassen?

Geht es um mich? Ich finde sowas ja auch furchtbar. Gäbe es keine Millas, würde ich bei Interviews garantiert seltener blöd angemacht werden. Trotzdem.

»Du könntest das Ganze einfach mal ernst nehmen!«, fahre ich Jako an und drehe mich um. Doch noch bevor ich auch nur einen Schritt getan habe, packt Jako mich am Arm. »Was genau soll ich denn ernst nehmen, Katinka? Wir reden hier von einer, die Pelzmäntel von sich werfen würde, wenn ihr das was bringen würde. Daran kann man gar nichts ernst nehmen.«

»Wenn ihr das nicht immer irgendwie lustig finden würdet, würden es weniger Mädchen überhaupt auf diese Tour versuchen. Und dann würde man mich nicht ständig für eine Milla halten!«, gifte ich ihn an.

Verblüfft lässt Jako mich los. »Ich finde das gar nicht lustig.«

»Ach, vergiss es!« Frustriert wende ich mich ab, aber Jako stellt sich mir in den Weg.

»Jetzt hör mal zu, Katinka«, sagt er langsam, und in diesem Moment fällt mir auf, dass er ebenso wütend ist wie ich. »Bestimmt ist es anstrengend und nervtötend und was weiß ich noch alles, wenn du ständig blöde Sprüche zu hören bekommst.« Er beugt sich näher zu mir herunter. »Aber du musst das auch mal auseinanderhalten können, in Ordnung? Ich hab keine Lust, dafür herhalten zu müssen, dass du offenbar gerade aus jedem Typen ein Feindbild machst.«

Ich starre ihn an. Das hier fühlt sich nicht so an, wie unsere üblichen harmlosen Streitereien.

Jako richtet sich wieder auf und schiebt ein paar Strähnen nach hinten, die ihm vor die Augen gefallen sind, dann wirft er den Kopf in den Nacken und schaut für einen Moment nach oben. Als er sich wieder mir zuwendet, hat sich der Ausdruck in seinem Gesicht verändert. Von dem mühsam unterdrückten Ärger ist nichts mehr zu bemerken.

»Wir sollten über das Ganze mal in Ruhe reden«, sagt er. »Aber nicht hier.«

»Ja, vielleicht«, antworte ich steif. »Ich geh mal Juli suchen.« Mit gesenktem Blick zerre ich unsere Jacken von der

Bank und drücke mich, ohne Jako noch einmal anzusehen, an ihm vorbei.

Juli und Levin stehen draußen vor dem *Cave*. Die Tatsache, dass sich nicht genau erkennen lässt, wo Juli anfängt und Levin aufhört, lässt darauf schließen, dass sie ihr Problem behoben haben. Als Juli endlich mal aufschaut und mich entdeckt, halte ich wortlos unsere Jacken hoch. Als Antwort zieht sie Levin noch einmal zu sich runter.

Tja, bei manchen scheint alles ganz einfach zu sein.

»Alles wieder gut?«, frage ich Juli auf dem Weg zur S-Bahn.

»Mhm«, erwidert sie einsilbig.

Erst als wir schon im Zug sitzen, greift sie das Thema wieder auf. »Solche wie Milla sind doch wirklich das Letzte, oder?«

Ich habe die Füße auf den Sitz vor uns gestellt und mustere mein Knie, das durch einen Riss in der Jeans zu sehen ist. Mit Daumen und Zeigefinger zupfe ich an einigen Fäden herum.

»Ist doch wirklich unterste Schublade, sich an jeden so ranzuschmeißen«, versucht Juli es noch einmal.

»Mhm«, sage ich. Wortkarg kann ich auch.

»Katinka?« Juli sieht mich von der Seite an.

Natürlich weiß ich, was Juli jetzt hören möchte, aber mit dem Streit zwischen Jako und mir im Kopf bringe ich keine Antwort zustande. Ich will mich nicht auch noch mit meiner besten Freundin in die Haare kriegen.

»Stimmt was nicht?«

Jetzt klingt Julis Stimme besorgt, und mit einem Seufzen wende ich mich ihr zu. »Ich kann mit Millas Verhalten auch nichts anfangen«, beginne ich, »aber ehrlich gesagt, Levin hat ja nun nicht gerade so gewirkt, als leide er sehr darunter.«

Schweigen. Vorsichtig rede ich weiter. »Versteh mich nicht falsch, bitte, aber es ist so ... so ungerecht, immer alles auf die Millas zu schieben. Warum grinst Levin denn nur auf sie runter, statt mal eine klare Ansage zu machen? Warum lässt er überhaupt zu, dass sie sich an ihn hängt, und findet es scheinbar auch noch lustig? Ist doch ziemlich schräg, oder?«

Juli sagt immer noch nichts, und ich mustere mein Spiegelbild in der dunklen Scheibe. »Stell dir doch mal vor, irgendein Typ schmeißt sich einfach an dich ran. Dazu fällt mir alles Mögliche ein, aber glücklich angrinsen würde ich den garantiert nicht«, murmele ich.

Von der Seite ist ein seltsames Geräusch zu hören, und einen schrecklichen Moment lang denke ich, Juli habe zu weinen begonnen. Als ich sie ansehe, stelle ich erleichtert fest, dass sie kichert, auch wenn dieses Kichern nicht weit von einem Weinen entfernt zu sein scheint.

»Du hast ja Recht, Katinka«, schnieft sie. »Ich weiß auch nicht.« Sie lehnt ihren Kopf an meine Schulter. »Levin meinte, er habe sie nicht zurückstoßen wollen. Es gebe ja keinen richtigen Grund dafür. Das würde doch kein Mensch ernst nehmen, hat er gesagt. Es sei doch nur Milla. Und dass er nie gedacht hätte, dass ich mich darüber aufregen würde.«

Bis zum Ende der Fahrt hängen wir unseren Gedanken nach.

Zu Hause liegen wir bereits unter unseren Decken, da klingelt mein Handy.

»Willst du nicht rangehen?«, nuschelt Juli verschlafen.

»Nein«, sage ich.

Am nächsten Tag in der Schule scheint alles vergessen. Nur ich bemerke, dass Jako mich während der Pausen manchmal mit einem seltsamen Blick mustert, und vermutlich fällt nur Jako auf, dass ich kaum das Wort direkt an ihn richte.

Nachmittags verschwindet Juli mit Levin, und ich trotte nach Hause. Ein wenig habe ich gehofft, Jako vor der Schule auf mich warten zu sehen, aber natürlich stand er nicht da.

Als ich mit den Hausaufgaben fertig bin, schreibe ich lustlos ein Interview herunter, ohne mich richtig darauf konzentrieren zu können. Irgendwann halte ich es drinnen nicht mehr aus, greife nach meinem Skateboard neben dem Kleiderschrank und mache mich auf den Weg zu dem Platz vor der Frankfurter Hauptwache.

Ich weiß noch genau, wie ich zum ersten Mal hier aufgekreuzt bin. Mein Board war praktisch neu, aber ich hielt es so lässig unter den Arm geklemmt wie möglich. Fahren konnte ich darauf, das war aber auch schon alles. Eine ganze Weile saß ich damals am Rand und versuchte, mir einen Überblick zu verschaffen. Einige Jungs hatten eine Brücke aufgebaut, unter der das Brett hindurchrollte, während sie darüber sprangen. Dem einen gelang das besser, dem anderen schlechter, und nachdem einer von ihnen beim Aufkommen das Board verfehlte und mehrere Schritte hinter ihm herjagen musste, sah er unglücklicherweise in meine Richtung, bevor ich mein belustigtes Grinsen wieder abgestellt hatte.

Er nickte mir zu. »Mach's besser!«

Die Brücke sah so harmlos aus.

Ich stellte mein Brett in Position, holte Schwung, stieß mich ab – und musste noch in der Luft feststellen, dass das verflixte Skateboard einfach stehengeblieben war.

Der Aufschlag war ziemlich hart, aber das Gelächter der anderen war härter. Ich dachte, es würde ewig dauern, bis ich mich wieder blicken lassen könne, aber wenn Skater eines schnell vergessen, dann die Stürze der anderen. Und die eigenen ... na ja, daran arbeitet man sich eben ab, bis die Sprünge sitzen.

Eine Zeitlang habe ich versucht, Juli fürs Skaten zu begeistern, aber nachdem sie bei ihren ersten Versuchen auf dem Hintern landete, hatte sie keine Lust mehr. Sie nimmt es mir nicht ab, dass mich Skaten entspannt, glaube ich.

Ich gehe in die Knie und lande auf der Kante einer niedrigen Steinmauer. Schwankend balanciere ich mich aus.

Muss sie ja auch nicht.

Abends treffe ich wieder mit Juli zusammen, und wir sind beide in gelöster Stimmung. Die Anspannung kommt erst zurück, als wir uns in die Kissen gekuschelt haben und Juli mich an das Konzert am nächsten Tag erinnert.

»Wenn du morgen das Interview zusammen mit Jako machst, übernachte ich bei Levin. Den ganzen Abend hier alleine rumsitzen ist öde.«

»Vielleicht könntest du ja mitgehen, statt Jako ...«, setze ich an, aber Juli unterbricht mich sofort: »Nein, lass mal. Mich interessiert die Musik nicht wirklich, das passt schon so.«

Das passt überhaupt nicht.

»Wann trefft ihr euch?«, fragt Juli.

»Eine halbe Stunde vorher, direkt vor der Halle.«

»Und was stimmt gerade nicht bei euch?«

Entgeistert sehe ich sie an. »Was meinst du damit?«

»Erzähl schon, Katinka. Erst kommst du gestern aus dem *Cave* gerannt, dann gehst du nicht ans Telefon, wenn Jako anruft, und heute Vormittag hast du kaum mit ihm gesprochen.«

»Du weißt doch gar nicht, ob das am Telefon Jako war«, wende ich ein, aber Juli verdreht nur die Augen.

»Also, was war los?«

»Keine Ahnung.« Ich zucke mit den Achseln. »Das Milla-Ding.«

»Milla hing an meinem Freund«, ruft Juli mir ins Gedächtnis. »Und selbst wenn sie vorher an Jako gehangen hätte – wo ist das Problem?«

Erneut hebe ich nur unwillig die Schultern. »Weiß ich auch nicht.«

Juli schaut mich eine Weile an, dann sagt sie: »Ihr solltet das klären. Dieses Milla-Ding kann ja wohl kein Grund dafür sein, dass ihr nicht mehr miteinander redet. Ruf ihn an! Jetzt gleich!«

Ich strecke mich nach dem Schalter der Nachttischlampe und lösche das Licht. »Ich schlafe schon«, erkläre ich.

»Katinka!«

»Tief und fest.«

VIER

Es ist Donnerstagabend, und ich stehe mal wieder vor dem *Nachtleben*. Jako ist noch nicht da, und mir ist das nicht unrecht. Je später er auftaucht, desto kürzer wird das Zeitfenster für doofe Diskussionen.

In der Schule haben wir uns heute nicht gesehen, und wenn Levin auffiel, dass es Juli war, die nach ihm fragte, dann hielt er einen Kommentar zumindest in meiner Anwesenheit nicht für nötig.

Ich lehne im Eingangsbereich an der Wand und sehe mir noch mal die Notizen an, die ich für das Interview vorbereitet habe, ohne mich darauf konzentrieren zu können. Missmutig lasse ich den Zettel sinken – wir hätten unseren Streit vor dem Konzert klären sollen. Ist auch nicht so, dass ich nicht darüber nachgedacht hätte, ihn anzurufen. Warum habe ich das nicht getan?

Langsam wird es knapp. Wenn er jetzt gar nicht mehr kommt? Nervös beiße ich mir auf die Unterlippe. Die Backstagepässe könnte ich schon mal abholen.

Erst eine Viertelstunde später taucht Jako endlich auf. Zunächst bin ich erleichtert, dann prompt wieder sauer.

»Wo bleibst du denn?«, fahre ich ihn zur Begrüßung an.

»Zeit vergessen«, ist die knappe Antwort.

Erbost halte ich ihm seinen Ausweis hin, bevor ich in die Halle hineinmarschiere, ohne ihn weiter zu beachten. Jako bleibt schweigend an meiner Seite.

Das Interview verläuft zuerst weitestgehend ereignislos. Jako steht weiter hinten im Raum und schießt Fotos, während ich mich mit dem bereits jetzt ziemlich verschwitzt riechenden Schlagzeuger der Band unterhalte. Wir reden über das neue Album, über die Tour und über anstehende Pläne, und wie immer baue ich am Ende einige Fragen ein, die über das übliche Einerlei hinausgehen. Wie würde dein Leben im Moment aussehen, wenn du nicht in dieser Band spielen würdest? Was vermisst du auf dieser Tour am meisten? Wenn heute der letzte Tag deines Lebens wäre, was würdest du jetzt am liebsten tun?

Gerade eben hat der Typ noch zurückgelehnt auf einem Stuhl rumgelungert, jetzt beugt er sich plötzlich vor. »Wenn heute der letzte Tag meines Lebens wäre«, wiederholt er grinsend, »würde ich dich jetzt hier auf diesem Tisch nehmen.«

Schockgefrostet starre ich ihn an. Dann funken endlich ein paar Synapsen in meinem Hirn. »Schön, dass heute nicht dein letzter Tag ist. Interviewende«, sage ich spröde und stehe auf. Hat Jako das mitbekommen?

»Hey, das war nur ein Witz!«, tönt es hinter mir. »Sei doch nicht gleich eingeschnappt!« Der blöde Idiot hält mich am Arm fest und versucht sich an einem entschuldigenden Lächeln. »Sorry, tut mir leid.«

»Was soll das denn hier?« Jako stößt dazu und sieht nicht besonders freundlich aus. Widerwillig lässt der Typ mich los, hebt plötzlich beide Hände und findet sein altes Grinsen wieder. »Sorry, wusste nicht, dass sie zu dir gehört.«

Mir reicht's. Ich schiebe mich an den beiden vorbei zur Tür hinaus. In der Halle ist es stickig und heiß. Ohne mich umzusehen, drängele ich mich zwischen Leuten hindurch und bin schon auf der Straße, als Jako mich einholt. »Jetzt warte doch mal!«

Einmal mehr wird an meinem Arm gezerrt, aber nach einem Blick in mein Gesicht lässt er sofort los.

»Du musst wieder rein, wir brauchen noch Fotos vom Konzert.«

»Scheiß doch auf die Fotos!«, erwidert Jako. »Warum rennst du einfach weg?«

Offenbar hat er nichts mitbekommen. Oder hat er doch und findet das einfach nicht so zum Kotzen wie ich?

»Also, lass uns das jetzt hier klären!«, sagt Jako. »Was hab ich jetzt schon wieder gemacht?«

Er hat es nicht mitbekommen.

»Du hast gar nichts gemacht!«, antworte ich um einiges lauter als notwendig, und Jakos Gesicht verfinstert sich.

»Warum brüllst du mich dann so an? Katinka, so langsam hab ich echt keinen Bock mehr auf diesen Mist!«

Er geht ein paar Schritte zur Seite und lehnt sich an eine Mauer. »Was ist los?«, fragt er betont langsam. Ich rutsche neben ihm die Wand runter. Ein paar Minuten lang sagt keiner von uns etwas.

»Es war nur wieder so ein blöder Spruch«, setze ich irgendwann an. Halb wütend, halb verlegen erzähle ich vom Ende des Interviews. Warum mir sowas peinlich ist, bekomme ich nicht zu fassen. Ich weiß nicht, ob ich mich auf eine kranke Art schuldig fühle, mich für das Verhalten der Typen schäme oder einfach nur eine dämliche Mimose bin.

Jako schweigt, und ich rede weiter. »Vielleicht sollte ich mich doch nur um den Kontakt zu den Plattenlabels kümmern. Oder nur Konzertberichte schreiben ... oder ... ich weiß auch nicht.«

Jako hockt sich zu mir.

»Darüber hab ich noch mal nachgedacht.« Er atmet ein. »Und es stimmt alles, was du am Sonntag gesagt hast. Du hast die Idee zu *Listen Up!* gehabt, das Ganze läuft, warum solltest du also nur wegen irgendwelcher blöder Kommentare alles hinschmeißen? Aber solche Sprüche kommen eben – also muss man das vielleicht ganz anders angehen.«

»Wie denn?« Niedergeschlagen flechte ich einige Haarsträhnen vor meinem Gesicht zusammen. Wenn Jako das am Sonntag gesagt hätte, wäre ich froh darüber gewesen. Jetzt fühle ich mich einfach nur müde und frustriert und irgendwie klebrig.

»Keine Ahnung«, sagt Jako. »Oder vielleicht doch.«

Ich hebe den Kopf.

»Es ist nur eine Idee. Du kannst es sagen, wenn du sie bescheuert findest.« Er beobachtet die vorbeitrottenden Leute, während er weiterredet. »Wir könnten so tun, als seien wir zusammen.«

Überrascht reiße ich die Augen auf.

Jako zupft ohne hinzusehen an dem schmalen Lederband an seinem Handgelenk. »Das ist das Einzige, worauf die meisten Typen reagieren. Du bist mit jemandem zusammen, also lässt man die Finger von dir. Vor allem, wenn dein Freund direkt dabei ist.« Ein vorsichtiger Blick. »Du hättest deine Ruhe und könntest so weitermachen wie immer. Und wir müssen ja keine Show abziehen wie Juli und Levin.«

Noch immer starre ich ihn an, aber Jako sieht jetzt nur noch stur nach vorne.

Das ist verrückt. Wie soll das gehen? Soll ich ein Schild um den Hals tragen, auf dem *Jakos Freundin* steht? Nervös lache ich auf.

»Okay, blöde Idee«, beginnt Jako, bevor ich ihn unterbreche. »Nein, überhaupt keine blöde Idee.« In meinem Kopf hebt der Typ von eben seine Hände und geht abwehrend einige Schritte nach hinten. ›Sorry, wusste nicht, dass sie zu dir gehört.‹

»Das könnte sogar funktionieren.« Gerührt lehne ich mich kurz an ihn. »Danke.«

»Na ja.« Er lächelt schief. »Wofür hat man denn Freunde?«

Jako und ich sitzen schon in der U-Bahn, da erhalte ich eine Nachricht von Juli. *Wie war's?*

Okay.

Was heißt okay?

Noch bevor ich darauf antworten kann, klingelt das Telefon. »Was heißt hier ›Okay‹?«, ruft Juli mir ins Ohr.

»Bist du nicht gerade bei Levin?«, erwidere ich und sehe zu Jako rüber.

»Doch. Na und? Was heißt ›Okay‹? Hast du mit Jako geredet?«

»Hab ich.«

»Und? Was habt ihr – Mensch, Katinka, welche Frage muss ich stellen, damit du mir einfach in ganzen Sätzen erzählst, wie der Abend ablief?«

»Wir sind jetzt zusammen.«

»Ihr seid was?« Im Hintergrund höre ich Levin etwas sagen. »Katinka und Jako sind zusammen!«, ruft Juli, und nach ein paar raschelnden Geräuschen ist Levin in der Leitung. »Herzlichen Glückwunsch!«, ruft er. »Wurde ja auch Zeit!« Weiteres undefinierbares Geraschel und Julis Stimme, die »Jetzt gib mir das verflixte Handy!« brüllt. Während ich dem Gerangel am anderen Ende der Leitung lausche, beschleicht mich ein schlechtes Gewissen, und sobald Juli wieder dran ist, korrigiere ich hastig: »Nein, wir sind natürlich nicht zusammen. Also, nicht richtig.« Ein wenig verlegen sehe ich auf. Jako zuckt nur mit den Schultern und zieht einen Mundwinkel nach oben.

»Was heißt ›Nicht richtig‹?«, will Juli wissen.

»Das heißt, wir sind nicht zusammen, aber Jako wird bei Interviews zukünftig meinen Alibifreund spielen.«

Stille. Wieder höre ich Levin reden, dann Juli, die ungeduldig »Jetzt warte doch mal« zischt.

»Was bedeutet das also?«, fragt sie schließlich. »Heißt das, Jako ist immer dabei und hält deine Hand, oder was?«

»Weiß ich selbst noch nicht genau«, gebe ich zu. »Wir probieren das einfach mal aus.«

»Katinka, ich weiß nicht, ob das eine gute Idee ist«, sagt Juli langsam, bevor abermals Levin dazwischenredet. »Weiß ich«, sagt Juli.

»Was weißt du?«, frage ich. Im nächsten Moment höre ich gar nichts mehr, dann knistert es, und Juli ist wieder in der Leitung.

»Hast du gerade den Lautsprecher zugehalten?«

»Katinka«, ignoriert Juli meine Frage, »wir sehen uns morgen, und du erzählst noch mal in Ruhe, okay?«

»Okay. Bis dann.«

»Schlaf schön.«

Nachdenklich packe ich das Handy in meine Tasche zurück. Irgendwie ist dieses Gespräch nicht so verlaufen, wie ich es erwartet hatte.

Am nächsten Tag in der Schule bleibt das Thema konsequent außen vor. Juli fragt nichts, Levin sagt nichts, und nicht mal Jako lässt eine Bemerkung dazu fallen. Mir wäre es sogar lieber, wenn Levin wenigstens ein paar blöde Sprüche über das Vorhaben reißen würde, aber nachdem offenbar jeder entschlossen scheint, das Ganze zu ignorieren, halte auch ich meinen Mund.

Erst als ich mit Juli nach Hause laufe, kommt sie endlich darauf zu sprechen. »Also, was war los gestern? Wieso wollt ihr jetzt diese ›Wir sind zusammen‹-Show abziehen?«

Ich erzähle von dem Interview und dem sich anschließenden Gespräch zwischen Jako und mir.

»Ich finde, es ist keine schlechte Idee«, fasse ich zusammen. »Das heißt nicht, dass wir nur noch gemeinsam auftreten werden.« Probehalber lächle ich sie an. »Er wird nicht zwischen uns stehen.«

»Darum geht es doch gar nicht.« Juli wirkt angespannt.

»Nein?« Jetzt bin ich verwirrt. Bis zu dieser Sekunde habe ich geglaubt, Juli befürchte, wir könnten auf Konzerten nie wieder zu zweit abhängen. »Meinst du, Jako fühlt sich wegen unseres Streits irgendwie verpflichtet und bereut sein Angebot schon wieder?«

»Nein, ich meine … ich meine, es ist einfach völlig schräg, bei so einer Sache nur Theater zu spielen!«

Ich bleibe stehen. »Juli, ich nehme so was absolut ernst!« Jetzt verstehe ich endlich, wo sie das Problem sieht. »Und

Jako auch. Es geht doch nur um *Listen Up!*. Wenn es so aussieht, als wären wir zusammen, fällt bei den Interviews dieser ätzende Groupie-Gedanke weg. Dann geht es um den Blog und nicht mehr darum, ob ich den nur zum Vorwand nehme, mich in den Backstagebereich einzuschleichen.«

»Warum ist dir das überhaupt so wichtig?« Juli läuft jetzt einfach weiter, und ich trabe einige Schritte hinterher.

»Das fragst du mich jetzt nicht wirklich, oder?«

»Doch!« Nun ist es Juli, die stehenbleibt. »Solche Sprüche sind doch völlig egal. Die meisten sind vermutlich nicht mal ernst gemeint, sie gehören einfach zum Image. Wieso stehst du da nicht drüber?«

Meine Gedanken drehen sich im Kreis, verunsichert sehe ich Juli an. Vielleicht hat sie Recht, vielleicht bin ich zu empfindlich. Dann drängt sich der Abend von gestern wieder in die erste Reihe. Meine Wut und damit auch meine Überzeugung, dass Jakos Idee die perfekte Lösung ist, kehren zurück.

»Sitz du mal vor einem Typen, der plötzlich vor allen Leuten erklärt, dass er dich gerne auf dem Tisch vögeln würde. Alle grinsen, alle finden das wahnsinnig witzig. Und jeder, der das gehört hat, stellt sich das vor!«

Julis Schultern sacken nach unten, sie seufzt. »Okay, das war wirklich eine beschissene Situation«, gibt sie zu und hakt sich bei mir unter. »Aber warum ausgerechnet mit Jako?«

»Mit wem denn sonst?«, gebe ich verdutzt zurück. »Soll ich meinen Bruder fragen?« Ich verpasse ihr einen kleinen Stoß. »Oder Levin?«

Juli lächelt schwach. »Untersteh dich.«

Samstagmorgen nach dem Frühstück packe ich ein paar Sachen zusammen und ignoriere dabei den latent vorwurfsvollen Gesichtsausdruck meiner Mutter. Nachdem Juli und ich alle Taschen bei ihr abgeladen haben, laufen wir zur U-Bahn und fahren zur Konstablerwache. Wir haben nichts Besonderes vor, schlendern nur herum und wühlen uns durch winzige Klamottenläden.

»Katinka, guck mal! Das wär' doch was für dich.« Juli hält ein graues Minikleid in die Höhe.

»Zu kurz.«

»Zu kurz? Wieso zu kurz? Das ist perfekt! Probier's doch mal an.«

Skeptisch halte ich mir das Kleidchen vor die Brust. Es hat dünne Spagettiträger und im Rücken eine lange Reihe kleiner, heller Knöpfchen, die leicht schimmern.

»Das passt mir nie.«

Juli hat bereits einen anderen Kleiderbügel in der Hand. »Das passt dir garantiert. Schau mal, was hältst du von dem?«

Ich mustere das schwarze Kleid, das sie mir entgegenstreckt. »Ziemlich viel Tüll, oder?«

»Supersüß.«

Sie wühlt weiter, und ich betrachte mich noch einmal mit dem grauen Kleid im Spiegel. Na gut, anprobieren kann ja nicht schaden.

In der Umkleidekabine schäle ich mich aus meinen Sachen und verbringe geschlagene fünf Minuten mit dem Versuch, die verflixte Knopfleiste zu schließen.

»Juli!« Ich strecke meinen Kopf aus der Kabine. »Hilf mir mal eben!«

Zusammen mustern wir wenige Augenblicke später mein Spiegelbild. Dieses Kleid ist so kurz, dass ich es niemals wagen würde, mich darin zu bücken, und so eng, dass ich unwillkürlich flacher atme.

»Super.« Juli wuschelt meine Haare nach vorne. Sieht gleich viel angezogener aus.

Später gucken wir eine Weile den Skatern zu und verabreden uns für den Abend mit Jako und Levin zum Horrorfilmgucken. Julis Mutter ist immer noch nicht da, und ihr Vater arbeitet auch an den Wochenenden meistens bis spät in die Nacht, wir werden also völlig ungestört sein.

Sowohl Levin als auch Jako haben gleich mehrere Filme dabei, mit denen sie am späten Nachmittag bei uns eintreffen, und beim Durchsehen der Cover frage ich mich zum wiederholten Male, warum ich mir Horrorfilme überhaupt antue.

»Weil es witzig ist«, sagt Juli und gibt mir einen Schubs, als ich die Frage laut stelle.

Um ehrlich zu sein, steh ich ja mehr auf das Getue mit den Decken, die kreischend hochgerissen werden, und auf Popcorn, Chips und das Hervorgeblinzel zwischen den Fingern hindurch, aber egal. Wir schleppen alles ins Wohnzimmer und räumen den Couchtisch frei, um unsere Chipstüten und Getränke darauf auszubreiten.

»Den nicht!« Ich zeige auf eine DVD, von der das Blut auf den Boden zu tropfen scheint. »Und den auch nicht!«

»Weichei.« Levin stupst mich freundlich an.

Seit Levin diesen Film mitgebracht hat, in dem sich eine Splatterszene an die andere reihte, bin ich etwas vorsichtiger, was seine Auswahl betrifft. Levin meint zwar, ich hätte so gut wie überhaupt nichts mitbekommen, und damit hat er sicher recht, aber das, was mir durch meine halbgeschlossenen Augen ins Gesicht sprang, reichte eindeutig aus. Ich mag's lieber gruselig und weniger blutig.

Wir entscheiden uns für *The Ward,* und was den Gruselfaktor betrifft kann ich nicht klagen. Dicht aneinandergedrängt sitzen Juli und ich unter einer Decke, und während Juli im Laufe des Films immer angespannter nach vorne auf die Sofakante rutscht, versinke ich in den Polstern.

»Ich hol noch was zu trinken.«

Levin hievt sich aus seinem Sessel und verschwindet in der Küche. Schauerliche Geräusche aus den Lautsprechern lassen mich noch tiefer nach unten rutschen, Juli tastet gebannt nach der Chipsschüssel.

»Kieks!«

Mehrere Flaschen rollen zu Boden, und Tüten fliegen durch die Luft, als Juli mit einem Aufschrei in die Höhe fährt und dabei gegen den Couchtisch tritt.

Levin hat ihr von hinten in die Seiten gepikst, und ist nun vollauf damit beschäftigt, die hysterische Juli zumindest auf Armeslänge von sich fernzuhalten.

Jako und ich sammeln kichernd und schnaufend die Chips auf.

Später an der Tür frage ich Jako: »Bleibt es bei morgen?«

»Klar.«

»Du bereust das nicht?«

Jako sieht mich unbefangen an. »Nö, wieso?«, sagt er. »Wird bestimmt nett.«

FUENF

Sonntagnacht, und ich würde das Experiment wohl als gelungen bezeichnen. Glaube ich. Also, zumindest hat es seinen Zweck erfüllt. Und wenn ich gerade etwas neben mir stehe, liegt das vermutlich daran, dass es total spät ist und ich müde bin.

Juli hat mir bereits mehrere Nachrichten geschrieben, aber im Moment weiß ich noch nicht, was ich antworten will. Wie lief das Interview? Gut lief es. Wie war der Abend? Nett. Gutes Konzert? Welches Konzert?

Von vorne.

Das Konzert ist komplett ausverkauft und die Halle brechend voll. Jako und ich laufen dicht hinter dem Tourmanager von Vivid Colors her, mit denen ich in einigen Minuten das Interview führen werde, aber meine Gedanken sind ganz woanders.

Den halben Sonntag habe ich zunehmend nervöser überlegt, wie Jako und ich nach außen klarmachen sollen, dass wir ein Paar sind. Ich meine, ich kenne ihn seit über zehn Jahren, und auf eine bestimmte Art und Weise sind wir ohnehin ein Paar, aber eben nicht so ein Paar. Beste Freunde, Kumpel, Buddys, was weiß ich – seit ich in die Schule gekommen bin, gehört Jako in mein Leben. Wir haben zusammen Fußball gespielt, uns Bücher vorgelesen, Kaugummis geteilt und schon mehr als einmal gemeinsam in einem Bett geschlafen. Ich kenne Jako mindestens ebenso gut wie Juli, und es gibt nahezu nichts, was er nicht über mich weiß. Ich habe ihm sogar damals in der sechsten Klasse die Sache mit Herrn Salewa erzählt.

Claudius Salewa, ›Nennt mich Claudius‹, Kunstlehrer und verheiratet, war es, der bei einem Schulausflug meine Knie und Ellbogen verarztete, nachdem ich auf einem Waldtrimmpfad beim Balancieren über einen Baumstamm abgerutscht war und mir unzählige Rindensplitter in die Haut gejagt hatte.

Dass ich kaum in der Lage war, einen zusammenhängenden Satz zu formulieren, während er die Wunden reinigte, schob Claudius auf meinen Schockzustand. Nur Jako habe ich anvertraut, dass ich in diesem Moment kurz davor war, meinem Kunstlehrer meine Liebe zu gestehen.

Okay, ich habe es erst Monate später erzählt, als von der Verliebtheit nichts mehr übrig war, aber immerhin habe ich es Jako erzählt, nicht mal Juli weiß davon.

Umgekehrt weiß ich nicht nur, dass Jako ziemlich lange für Valerie Vogt geschwärmt hat, sondern auch, dass sie seinen einzigen Versuch, sie anzusprechen, mit dem Satz beantwortete: »Das ist wirklich süß, aber such dir mal lieber jemanden in deiner Altersklasse zum Spielen.«

Und ich möchte betonen, dass ich, als Jako mir niedergeschmettert von diesem Vorfall erzählte, nicht mal so geguckt habe, als wolle ich sagen: ›Siehste.‹

Jako war damals dreizehn und ich zwölf, und wir waren noch annähernd gleich groß. Mittlerweile reiche ich ihm nur noch bis knapp unters Kinn, und ich würde nicht behaupten, dass ich sonderlich klein bin. Ich schätze, selbst Valerie Vogt würde es nicht mehr gelingen, auf Jako hinunterzulächeln.

Eigentlich sollte es mir doch leichtfallen, so zu tun, als sei da mehr zwischen uns, aber von wegen.

Am späten Nachmittag habe ich ihm sogar eine SMS geschrieben. *Gibt es irgendwelche genauen Pläne?*

Wird schon irgendwie werden.

Ja, super. Aber gut, wenn er das Ganze so locker sehen will, werde ich bestimmt nicht diejenige sein, die ein Drehbuch über den Ablauf des heutigen Abends verfasst. Habe ich zumindest vor wenigen Stunden noch gedacht. Jetzt würde ich es schon praktisch finden, eins zu haben.

Vor den Bandräumen angekommen, werfe ich Jako noch einen schnellen Blick zu und begegne seinem entspannten Lächeln.

Na gut. Dann wird es eben irgendwie werden.

»Hi, ich bin Dave.« Der Gitarrist von Vivid Colors kommt mir entgegen. »Wir können uns hierhin setzen.«

»Hallo, ich bin Katinka von *Listen Up!*«, stelle ich mich vor, »und das ist Jako. Er kümmert sich um die Fotos.«

Jako hebt eine Hand in Daves Richtung, wirft seine Tasche neben mich auf das Sofa und streicht mir beim Zurücktreten über den Rücken.

Dave zwinkert mir zu. »Also, frag mich, was auch immer du wissen möchtest.«

Während Dave und ich uns unterhalten, wechselt Jako ab und an seine Position und schießt ein paar Bilder. Einmal fotografiert er mich über Daves Schulter hinweg, woraufhin die beiden sich zugrinsen.

Bemüht, nicht den Faden zu verlieren, denke ich gleichzeitig darüber nach, ob Dave sich mir gegenüber anders verhalten würde, wenn Jako nicht hier wäre. Keine Ahnung. Nicht bei jedem Interview kommen blöde Sprüche, und vermutlich ist Dave wirklich einfach nur ein netter Kerl.

»Hat Spaß gemacht«, sagt er nach unserem Gespräch. »Lass mir die Adresse eures Blogs zukommen.«

Ich räume mein Zeug zusammen und sehe mich dabei nach Jako um, der sich gerade mit dem Schlagzeuger unterhält. Als die Tür sich öffnet und einige Roadies reinkommen, beachte ich sie zunächst nicht weiter, bis ein langgezogenes »Hey« zu hören ist. Einer der Typen ist stehengeblieben und feixt mich an. »Was hast du denn hier verloren?«, fragt er und mustert mich einmal von oben bis unten. »Suchst du jemanden?«

Man könnte tatsächlich denken, er habe einfach nur eine harmlose Frage gestellt. Diesen Tonfall jedoch kenne ich, und ich ahne, dass als Nächstes ein doofer Kommentar zu erwarten ist. Mit abweisender Miene wappne ich mich innerlich.

In diesem Moment legt mir Jako von hinten einen Arm um den Hals. »Fertig?«, will er wissen.

»Ähm, ja«, antworte ich.

Jakos Arm verschwindet, seine Fingerspitzen fahren mein Schlüsselbein entlang, dann greift er nach meiner Hand und zieht mich zur Tür hinaus. Kurz drehe ich mich noch einmal um. Der Roadie hat sich bereits abgewendet und sieht uns nicht einmal hinterher.

Ob es bei den Steinzeitmenschen wohl ähnlich ablief? »Meine Frau! Bonga Bonga.«

Vor der Tür lässt Jako meine Hand los und lächelt mich an. »Das war einfach, oder?«

»Stimmt.« Ich lächle zurück, während ich bereits einen Schritt in Richtung Halle mache. Jako jedoch bleibt stehen, und erstaunt halte ich mitten in der Bewegung inne. »Komm, lass uns reingehen, wir können uns bestimmt noch ein ganzes Stück nach vorne drängeln.«

Plötzlich legt mir Jako eine Hand in den Nacken und beugt sich zu mir. Ich fühle seine Lippen an meinem Ohr. »Reine Vorsichtsmaßnahme«, raunt er und nickt kaum merklich nach rechts. An der Wand lehnen einige Leute und beobachten uns grinsend. Ein Kribbeln breitet sich in meinem Bauch aus.

»Lass uns hier weggehen«, flüstere ich zurück.

»Klar.« Jakos Hand liegt auf meinem Rücken, und dort bleibt sie, bis wir die Absperrung zum Backstagebereich erreicht haben. Kaum sind wir zurück ins Gewühl getaucht, ist zwischen uns wieder alles wie immer. Fast.

»Ich hol mir was zu trinken«, ruft Jako. »Willst du auch was?« Auf mein Kopfschütteln hin ruft er schon im Weggehen: »Wenn ich dich nicht mehr finde, treffen wir uns nach dem Konzert vorm Haupteingang, okay?«

Eine Minute später setze auch ich mich endlich in Bewegung. Ohne auf die Ellbogen um mich herum zu achten, bahne ich mir einen Weg vor zur Bühne.

Das lief doch alles ziemlich gut, oder?

Und was genau war das eben eigentlich?

Keiner von uns erwähnt während der Heimfahrt in der U-Bahn den Moment im Backstagebereich. Wir unterhalten uns über Vivid Colors, über das Interview und das Konzert, und wie gewohnt begleitet mich Jako bis zur Haustür, wo wir uns verabschieden. Mit langen Schritten geht er davon, hebt an der Ecke noch einmal die Hand und ist im nächsten Moment verschwunden.

Im Hintergrund läuft *Without You* von Keep on Dreaming, ich liege im Bett und bin müde und durcheinander. Was war das heute Abend vor diesem Umkleideraum? Was war das für ein Gefühl, und warum verunsichert es mich so?

Für einen ganz kurzen Moment dachte ich vorhin, Jako würde mich gleich küssen. Ich spüre wieder das Kribbeln im Bauch und wälze mich auf die Seite. Bin ich in Jako verliebt und habe das bisher gar nicht bemerkt?

Lief perfekt, tippe ich. *Hat alles genau so funktioniert wie geplant.*

Grinsesmiley. Senden.

Dass Juli sich mit meinen dürren Zeilen nicht zufriedengeben würde, war klar. Einen Großteil des gestrigen Abends habe ich ihr schon erzählt, noch bevor der Gong zur ersten Stunde ertönt, und die allermeisten Details liefere ich nach, während wir gleichzeitig versuchen, einem Versuchsaufbau zu folgen, an dem unser Chemielehrer herumschraubt.

Hilfreich ist in diesem Fall, dass Herr Eisenhut meistens nicht mehr viel von seiner Umgebung mitbekommt, wenn er erst mal richtig in Fahrt ist. Unbeirrt mischt und schüttelt er seine Mixturen, gießt den Inhalt eines Röhrchens in ein anderes, verschüttet dabei die Hälfte und hält Monologe, die bei seinen Schülern zuverlässig zum Delirium führen. Ab und an raucht oder funkt oder spritzt es, und alle sitzen anschließend für einige Minuten wieder etwas gerader und halten den Stift ein wenig fester. Oft ist es sinnvoller, zu Hause nachzulesen, wie der Versuch eigentlich hätte ablaufen sollen. Unvergessen seine Worte: »Und jetzt sehen Sie ganz genau hin! Ich gieße das hier in dieses Reagenzglas, und die Flüssigkeit wird wieder durchsichtig!«, kurz bevor ihm der Inhalt des Reagenzglases um die Ohren flog. Ein Hoch auf die Schutzscheibe zwischen unserem Chemielehrer und uns.

Ich berichte Juli von dem Interview mit Dave, erzähle von dem Roadie und lasse auch nicht aus, wie Jako mich locker von hinten umfasste, um zu verdeutlichen, wer hier zu wem gehört.

»Und wie war das?«, will Juli neugierig wissen. »Wie hat sich das angefühlt?«

»Wie soll sich das denn angefühlt haben?«

Juli zieht skeptisch eine Augenbraue hoch, und ich füge hinzu: »Ist ja nun auch schon vorher vorgekommen, dass wir uns mal umarmen.«

»Aber nicht so.«

»Doch, auch so.«

»Aber nicht mit diesem ›Wir sind zusammen‹-Ding im Kopf.«

»Juli, wir sind nicht zusammen!«

Etwas knallt, und erschrocken ziehen wir die Köpfe ein. Vorne ist Herr Eisenhut damit beschäftigt, den Bunsenbrenner herunterzudrehen und ein glühendes Röhrchen zu schwenken. Zwischen mir und Juli bleibt es eine Weile still.

Ob ich von dem Moment vor der Tür zum Umkleideraum erzählen soll? Wie Jako sich zu mir herunterbeugte und der gewohnte Abstand zwischen uns plötzlich verschwunden war? Wie sein Gesicht auf einmal mein Blickfeld ausfüllte, und wie ich dachte … also, eine Sekunde lang …

Es knallt schon wieder, und ich hüpfe fast vor Schreck.

»Alles klar?«, fragt Juli.

Ich werde es Juli erzählen. Aber nicht jetzt und hier.

In der Mensa sitzen Levin und Jako schon an einem Tisch, und während ich mit Juli den Raum durchquere und dabei anderen Schülern ausweiche, die ihre Tabletts vor sich her tragen, kann ich nicht aufhören, Jako anzustarren. Er sieht aus wie immer. Natürlich sieht er aus wie immer, wie soll er auch sonst aussehen? Einen Tisch weiter kichert eine Gruppe Mädchen, und ich überlege, ob sie wohl wegen Jako dort sitzen. Und warum mir das jetzt auffällt. Und wieso das überhaupt wichtig ist.

Dann wird mir plötzlich bewusst, dass Jako wirklich gut aussieht. Wie er da so lässig sitzt, die Beine weit von sich gestreckt, eine Hand in der Jackentasche, mit der anderen wie gewohnt seine Haare zerwühlend – doch, er sieht gut aus. Natürlich wusste ich das auch schon vorher, aber ich wusste es irgendwie anders. Es war mehr ein »Jako ist mein bester Freund, er ist ein Jahr älter als ich, sieht gut aus und geht seit Jahren zum Taekwondo«-Wissen. Und jetzt ist es ist beinahe eine Art ... Schock. Darüber, dass ich Jako noch nie so wahrgenommen habe, und darüber, dass ich nicht verstehe, warum das jetzt passiert. Verdammt, könnte mein Hirn mal bitte durchfunken, was genau in mir gerade abläuft? Man sollte meinen, dass ich doch wohl die Erste bin, die erfährt, welche Gefühle in meinem Inneren Ringelreihen tanzen.

Juli wirft sich wie gewohnt auf Levin, und Jako zwinkert mir zu. Er zwinkert mir zu! Unsicher lächle ich ihn an. Ist das ein freundschaftliches Zwinkern? Oder ist es nach gestern

Abend ein anderes Zwinkern? Ein »Denkst du auch noch an gestern Abend?«-Zwinkern?

»Ich geh mir was zu essen holen!« Entschlossen drehe ich ab. In der Schlange an der Essensausgabe verpasse ich mir eine mentale kalte Dusche. Natürlich fühlt es sich seltsam an, wenn man einen so guten Freund kurz mit anderen Augen gesehen hat, ermahne ich mich. Das ist völlig normal, und es ist kein Wunder, dass es mich durcheinanderbringt.

Mir fällt ein, wie ich in der vierten Klasse mehrere Tage in Alexander Vasselt verliebt gewesen bin, weil er sagte, ich sei süß. Eigentlich hatte ich mit Alexander nie viel zu tun, aber in ihn verliebt zu sein, schien mir die einzig angemessene Reaktion auf sein Kompliment.

Fast bin ich erleichtert. Natürlich. Natürlich, mein Kopf versucht einfach nur, etwas zu verknüpfen, das letztlich gar nicht verknüpft gehört.

Zurück an unserem Tisch stelle ich mein Tablett ab und setze mich neben Jako. Die drei reden über das anstehende Wochenende.

»Du kommst doch mit, Katinka?«, wendet sich Juli an mich. »Wir wollen an den See und abends vielleicht ins Kino oder so.«

»Geht leider nicht. Dieses Wochenende bin ich bei meinem Vater.«

»Schade.«

Kauend höre ich den anderen zu und bedauere mich ein wenig. See und Kino mit Jako, Juli und Levin klingt eindeutig reizvoller als das Wochenendprogramm, das mein Vater sich ausdenken wird. Wahrscheinlich werden wir durch irgendein Museum laufen und uns anhören dürfen, wie wunderbar es doch ist, die Ausstellung quasi ganz für uns allein zu haben, weil sich alle anderen auf die umliegenden Schwimmbäder und Seen verteilen. Seufzend lasse ich mich auf der Bank zurückfallen.

»Alles in Ordnung?«, fragt Jako.

»Alles okay«, erwidere ich. »Ich hab nur gerade gedacht, dass ich viel lieber was mit euch unternehmen würde, statt mit meinem Vater und Tom rumzuhängen.«

»Wann seid ihr bei deinem Vater?«

»Ab Samstagvormittag. Und Sonntagnachmittag werden wir wohl erst zurück sein.«

»Was ist mit Freitag?«

»Geht auch nicht. Da steht noch ein Interview an.«

»Das kann ja jemand anderes übernehmen.«

»Wer denn? Du vielleicht?«

»Zumindest könnte ich dich unterstützen. Muss ich ja sowieso, oder?« Jako lässt sich von dem leichten Spott in meiner Stimme nicht aus der Ruhe bringen.

»Du willst doch jetzt nicht wirklich zu jedem Interview mitkommen.«

»Wieso nicht?«

»Finn kümmert sich diesmal um die Bilder, das ist schon seit Ewigkeiten abgemacht.« Nicht unbedingt wortwörtlich das, was ich gerade denke, aber bei Weitem besser als die Wahrheit. Noch einmal so eine Situation wie nach dem Interview mit Vivid Colors, und ich weiß vermutlich überhaupt nicht mehr, wo mir der Kopf steht.

Jako zuckt die Schultern. »Auch gut.«

Ich wende mich ab und sehe zu Juli, die ihr Gespräch mit Levin unterbrochen hat. Mich beschleicht der Verdacht, dass die beiden genau zugehört haben. Und warum sollten sie das auch nicht tun, schaltet sich die ermahnende Stimme in meinem Hinterkopf wieder ein. Jako und ich besprechen ja keine Geheimnisse.

Der Gong unterbricht die eigenartige Stimmung, die sich zwischen uns ausgebreitet hat, und beinahe dankbar bücke ich mich nach meinem Rucksack.

Auf dem Nachhauseweg frage ich mich, ob Juli dieses Gefühlswirrwarr gemeint hat, als sie mir letzte Woche erklärte, es sei völlig schräg, wenn Jako und ich so tun würden, als seien wir zusammen. Vielleicht hat sie deutlicher vorhergesehen als ich, zu was für einem emotionalen Durcheinander das führen kann.

Nachdenklich kicke ich ein Steinchen vor mir her. Trotzdem hat es funktioniert. Niemand nimmt an, ich sei auf Musikerfang, wenn ich mit meinem Freund auflaufe.

Ich muss bloß meine Gedanken sortiert bekommen, das ist alles.

SECHS

So kurz vor den Sommerferien fällt beinahe jedem Lehrer ein, dass der Lehrplan längst nicht abgearbeitet ist, und wir haben mehr als genug damit zu tun, unmittelbar vor der Zielgeraden nicht zusammenzubrechen. Selbst meine Mutter, die normalerweise der Ansicht ist, die Schule sei im Vergleich zum Blog auf meiner persönlichen Prioritätenliste nicht weit genug oben angesiedelt, stellt mir mehrere Male das Abendessen zwischen die Papierstapel auf meinem Schreibtisch.

Das Interview am Freitag verläuft unspektakulär, wenn man mal von der Tatsache absieht, dass Finn es irgendwie fertigbringt, sämtliche Aufnahmen zu verwackeln. Egal. Es gibt ja immer noch Archivbilder.

Spannend wird es erst wieder Samstagvormittag, als Tom und ich bei meinem Vater klingeln und die Tür von einer Frau namens Gisela geöffnet wird. Dabei ist es nicht die Tatsache, dass mein Vater mal wieder eine neue Freundin hat, die mich ärgert, aber wie kann er allen Ernstes annehmen, so ein unvorbereitetes Treffen könne auch nur den Hauch einer Chance haben, erfolgreich zu verlaufen? Nach einem unfassbar zäh verlaufenden Mittagsessen, bei dem Gisela, mein Vater und ich uns mühsam über die Schule unterhalten, derweil Tom unkooperativ auf seinen Teller starrt, verabschiedet sie sich. Den restlichen Tag verbringt mein Vater damit, uns zu erklären, wie er sich das Zusammentreffen zwischen Gisela und uns eigentlich vorgestellt hat.

Ich bin froh, als ich Sonntagabend endlich mit Juli, Jako und Levin im *Cave* sitze. Noch bevor wir die ersten Gläser geleert haben, packe ich mein grässliches Wochenende auf den Tisch.

»Hätte auch funktionieren können.« Levin setzt sein Glas an und trinkt den letzten Schluck in einem Zug aus. »Ist doch manchmal wirklich nicht doof, nicht immer alles genau zu planen.«

Juli sieht ihn entgeistert an. »Das ist doch wohl nicht dein Ernst! Stell dir vor, du kommst nach Hause, und da sitzt dein Vater mit einer neuen Frau im Arm!«

»Das wäre schon blöd«, erwidert Levin unbeeindruckt. »Wo doch meine Eltern noch verheiratet sind.«

Finn, der sich auch angekündigt hat, lässt auf sich warten, und als er endlich auftaucht, verfinstert sich Julis Gesicht. Hinter ihm her schlendert Milla, zusammen mit einem weiteren Mädchen.

»Hi!«, sagt Finn und drängelt sich zu Juli und Levin auf die Bank, das andere Mädchen nimmt neben Jako Platz. Milla bleibt einige Sekunden stehen und wirft Juli einen unsicheren Blick zu, bevor sie sich neben Finn niederlässt. Der nickt zu dem Mädchen gegenüber. »Das ist Lea, Milla kennt ihr ja. Seid ihr schon lange hier? Was steht noch an?«

»Nix.« Levin ist gerade dabei, über die Banklehne zu klettern. »Rumsitzen. Will noch wer irgendwas trinken?«

»Orangensaft«, meldet sich Lea, und Milla fügt hinzu: »Ich auch.«

Finn klettert Levin hinterher, wodurch Milla nun unverhofft direkt neben Juli sitzt. Keine von beiden rutscht auch nur einen Millimeter in die entstandene Lücke hinein.

»Ich bin übrigens Katinka«, stelle ich mich Lea vor. »Das ist Juli und das Jako.«

»Hi«, erwidert Lea lächelnd.

Milla sieht sich nach Finn um, während Juli sich weit nach vorne beugt und so tut, als gäbe es Milla gar nicht.

»Also ... kommst du aus Frankfurt?«, wendet Jako sich an Lea.

»Nein, nur aus der Ecke. Ich übernachte heute bei Milla.«

»Hast du schulfrei morgen?«, rutscht es mir heraus, und im selben Moment fühle ich mich spießig.

Milla und Lea kichern. »Ach, die Schule ... sind doch bald Sommerferien.«

Jetzt fühle ich mich sogar noch spießiger.

Die beiden Jungs kehren mit den Getränken zurück. Während Levin über die Lehne wieder zu Juli klettert, quetscht sich Finn einfach neben Milla, die nur zögernd näher an Juli heranrückt.

In der nächsten halben Stunde wünschte ich, Finn wäre gar nicht mehr gekommen. Juli und Milla ignorieren sich eisern, und wir anderen tun so, als würden wir die unbehagliche Stimmung, die dadurch entsteht, überhaupt nicht bemerken.

»Am vierzehnten Juli sind wir bei Keep on Dreaming«, sagt Jako irgendwann, da quietscht Lea plötzlich los: »Die sind mit Odd Fish auf Tour, oder? Wir gehen auch hin!« Sie strahlt Milla an, die schwach zurücklächelt.

»Sauteure Tickets«, stellt Finn fest.

»Milla hat einen Typen kennengelernt, der beim Aufbau hilft. Über den haben wir umsonst Tickets bekommen.«

Juli gelingt es tatsächlich, ihren genervten Gesichtsausdruck noch etwas genervter wirken zu lassen.

Finn legt einen Arm hinter Milla auf die Banklehne. »Mit Odd Fish läuft jetzt nix, oder? Wer macht denn das Interview mit Keep on Dreaming?«

»Was denn für ein Interview?«, fragt Lea neugierig. »Arbeitet ihr für eine Zeitung, oder was?«

Jako guckt zu mir, und ich setze an: »Also, genau genommen geht es um einen Blog. Er heißt *Listen Up!* und –«

»Den kenn ich!«, ruft Lea. »Da hab ich schon mal reingelesen. Das ist ja supercool! Bekommt ihr da für jedes Konzert Backstagepässe und so? Wer von euch gehört denn dazu?«

Levin wedelt vage über den Tisch. »So ziemlich alle hier.«

»Außer Milla«, bemerkt Juli spitz.

»Cool«, wiederholt Lea. »Kann man da einsteigen?«

»Nein«, erklärt Juli und lächelt Lea freundlich an.

Finn erhebt sich. »Wollen wir noch woanders hin? Ist ja doch ein bisschen wenig los hier.«

Milla steht sofort auf, doch Lea schließt sich nur zögerlich an. »Ihr nicht?«

Levin zuckt grinsend mit den Schultern, was ihm einen scharfen Blick von Juli einbringt, die sich gerade mal zu einem Kopfschütteln herabgelassen hat. Mann, Levin, du lernst es auch nicht, denke ich, bevor sich Lea an uns wendet: »Und du? Kommst du mit?«

Ich korrigiere: Sie wendet sich nicht an uns, sie wendet sich an Jako. Der scheint einen Moment zu schwanken, schüttelt dann jedoch ebenfalls den Kopf.

»Ach, schade.« Lea sieht enttäuscht aus. »Aber vielleicht sieht man sich ja mal wieder.«

Nachdem sie verschwunden sind, trinkt Juli ihr Glas aus. »Ich geh dann auch mal.«

»Wieso das denn?« Levin schaut Juli erstaunt an.

»Nur so. Ist ja schon spät.«

»Na ja, Viertel nach zehn.«

»Du kannst dich ja Finn und Milla anschließen, wenn du willst.«

Stirnrunzelnd wendet Levin sich uns zu. »Bleibt ihr noch?«

Nach einem Blick auf meine Freundin schiebe ich mich zwischen der Bank und dem Tisch hervor.

»Ich bleib noch«, sagt Jako.

»Gut.« Levins Grinsen ist wieder da. Er springt auf und ist mit zwei Schritten bei Juli, die gerade in ihre Jacke schlüpft.

Der nun folgende Abschiedskuss ist großes Kino, und die Tatsache, dass Juli sich in ihren Jackenärmeln verheddert hat, mindert das Ganze nicht im Geringsten.

»Dann bis morgen!« Levin sieht sehr zufrieden aus. Er zupft sich eine von Julis Haarspangen aus ihrem Haar und steckt sie in die Hosentasche.

»Bis morgen.« Ich winke den beiden zu und ziehe die verdatterte Juli nach draußen.

SIEBEN

Vor mir lehnt ein schmaler, hoher Spiegel an der Wand. Ich sitze auf Julis Bett und betrachte skeptisch das Glätteisen in meiner Hand. Das Ding ist mir unheimlich. Zum ich weiß nicht wievielten Male frage ich mich, wie und wo genau ich überhaupt beginnen soll. Unsicher drehe ich eine Haarsträhne zusammen – einfach durch dieses Ding ziehen? Und was ist, wenn meine Haare wie an einem zu heißen Bügeleisen kleben bleiben?

Keine Ahnung, wie oft ich Juli vorgejammert habe, dass mein Leben ohne Locken ein leichteres wäre. Vorsichtig klappe ich das Glätteisen auf und zu. Ganz ohne Haare würde mir allerdings auch nicht gefallen.

»Katinka!«

Juli hat einen kleinen Spiegel auf ihrem Schreibtisch stehen und ist eigentlich dabei, mit einer Menge Schwarz und Grau ihre Augen zu umranden. Jetzt steht sie auf und hockt sich hinter mich. »Du musst einfach einzelne Strähnen nehmen«, geschickt teilt sie eine lange Haarsträhne ab, »und dann langsam so durchziehen.«

Fasziniert beobachte ich, wie eine lange Locke durch das Eisen gleitet, sich dabei um sich selbst dreht und schließlich glatt und glänzend über meine Schulter fällt. Juli hat sich bereits eine neue Strähne gegriffen und arbeitet sich weiter vor.

»Das wird der absolute Wahnsinn!«, erklärt sie. Ergeben schließe ich die Augen.

Eine ganze Weile später lässt sie sich nach hinten fallen. »Fertig! Du kannst die Augen wieder aufmachen.«

Ich blinzele vorsichtig und springe im nächsten Moment auf. Meine Haare, die normalerweise wild gelockt bis zur Mitte meines Rückens fallen, schmiegen sich schnurgerade und ohne jede Welle um mein Gesicht und fließen bis weit über meine Taille – ungefähr so sehe ich normalerweise nur aus, wenn ich den Duschkopf über mich halte.

»Das ist doch super!« Juli ist begeistert. »Wenn ich dir jetzt die Augen asiatisch schminken würde –«

»Nee, lass mal«, unterbreche ich sie und weiche zurück. »Wenigstens mein Gesicht will ich noch erkennen.«

Es ist Samstagabend, und Juli und ich bereiten uns für das *Cave* vor. Normalerweise sehe ich ja nur Juli zu, der es mit dunkler Farbe, schwarzer Kleidung und vielen Haarspangen regelmäßig gelingt, nicht klein, zart, blond und süß auszusehen, sondern klein, zart, blond und supercool. So stelle ich mir Elfen vor, die sich für ein Rockkonzert zurechtstylen. Ich dagegen bin eher der gewöhnliche Jeans-und-T-Shirt-Typ. Heute jedoch dürfte ich bei Jako und den anderen einiges an Aufsehen erregen, zumal Juli es noch schafft, mich davon zu überzeugen, dass zu meiner neuen Frisur unbedingt ein knallroter Lippenstift gehört. Jedes Mal, wenn ich in den Spiegel sehe, kriege ich einen Schreck.

Die dunklen Wolken, die über uns hängen, als wir von Juli aus loslaufen, haben sich bedrohlich schwarz zusammengeballt, bis wir endlich das *Cave* erreichen.

»Nichts wie rein!«, ruft Juli, »sonst hätte ich mir die ganze Arbeit mit dem Glätteisen sparen können!«

Wir haben uns noch nicht einmal an der Bar vorbeigedrängelt, da ertönt hinter uns: »Das gibt's doch nicht!«

Levin holt uns ein und vergisst ausnahmsweise völlig, Juli angemessen zu begrüßen. Die steht fröhlich neben mir und guckt so stolz, als sei sie meine Mutter.

»Was ist denn mit deinen Haaren passiert?« Er fällt auf die Knie. »Rapunzel, Rapunzel!«

»Hör auf!« Ich muss lachen, als Levin Anstalten macht, sich an meinen Haaren hochzuziehen. »Finger weg! Rapunzel möchte ihre Haare gerne behalten.«

Die Reaktion der anderen fällt nicht weniger überrascht aus, und nach einigen Minuten, in denen jeder einmal anfassen möchte, bereue ich die ganze Aktion bereits. Ich rette mich zu Jako auf die Bank, der bisher keine Anstalten unternommen hat, mich oder Juli zu begrüßen.

»Hi, Schneewittchen.«

»Jetzt fang du nicht auch noch an.« Mit einem Taschentuch beginne ich an meinen Lippen herumzurubbeln.

»Wieso machst du's wieder ab? Sieht doch gut aus. Ungewohnt. Aber nicht schlecht.«

»Zu ungewohnt für mich«, nuschele ich hinter dem Taschentuch hervor.

»Juli?«

»Juli und ein Glätteisen.« Ein bisschen verlegen stopfe ich das Taschentuch in meine Jeans. »Pass bloß auf, dass du nicht in die Nähe von beiden gleichzeitig kommst.«

In diesem Moment erklingen aus den Lautsprecherboxen die ersten Takte von *Without You.*

»Keep on Dreaming! Wie cool ist das denn?« Schon beim Aufspringen halte ich nach Juli Ausschau.

»Da hinten.« Jako ist ebenfalls aufgestanden und nickt zur Tanzfläche hin. Inmitten des Gewühls entdecke ich Juli. Sie steht in Levins Arme gekuschelt, und beide bewegen sich sanft zur Musik. Ich bin ja die Erste, die die Augen verdreht, wenn Juli und Levin in schöner Regelmäßigkeit mehr übereinander als nebeneinander sitzen, aber ich würde sofort unterschreiben, dass sie perfekt zueinanderpassen. Wenn ich sehe, wie Levin Juli auf ihre blonde Klämmerchen-Frisur küsst, während sich seine hellen Haare mit ihren glatten Strähnen vermischen, könnte ich mich sogar selbst in ihn verlieben.

»Tanzen?«, fragt Jako leise.

»Jako!«, ruft plötzlich jemand neben uns. »Jetzt sieht man sich doch tatsächlich mal wieder.«

Es ist Lea. Sie nickt in meine Richtung, und ich bin absolut sicher, dass sie sich nicht mehr an meinen Namen erinnert, falls sie ihn sich überhaupt jemals gemerkt hat.

»Das Lied ist so cool«, zwitschert sie. »Komm mit!«

Jako schneidet eine überraschte Grimasse, als sie nach seinem Arm greift und ihn mit sich zieht.

Kleine-Mädchen-Smalltalk, denke ich, und dann: blöde Kuh.

Ein bisschen weniger beschwingt als noch vor wenigen Minuten setze ich mich auf die Bank zurück.

Wasted time, days gone by,
don't want to hear 'bout this
I miss you more than I could say,
dying for your kiss

Ich liebe, liebe, liebe dieses Lied. Vielleicht sitze ich in wenigen Tagen direkt vor diesem James McMillan – ob seine

Stimme dasselbe in mir auslöst, wenn er nicht singt? Falls ja, werde ich das Interview nie wieder löschen.

Finn lässt sich neben mich fallen. »Hast du Milla gesehen?«

»Milla? Nein. Ich wusste nicht mal, dass die auch hier ist.«

»Doch, ist sie. Keine Ahnung, wo sie steckt. Eigentlich sind wir sogar zusammen gekommen.«

Finn und Milla? Ausgerechnet Milla? Seit wann das denn?

»Vielleicht ist sie draußen?«

»Kann sein.« Finn steht auf. »Ich schau mal nach.«

Er bewegt sich in Richtung Ausgang, und ich nehme mir vor, Levin oder Jako zu fragen, ob sie mehr darüber wissen.

Als ein neues Lied beginnt, drängele ich mich zu den Toiletten durch. Dort fällt mein Blick als Erstes in einen Spiegel, und ich zucke zusammen – glatte Haare sind doch nicht so meins.

Während ich in der Kabine bin, öffnet sich die Tür abermals. Zwei Mädchen kommen kichernd herein, und diese Stimmen kenne ich mittlerweile.

»... ist so süß! Meinst du, diese eine, die mit den langen Haaren, die letztes Mal noch Locken hatte, ist seine Freundin?«

»Nö, glaub ich nicht. Die machen nur zusammen diesen Blog.«

Türenklappern.

»Und was ist mit Finn?«, erklingt es neben mir.

»Kein Problem!«

Gelächter. Geraschel. Die Klospülung.

Als die Wasserhähne aufgedreht werden, gehen die Stimmen im Rauschen unter, aber alles Weitere ist auch nicht mehr wichtig.

Nachdem sich die Tür wieder hinter Milla und Lea geschlossen hat, verlasse ich langsam die Kabine. Finn ist also kein Problem und Jako süß? Grimmig drücke ich auf den Seifenspender. Wenn ihr euch da mal nicht geschnitten habt.

Zurück an unserem Tisch winke ich Juli zu mir. Milla und Finn sind nirgendwo zu sehen, dafür hat sich Lea endgültig an Jako gehängt und scheint alles, was er von sich gibt, unglaublich lustig zu finden.

Ich ziehe Juli nach draußen und erzähle ihr, was ich eben mitbekommen habe. »Die beiden schmeißen sich doch nur an Jako und Finn ran, weil sie sich davon Gratistickets versprechen, oder Backstagepässe, oder was weiß ich!«

Mittlerweile hat es zu regnen begonnen. Scharfe Windböen wirbeln Papier und vereinzelte Blätter auf, und die üblichen Rauchergrüppchen drücken sich eng an die Mauern.

»So was ist wirklich das Allerletzte!« Juli ist ebenso erbost wie ich. »Und das habe ich auch Levin gesagt, als er mir erzählt hat, Finn und Milla seien jetzt zusammen.«

»Und was hat Levin gesagt?«

»Dass das ja wohl Finns Sache sei,« erwidert Juli und verdreht die Augen.

Donner rumpelt grollend über uns hinweg.

»Wir sollten aber trotzdem zumindest Finn von dieser Unterhaltung zwischen Milla und Lea erzählen, oder?« Unsicher sehe ich Juli an. »Danach ist es wirklich seine Sache, was er damit anfängt.«

Juli kräuselt die Nase. »Dein Job.«

»Na danke.«

»Geh rein und schau dir an, wie Finn Milla die ganze Zeit anhimmelt, dann weißt du, was ich meine.«

Unwillig werfe ich den Kopf zurück. »Wie kommt Finn überhaupt auf die Idee, Milla könnte das ernst meinen? Hing sie nicht vor Kurzem noch an Levin dran?«

Juli verzieht das Gesicht. »Mir musst du das nicht erzählen.«

Ein Blitz leuchtet über den Dächern auf, und der Regen wird stärker. Fröstelnd schlinge ich die Arme um mich. »Vielleicht könnte Jako mit Finn reden.«

»Jako?«

»Meinst du nicht?«

»Na ja, Jako war es ja wohl nicht, der in der Damentoilette das Gespräch mitbekommen hat.«

»Aber er ist Finns Freund.«

»Du doch auch.«

»Juli ...«

Juli hakt sich bei mir unter. »Okay. Wir erzählen's ihm zusammen.«

Das Vorhaben ist einfacher geplant als ausgeführt, denn als wir wieder reinkommen, sitzt nur noch Levin am Tisch.

»Wo sind alle anderen?«, rufe ich. Levin hebt die Schultern und deutet vage in die Menge. »Irgendwo. Und wo wart ihr?«

Er zieht Juli zu sich und legt den Arm um sie. Ratlos bleibe ich stehen. »Ich geh ein bisschen rum«, erkläre ich schließlich.

An der Bar entdecke ich weder Jako noch Finn. Ziellos laufe ich weiter zu einer Plattform, die etwas erhöht liegt, und von der aus man die Tanzfläche gut überblicken kann. Hier habe ich Glück. Unter mir tanzen Finn und Milla. Eine Weile beobachte ich die beiden und überlege, was ich Finn überhaupt erzählen will. »Kein Problem«, hat Milla gesagt, aber irgendwie ahne ich, dass Finn diese Äußerung vielleicht nicht ganz so negativ auslegen wird, wie Juli und ich das getan haben. Und vielleicht hat sie es ja wirklich anders gemeint? Nur weil dieser Satz von Milla kommt, muss man ihr ja nicht gleich unterstellen, dass ihr die Geschichte mit Finn nicht wichtig sei.

Weiter hinten stehen Jako und Lea und küssen sich, und einen Moment lang habe ich das Gefühl, jemand quetsche meine Lungen zusammen. Lea hat Jakos Kopf zu sich heruntergezogen und seine nach vorne fallenden Haare verdecken dankenswerterweise die Details. Unwillkürlich setzen sich meine Beine in Bewegung, doch kurz vor der Treppe bremse ich ab. Was habe ich eigentlich vor? Wie damals Juli zu den beiden hinmarschieren und Hallo sagen?

Mit beiden Händen fährt Lea Jako jetzt durch die Haare.

Langsam gehe ich die Stufen hinunter und schlage einen großen Bogen um die Tanzfläche. Jako und Lea also. Leute rempeln mich an, während ich mich zu unserem Tisch schiebe und dort meine Lederjacke aus dem Kleiderhaufen wühle.

»Hey!« Juli fasst nach meinem Arm. »Gehst du schon?«

Ich hole tief Luft. Jako hat was mit Lea, würde ich gerne antworten, stattdessen erwidere ich: »Ich geh nur mal um den Block.«

»Hast du Finn gefunden?«

»Der ist mit Milla auf der Tanzfläche.«

»Soll ich mit rauskommen?«

Julis Stimme hat einen misstrauischen Unterton bekommen, und ich lächle so unbekümmert wie möglich. »Nee, lass mal. Nicht, dass Levin Entzugserscheinungen bekommt oder so.«

Levin, der unser Gespräch mit angehört hat, greift sich an den Hals. »Keine Luft«, röchelt er, »Juli!«

Juli lässt sich lachend wieder neben ihn fallen, und ich quetsche mich zwischen den Leuten hindurch zum Ausgang.

Draußen schüttet es jetzt richtig. Einen Moment lang stehe ich noch vor dem *Cave*, dann laufe ich los. Nur wenige Sekunden später bin ich klatschnass. Über mir kracht der Donner, und Blitze tauchen den Regen in flackerndes Licht. Ohne nachzudenken, schlage ich den Weg zur S-Bahn ein. Vor meinen Augen taucht das Bild von Jako und Lea auf. Ihre Hände in seinem Haar. In meinem Bauch zieht es schon wieder, ich nehme Anlauf und springe vom Randstein aus in eine riesige Pfütze.

»He, pass doch auf!« Irgendein Typ zieht seine Freundin näher zu sich unter den Schirm.

Ich sehe auf meine Füße, die bis zu den Knöcheln im Wasser stehen. Dann stolpere ich weiter. Egal. Was auch immer da in meinem Kopf abläuft, wenn es um Jako geht, muss jetzt aufhören.

Diese bescheuerte Idee, so zu tun, als seien wir zusammen. Überhaupt nur deshalb bin ich jetzt so durcheinander. Ich laufe schneller. Juli hatte vollkommen Recht. In einer solchen

Sache sollte man nicht nur Theater spielen. Sehe ich ja jetzt, was dabei herauskommt.

Mittlerweile renne ich, sodass um meine Turnschuhe das Wasser in die Höhe spritzt, während ich durch die auf mich niederprasselnde Regenwand laufe.

In der S-Bahn krame ich nach meinem Handy. Um mich rum breitet sich eine Pfütze aus. *Bin total nass*, tippe ich, *Fahre jetzt doch heim. Viel Spaß noch!*

Zu Hause angekommen, schleiche ich ins Badezimmer. Meine triefenden Sachen werfe ich in die Wanne, dann rubbele ich mich mit einem Handtuch trocken und blicke beim Hinausgehen in den Spiegel. Zumindest meine Haare sehen aus wie immer. Und das Jako-Chaos in meinem Kopf wird sich auch wieder normalisieren.

ACHT

»Katinka! Wie oft habe ich dir schon gesagt, du sollst deine Sachen nicht einfach in die Badewanne werfen?«

Wenn das die ersten Worte sind, die einen am frühen Sonntagmorgen aus dem Schlaf reißen, kann man den Tag vermutlich getrost zusammenfalten. Benommen angele ich nach meinem Handy. Zwei verpasste Anrufe und drei Nachrichten, alle von Juli.

Wieso das denn? Wo bist du?

Alles in Ordnung?

Guten Morgen! Melde dich gefälligst!

Ich lasse das Telefon wieder neben mein Bett fallen und krieche tiefer unter die Decke. Wenn es bis eben nur ein vage trostloses Gefühl gab, haben mir Julis Worte gerade den gestrigen Abend sehr deutlich zurück ins Gedächtnis geholt. Also gut. Jetzt mal Klartext. Stört es mich, dass Jako etwas mit Lea hat?

Ja.

Warum?

Weil … darum.

Weiß ich nicht.

Keine Ahnung.

Weil ich nach der Sache bei dem Konzert von Vivid Colors dachte, zwischen mir und Jako sei etwas Neues entstanden. Zumindest für mich hat es sich so angefühlt.

Für Jako offenbar nicht.

Unwillig werfe ich die Decke von mir, schwinge mich aus dem Bett und öffne meinen Kleiderschrank.

Wenn Jako was mit Lea hat, ist das seine Sache. Kann er ja nichts dafür, dass ich mir da offenbar was zurechtgesponnen habe.

Ich zerre ein paar Sachen aus dem Regal.

Und dass diese Lea total dämlich ist, ist auch egal. Finn steht schließlich auch auf Milla.

Gereizt trete ich die Schranktür wieder zu. Überhaupt – worüber rege ich mich eigentlich auf? Will ich wirklich was von Jako? Nein! Jako und ich ein Paar? Nur, weil sich wenige Sekunden lang irgendwas zwischen uns ein wenig seltsam angefühlt hat? Komm mal wieder runter, Katinka.

Frisch geduscht schlurfe ich nach unten, wo meine Mutter in der Küche herumwerkelt.

»Wo ist Tom?« Ich lehne mich gegen den Türrahmen.

»Der hat bei einem Freund übernachtet. Guten Morgen. Würdest du bitte das nächste Mal deine nassen Sachen zumindest über den Wäscheständer hängen, Katinka?«

»Ja, mach ich doch normalerweise immer.«

Die Augenbrauen meiner Mutter gehen in die Höhe. Dann fährt sie übergangslos fort: »Heute bin ich übrigens nicht da.«

»Ach?« Verdutzt sehe ich sie an.

Sie geht an mir vorbei und stellt Honig und Marmelade auf den Tisch. »Ich bin verabredet.«

»Aha?«

»Nix ›Aha?‹! Ich bin einfach verabredet. Das darf ich doch wohl auch mal sein, oder?«

Vorsichtig setze ich mich auf meinen Platz. »Klar. Mit wem?«

Meine Mutter rückt sich einen Stuhl zurecht und nimmt ihre Kaffeetasse in beide Hände. »Mit Markus.«

»Markus?«

»Genau.« Sie hält die Tasse so, dass ich nicht alles von ihrem Gesicht sehen kann.

»Markus«, wiederhole ich. »Wer ist Markus?«

»Jemand, den ich kennengelernt habe.«

»Wann?«

»Katinka!«

»War ja nur eine Frage.«

Sie schiebt die Butterdose in meine Richtung, und ich beginne damit, eine Scheibe Brot zu bestreichen.

»Ich kenne Markus von der Arbeit. Er ist nett, wir verstehen uns gut, und letzte Woche hat er mich gefragt, ob wir mal was zusammen unternehmen wollen. Gestern Abend habe ich ihm zugesagt, und heute gehen wir nun essen.«

»Den ganzen Tag?«

»Nein, natürlich nicht den ganzen Tag. Wir wollen erst zum See fahren.«

Meine Mutter zum See? Mit einem Markus? Im Bikini?

Dass mein Vater hin und wieder neue Freundinnen anschleppt, bin ich gewohnt. Aber meine Mutter mit einem neuen Freund? Das ist etwas anderes.

»Der wird aber nicht gleich hier einziehen, oder?«

»Katinka! Wir gehen heute lediglich essen. Von irgendwelchen anderen Vereinbarungen sind wir meilenweit entfernt!«

»Ja, ist ja gut.«

Sie nippt an ihrem Kaffee. »Und du?«, will sie schließlich wissen. »Was hast du heute vor?«

»Weiß noch nicht. Vielleicht ein bisschen was für *Listen Up!*.«

»Gehst du bei dem schönen Wetter nicht raus? Mit Jako oder Juli?«

»Mal sehen.«

Jedenfalls fahre ich heute ganz bestimmt nicht zum See.

Zurück in meinem Zimmer setze ich die CD von Keep on Dreaming auf Endlosschleife und werfe mich aufs Bett. Die Vorstellung, hier könnte vielleicht in Zukunft ein Markus ein und aus gehen, fühlt sich seltsam an. Seit meine Eltern sich vor fünf Jahren getrennt haben, hatte meine Mutter keine Beziehung mehr, und irgendwie ist mir nie in den Sinn gekommen, sie könne doch ganz gerne mal wieder eine eingehen wollen. Dabei habe ich neulich noch am Telefon zu Juli gemeint, ich würde es gut finden, wenn meine Mutter wieder einen Freund hätte. Aber das war ehrlicherweise eher so dahingesagt gewesen.

Es klingelt. Ob das dieser Markus ist? Im nächsten Moment trampelt jemand die Treppe hoch, und Juli reißt meine Zimmertür auf. »Warum rufst du nicht an?«

Verdammt. Das habe ich völlig vergessen.

Sie zieht die Tür zu, und ich richte mich auf.

»Ich hab mir schon Sorgen um dich gemacht! Was ist los? Warum bist du gestern Abend einfach verschwunden? Und warum antwortest du nicht auf meine Nachrichten?«

»Meine Mutter hat jetzt einen Freund. Und Jako eine Freundin.«

»Was?«

Julis Entgeisterungsruf lässt offen, welche der beiden Nachrichten sie mehr schockiert, und so setze ich zunächst einmal an, ihr von dem Gespräch mit meiner Mutter zu berichten.

»Wer ist dieser Markus?«, will sie wissen.

»Keine Ahnung. Ich kenn den nicht.«

»Und die beiden gehen heute zusammen essen?«

»Und an den See.«

»Na ja, aber das ist doch gar nicht so doof, oder? Dann musst du wenigstens kein schlechtes Gewissen mehr haben, wenn du am Wochenende unterwegs bist.«

»Ja, aber –«

Sie hebt den Zeigefinger. »Moment.«

Ich unterbreche mich und sehe Juli irritiert an, die mit der Hand in meine Richtung wedelt. »Jako hat was?«

»Eine Freundin.«

»Wen?«

»Na, diese Lea.«

Juli zieht die Augenbrauen zusammen. »Seit wann?«

»Was weiß denn ich? Seit gestern Abend vermutlich.«

»Und woher weißt du das?«

Ich sehe wieder Lea vor mir, die mit beiden Händen durch Jakos Haare fährt, und Jakos dunkle Strähnen, die so weit nach vorne gefallen sind, dass man die Gesichter der beiden nicht mehr erkennen kann. Jako, der Leas Schultern umfasst.

»Katinka?«

»Weil sie gestern im *Cave* rumgeknutscht haben, deshalb weiß ich das!«

Juli sieht ehrlich entsetzt aus. »Jako? Mit Lea? Gestern?«

»Ja und ja und ja.«

»Das ist ja widerlich!« Mit einem Schnauben lässt Juli sich zu mir aufs Bett fallen, und ich lehne mich gegen das Fußende.

»Deshalb bist du gestern einfach abgehauen?«

Mein Zögern ist Antwort genug.

»Du bist abgehauen, weil du Jako mit Lea gesehen hast?« Sie setzt sich wieder auf und sieht mich forschend an. »Was also ist zwischen dir und Jako?«

Unschlüssig beiße ich mir in die Innenseite der Wange. Dann erzähle ich Juli noch einmal von dem Interview mit Dave von Vivid Colors, und diesmal lasse ich den Moment vor dem Umkleideraum nicht aus. Juli zieht die Augenbrauen in die Höhe. »Ihr hättet euch beinahe geküsst?«

»Nein, ich hab nur einen Moment gedacht, Jako würde mich gleich küssen.«

Sie nickt, und ich rede weiter. Ich breite all die Gedanken vor ihr aus, die ich in den letzten Tagen über mich und Jako gedacht habe, und als ich damit fertig bin, warte ich auf Julis Reaktion. »Es ist wie damals, mit Alexander Vasselt«, füge ich noch hinzu.

»Alexander Vasselt?«

»Der, in den ich verliebt war, weil er gesagt hat, ich wäre süß.«

»Das ist ja schon ewig her.« Sie rutscht ans Kopfende und schnappt sich ein Kissen. »Und ich glaube irgendwie nicht, dass das dasselbe ist.«

Ich öffne den Mund, aber Juli lässt mich gar nicht erst zu Wort kommen. »Ich erzähl dir jetzt mal was«, sagt sie.

In diesem Moment klingelt mein Handy. Jako.

Wortlos halte ich das Telefon hoch. Julis Augen werden größer, und hektisch gestikuliert sie in meine Richtung. »Geh ran! Geh ran!«, flüstert sie.

»Was soll ich denn sagen?«, flüstere ich zurück.

Sie schüttelt den Kopf. »Sei ganz normal. Mal gucken, was er sagt.«

Warum flüstern wir überhaupt? Mit klopfendem Herzen berühre ich das Display. »Hallo?«

»Hi, ich bin's.«

Jako klingt wie immer. Ich weiß nicht, was ich erwartet habe, aber nach dem Gespräch mit Juli bringt mich diese Normalität ein bisschen aus der Fassung.

»Hallo? Hörst du mich?«

»Äh, ja. Ja, klar, ich hör dich.« Ich sehe in Julis erwartungsvolles Gesicht. »Geht's dir gut?«

Jako lacht. »Warum sollte es mir nicht gut gehen?«

Natürlich, warum sollte es ihm nicht gut gehen, wo er doch gestern offenbar den Abend seines Lebens hatte?

»Weshalb ich anrufe«, füllt Jako die zwischen uns entstandene Pause, »was machst du heute? Wollen wir vielleicht zum See fahren?«

»Nein«, erwidere ich automatisch.

»Wieso nicht?«

»Weil … also …«

Juli schüttelt den Kopf. »Doch!«, wispert sie. »Doch, natürlich fährst du mit ihm an den See!«

Wie hat sie das jetzt mitbekommen? Gleichzeitig höre ich Jako fragen: »Katinka? Bist du noch da? Wieso nicht? Das Wetter ist super und –«

»Ich kann nicht an den See! Meine Mutter fährt da heute hin!«, unterbreche ich gleich beide.

»Na und?«, antworten Jako und Juli gleichzeitig.

»Moment mal!«

Ich wende mich an Juli und gebe ihr durch Handzeichen zu verstehen, den Mund zu halten.

»Du kannst nicht zum See, weil deine Mutter da heute hinfährt?«, fragt Jako.

»Das ist jetzt etwas umständlich zu erklären«, seufze ich.

Einen Moment sagt niemand etwas, dann schlägt Jako vor: »Na ja ... wie wäre es dann mit einer Runde auf dem Rad?«

»Also ...«, sage ich langgezogen. »Dafür ist es jetzt eigentlich schon zu spät.«

»Ist irgendwas nicht okay?«

»Nein, wieso?«

»Weiß nicht. Du klingst so.«

»Nein, alles gut.« Ich werfe Juli einen verzweifelten Blick zu, die beinahe lautlos »Jetzt mach endlich was mit ihm aus!« formuliert.

»Ähm ... wir könnten Eis essen gehen.«

»Gute Idee!« Jako klingt erfreut. »*Milano*?«

»Okay.«

»Wann?«

»So in einer Stunde?«

»Alles klar. Bis später!«

»Ja ... bis später.« Ich lasse das Telefon sinken. Ratlos sehe ich Juli an. »Und jetzt?«

»Jetzt gehst du zum *Milano*.«

»Ja, aber was soll ich ihm sagen?«

»Lass ihn doch einfach reden.« Juli streckt sich lang auf dem Bett aus und verschränkt die Arme hinter ihrem Kopf. »Dann wirst du schon raushören, was Sache ist.«

Zweifelnd sehe ich sie an. »Was wolltest du mir vorhin eigentlich erzählen?«

»Vorhin? Ach so, war nicht so wichtig.«

Eine gute Stunde später stelle ich mein Rad vor dem *Milano* ab. Die Beine wie üblich lang von sich gestreckt, sitzt Jako bereits vor dem Eiscafé an einem Tisch in der Sonne und tippt irgendwas in sein Handy.

Er trägt schwarze Jeans und ein dunkelgraues Shirt, abwesend streicht er sich gerade die Haare aus der Stirn. Dann sieht er auf. »Hey!«

Endlich lasse ich mein Fahrrad los und setze mich in Bewegung. Ich sitze noch nicht ganz in einem der Korbsessel, da hält Jako mir schon sein Smartphone unter die Nase. »Schau dir das mal an!«

»Was ist das?«

»Ein Konzertmitschnitt von Keep on Dreaming von letzter Woche. Da haben sie in Stockholm gespielt.«

Ich nehme Jako das Telefon aus der Hand. Es ist das erste Mal, dass ich die Band live sehe, und obwohl das Bild winzig und die Tonqualität unterirdisch ist, halte ich den Atem an.

Nichts ist langweiliger als Musiker, die wie festgewachsen herumstehen und eine Coolness versprühen, die ins Eisklotzhafte übergeht. Den Jungs von Keep on Dreaming ließe sich das eindeutig nicht vorwerfen. Wie die Wahnsinnigen toben sie über die Bühne, und das Publikum flippt völlig aus. Abgefahren.

Jako klaut mir das Telefon. »Hör zu.« Er wischt über das Display und beginnt vorzulesen: »Keep on Dreaming entfachen ein geradezu orgiastisches Feuerwerk und legen dabei ein Tempo vor, bei dem sich die Headliner Odd Fish warm anziehen müssen, um nicht von ihrer eigenen Supportband an die Wand gespielt zu werden. Andy Wilson, *guitar*, Ewan Buchanan, *guitar*, und Davie McCall, *bass*, fegen über die Bühne als gäbe es kein Morgen mehr, während Gavin Livingston am Schlagzeug die Band mit wuchtiger Präzision antreibt. Eine wahre Ausnahmeerscheinung ist James McMillan. Der vierundzwanzigjährige Frontman der Band fasziniert vor allem das weibliche Publikum mit seiner beeindruckenden Virilität und steht seinen Kollegen in punkto Ausdauer und Bühnenpräsenz in nichts nach.« Begeistert reißt Jako die Augen auf. »Das wird der Hammer! Und wir können froh sein, dass wir uns so früh für ein Interview angemeldet haben.«

Ich angele nach dem Handy und klicke mich zu YouTube zurück, um das Video noch mal sehen. Orgiastisches Feuerwerk? Ja, kommt hin.

Jako setzt sich auf den Stuhl, der neben mir steht. Sein Bein lehnt sich mit leichtem Druck gegen meins, mit der Hand streicht er meine Haare zurück, um etwas sehen zu können, und berührt dabei meinen Hals. Ich halte den Atem an.

»Was darf ich euch bringen?«

Jako sieht auf. »Für mich drei Kugeln: Vanille, Caramel, Schokolade.«

»Ja.« Der Kellner schreibt mit. »Die Dame?«

»Ich nehme Nuss, Cookies und Zimt.«

»In Ordnung. Auch etwas zu trinken?«

»Nein, danke.«

Nachdem der Kellner wieder abgezogen ist, sieht Jako mich belustigt an. »Nuss, Cookies und Zimt? Na ja, ist ja auch bald Weihnachten.«

Mit der flachen Hand klapse ich auf sein Bein, aber noch bevor ich die Finger wieder wegziehen kann, hat Jako seine Hand über meine gelegt.

»Erwischt.« Herausfordernd zieht er einen Mundwinkel nach oben. »Und jetzt?«

Trotz seines Grinsens wirken seine Augen unruhig. Ich beiße mir auf die Lippen. »Entweder lässt du jetzt sofort los, oder …«

»Oder?«

»Oder … Finn kommt mit zu Keep on Dreaming.«

Eine Sekunde lang verstärkt sich der Druck seiner Hand, dann lässt er los. »Starke Drohung. Das Risiko gehe ich nicht ein.«

Er lehnt sich zurück, und ich lasse meine Haare mit einer knappen Bewegung zwischen uns fallen. Erst mal wieder meinen Gesichtsausdruck unter Kontrolle kriegen.

Der Kellner schwirrt an unserem Tisch vorbei und stellt unsere Eisbecher ab. Ich lege Jakos Smartphone weg und ziehe ein Waffelröllchen aus einer Eiskugel, während Jako sich wieder auf den gegenüberliegenden Stuhl fallen lässt. Nach dem ersten Löffel seufzt er zufrieden. »Wenn du dein Eis nicht magst, kannst du's mir geben.«

»Vergiss es.«

Mit Zimteis im Mund sehe ich Jako verstohlen an. Wenn ich wissen will, ob da was mit Lea läuft, muss ich ihn direkt darauf ansprechen. Nur wie? Du hast gestern mit Lea rumgeknutscht, oder? Es wäre ziemlich schrecklich, wenn er mich nur angrinsen und irgendwas in Richtung »Stimmt, war nett« antworten würde. Ist doch nur Lea.

Das ist Jako, rufe ich mich selbst zur Ordnung. So etwas würde er nie tun.

Ich lecke den Löffel ein drittes Mal ab. Er könnte mir natürlich auch mitteilen, dass er jetzt mit Lea zusammen ist. Und dann? Aber das hätte er mir schon längst gesagt, oder?

Jakos Löffel nähert sich meinem Eis, und mit einer schnellen Bewegung bringe ich meinen Becher in Sicherheit. »Hey!«

Wir fechten einen Kampf mit den Eislöffeln aus, bis Jakos Löffel klappernd auf den Tisch fällt und er theatralisch die Arme zur Seite wirft.

»Verdammt!« Er steht auf. »Ich geh mir noch was holen.«

Nachdenklich sehe ich Jako hinterher, bis er im Inneren der Eisdiele verschwunden ist. Ich werde ihn nicht auf Lea ansprechen. Der Rest von meinem Eis ist geschmolzen, und ich lasse den Löffel in das Glas fallen. Was auch immer zwischen Jako und Lea abgeht, so genau will ich das im Moment nicht wissen. Nicht, solange mich jede Antwort, die er mir geben könnte, mit ziemlicher Sicherheit frustrieren würde.

Mit einer Hand schirme ich meine Augen ab und blinzele in die Sonne. Nächsten Freitag ist das Konzert von Keep on Dreaming. Ich werde mich jetzt einfach ganz auf *Listen Up!* konzentrieren und nicht weiter über Jako und Lea nachdenken. Und außerdem kann Juli ja Levin darauf ansetzen.

Am späten Abend liege ich im Bett und durchforste YouTube nach Videos von Keep on Dreaming, als sich unten der Schlüssel in der Haustür dreht. Interessant. So fühlt es sich also an, wenn man auf jemanden wartet, der viel zu spät nach Hause kommt. Ich lausche. Ob meine Mutter diesen Markus wohl mitgebracht hat?

Minuten später öffnet sich leise die Tür zu meinem Zimmer. »Katinka? Du bist noch wach?«

»Mhm. Und? Wie war's?«

»Nett.«

Nett. Was heißt ›nett‹? Das kann von ›total langweilig‹ bis hin zu ›superklasse, aber ich binde dir keine Details auf die Nase, weil du noch nicht achtzehn bist‹ so ungefähr alles bedeuten.

»Seht ihr euch wieder?«

»Ich denke schon.«

Klare Tendenz zu ›superklasse‹.

Eine Pause entsteht, und ich beginne mich zu fragen, warum meine Mutter keine Anstalten macht, das Zimmer wieder zu verlassen.

»Ist bei dir alles in Ordnung?«

Irritiert sehe ich sie an. »Ja, klar. Was soll denn nicht in Ordnung sein?«

»Ach, nur so.« Sie lächelt. »Du solltest langsam mal das Licht ausmachen. Morgen musst du früh raus. Gute Nacht, schlaf schön.«

Behutsam zieht meine Mutter die Tür zu. Ich kuschele mich ins Kissen und öffne ein weiteres Video. Keep on Dreaming in Helsinki. James McMillan am Bühnenrand, zu seinen Füßen Hände, die sich ihm entgegenstrecken. Ein Mädchen versucht, auf die Bühne zu klettern, und wird von einem Securitytypen zurückgedrängt.

Ich denke an Jako und Lea, an meine Mutter und ihren Markus.

Irgendwann schalte ich das Licht aus.

Montagmorgen, Klatsch und Tratsch bei Herrn Eisenhut. Und Juli kann es natürlich nicht fassen, dass ich Jako nicht auf Lea angesprochen habe.

»Es hat einfach nicht gepasst«, rechtfertige ich mich.

Sie schüttelt den Kopf. »Worüber habt ihr dann geredet?«

»Hauptsächlich über das Konzert am Freitag.«

Ihr Gesichtsausdruck macht klar, dass ihre Prioritätenliste anders ausgesehen hätte.

»Vielleicht könntest du ja mal Levin fragen.«

»Hab ich schon.«

Mich durchfährt ein Stromschlag. »Und? Was hat er gesagt?«

»Levin weiß nichts davon, dass da was zwischen Jako und Lea wäre.«

»Meine Damen! Und Herren«, fügt Herr Eisenhut etwas leiser hinzu. »Julika Semmer, würden Sie bitte nach vorne kommen und folgende Verbindungen an die Tafel zeichnen?«

Auch Herr Eisenhut hat offenbar seine Grenzen. Ich sehe Juli nach, die minder begeistert zur Tafel trottet.

Jako hat also Levin nichts über den Samstagabend erzählt. Das könnte bedeuten, dass er das mit Lea nicht besonders ernst genommen hat. Oder er weiß selbst noch nicht, was das zwischen ihnen werden soll. Ich kritzele winzige Sterne auf mein Blatt, bis Herr Eisenhut mich mit dem Satz »Katinka? Schaffen Sie es, die Verbindungen Ihrer Freundin zu korrigieren?« aus meinen Gedanken reißt.

Wir kommen erst nach der Schule auf dem Heimweg dazu, unser Gespräch fortzuführen, und bis dahin habe ich einen Punkt erreicht, an dem ich von mir selbst genervt bin. Wenn es mir nicht bald gelingt, Jako wieder so wie vor diesem Konzert zu sehen, werde ich demnächst beginnen, seinen Namen mit Herzen zu umkringeln.

»Jako ist mein bester Freund«, hole ich aus, »und Lea ist schrecklich. Klar also, wenn ich es nicht so toll finde, dass er ausgerechnet mit ihr rummacht, oder?«

Juli nickt.

»Und dann noch diese Sache bei Vivid Colors«, fahre ich fort. »Die war einfach ... die war einfach ein wenig seltsam. Beides zusammen fühlt sich eben bescheuert an. Ist ja nicht so, als würde ich Jako keine Freundin gönnen.«

Juli nickt wieder.

»Er hat schließlich auch schon Freundinnen gehabt.«

Nicken.

»Das war immer völlig in Ordnung.«

Nicken.

»Juli!«

»Was?«

»Hör auf, nur zu nicken! Sehe ich das irgendwie falsch, oder was?«

Juli bleibt stehen. »Keine Ahnung. Eigentlich hab ich gedacht ...« Sie bricht ab und setzt sich wieder in Bewegung.

»Was dachtest du?«, will ich wissen, während ich neben ihr herlaufe.

»Ich weiß auch nicht, was ich dachte. Du hast Recht, das Ganze fühlt sich ziemlich durcheinander an.«

Bis wir bei mir angekommen sind, sagt keiner mehr ein Wort. Erst an der Haustür murmele ich: »Ich wünschte, es wäre wieder alles so wie immer.«

Donnerstagabend rufe ich Jako an. Seit Sonntagnachmittag habe ich ihn nur in der Schule gesehen, und bevor wir morgen zusammen zu Keep on Dreaming gehen, muss ich eine Sache noch klären.

»Hi, Jako, ich bin's. Was machst du gerade?«

»Hi! Nichts Besonderes. Ich häng mit Levin rum. Was gibt's?«

Einmal tief durchatmen. Das Nächste soll jetzt bitte völlig normal und unkompliziert rüberkommen.

»Hört Levin zu?«

»Ähm, nein. Wieso?«

Großartig. Jetzt hab ich's schon aufgebauscht.

»Nicht so wichtig ... es geht um das Konzert morgen Abend.«

»Ja?«

»Und um ... unsere Vereinbarung«, laviere ich herum.

»Unsere Vereinbarung?«

»Ja. Du weißt schon. Von wegen, dass wir so tun würden, als seien wir zusammen.«

»Ja?«

»Vielleicht war das doch keine so gute Idee.«

Schweigen.

»Ich … es fühlt sich irgendwie seltsam an, finde ich. Irgendwie unpassend.«

»Unpassend.«

»Ja. Genau. Ich denke, wir sollten das lieber nicht mehr so machen.«

Am anderen Ende höre ich Leute lachen. Wo sind die beiden eigentlich? »Jako?«

»Ja? Ja. Ist okay. Dann lassen wir das eben.«

Er klingt wie immer, trotzdem füge ich vorsichtig hinzu: »Du verstehst das nicht falsch, oder? Die Idee war super, aber irgendwie kann ich das nicht.«

»Nein, passt schon. Mach dir keinen Kopf. Wann treffen wir uns morgen? Eine halbe Stunde vorm Konzert an der Abendkasse?«

»Ja«, erwidere ich erleichtert. »Bis morgen dann. Viel Spaß noch!«

»Danke. Bis dann!«

Ich werfe mich aufs Bett und lasse das Telefon auf den Boden fallen. Das wäre erledigt.

NEUN

Manche Bands sind gut. Manche sind gut, und ich weiß, ein paar Leute mehr werden wegen ihnen *Listen Up!* aufrufen. Und dann gibt's noch Bands, die sind gut, führen zu vielen Aufrufen, und ich finde sie unfassbar großartig. Keep on Dreaming gehören zu dieser letzten Gruppe, und deshalb bin ich aufgeregt. Das letzte Mal war ich so zappelig, als ich Go Ahead interviewt habe – besser, ich denke nicht darüber nach, wie das ausging.

In den vergangenen Tagen habe ich alles über sie gelesen, was mir in die Hände gefallen ist, und vermutlich jeden verfügbaren Clip auf YouTube angeklickt – selten war ich auf ein Interview so gut vorbereitet. Wenn man dann noch hinzunimmt, wie oft ich mittlerweile ihr Debutalbum gehört habe, weshalb ich sogar in der Lage wäre, mit James McMillan ein Duett anzustimmen, kann eigentlich nichts mehr schiefgehen. Ich werde die Tür im Auge behalten. Sollte sich auch nur ein Pelzkragen zeigen, werde ich schreien.

Jako wartet schon vor der Abendkasse, und neben ihm stehen Milla und Lea. Als ich die beiden erkenne, stolpere ich fast über meine eigenen Füße. Was suchen die denn hier? Sie haben Tickets über diesen Roadie gekriegt, ja, aber das Konzert ist komplett ausverkauft und die Halle brechend voll – es kann einfach kein Zufall sein, dass mich jetzt gleich drei Gesichter anblicken.

»Hi, Katinka!« Lea winkt mir fröhlich entgegen.

»Hi«, grüße ich die kleine Runde. »Na, das ist ja ziemlich verrückt, dass wir uns hier über den Weg laufen.«

Jako hat die Hände in die Taschen seiner Jeans geschoben und zieht die Schultern hoch. Er setzt zu einer Antwort an, aber Lea plappert dazwischen.

»Wir haben uns gestern noch einen Treffpunkt überlegt!«

Moment. Gestern hing Jako mit Levin rum. Und offenbar auch mit Lea. Aha.

»Jako hat gerade erzählt, dass ihr euch noch eure Pässe besorgen müsst«, lässt sich Milla erstmalig vernehmen. »Und wir dachten, na ja, vielleicht könnten wir mit ein bisschen Glück …«

»Was meinst du mit ›ein bisschen Glück‹?«, fahre ich sie an. Millas Mund klappt zu. Wenn sie damit gerechnet hat, im schlimmsten Fall könne ich etwas genervt reagieren, dürfte sie jetzt von der Vehemenz meiner Antwort ziemlich überrascht sein.

»Denkt ihr, wir können da wen auch immer backstage mitnehmen? Wieso erzählst du denen so einen Mist?«, patze ich jetzt Jako an. »Du weißt ganz genau, dass das nicht geht! Wie hast du dir das vorgestellt?«

»Moment mal«, unterbricht er mich und hebt beide Hände, »davon war bisher überhaupt nicht die Rede.«

»Nein, es war gerade mehr so eine spontane Idee«, erklärt Milla und lächelt mich vorsichtig an. »Es hätte ja sein können …«

Wortlos wende ich mich ab und stapfe auf den Schalter zu, vor dem bereits einige Presseleute auf ihre Ausweise warten. Erst als ich an der Reihe bin und gerade meinen Namen durchgegeben habe, tritt Jako an meine Seite. Was auch immer er noch mit Lea und Milla zu bequatschen hatte.

»Warum bist du so sauer?«

Mit den Pässen in der Hand drehe ich mich zu ihm um. »Wieso schleppst du die beiden hier an? Was soll das werden? Bringen wir jetzt schon die Groupies gleich mit zu den Interviews, oder was?«, zische ich, ohne mir die Mühe zu geben, dabei besonders leise zu sein. Lea und Milla sind Jako gefolgt, und mit grimmiger Befriedigung stelle ich fest, dass sie sich konsterniert ansehen.

Jako tritt einen Schritt zurück. »Erstens«, erklärt er in scharfem Ton, »hat bis eben gerade noch niemand davon gesprochen, dass Milla und Lea mit hinter die Bühne kommen könnten …«

»Oh? Wir dachten, mit ein bisschen Glück …«, äffe ich Milla nach.

»Und zweitens«, fährt Jako fort, »verstehe ich nicht, warum du die ganze Zeit auf den beiden rumhacken musst.«

Mir verschlägt es für einen Moment die Sprache. Ich hacke die ganze Zeit auf Milla und Lea rum?

»Weißt du was?« Aufgebracht drücke ich Jako seinen Ausweis in die Hand. »Hier hast du deinen Backstagepass. Mach damit, was du willst. Schneide ihn in drei Teile und nimm deine beiden Freundinnen einfach mit!«

Mit diesen Worten lasse ich ihn stehen und drängele mich nach der Taschenkontrolle vor bis zu einem der Absperrgitter, wo ich den ersten Roadie anquatsche, den ich zu fassen kriege. »Ich hab ein Interview mit der Supportband, an wen muss ich mich wenden?«

»Versuch's mal ganz rechts neben der Bühne, die müssten Bescheid wissen.«

Zweimal werde ich weitergeschickt, bevor ich auf jemanden treffe, der mir weiterhelfen kann.

»Ich bin Michael«, stellt sich ein blasser, drahtiger Typ mit Brille vor. »Und du bist?«

Auf meine Antwort hin beginnt er, meinen Namen auf einem Zettel zu suchen. »Ah, okay.« Er setzt einen Haken. »Die kleineren Redaktionen sind direkt nach dem Auftritt der Jungs dran. Wir treffen uns hier, es geht der Reihe nach.«

Ich nehme mir vor, möglichst als Erste wieder an dieser Absperrung zu stehen. Ein bisschen was würde ich von Odd Fish gerne noch mitbekommen.

Dann schiebe ich mich planlos durch die Menschenmenge. Jetzt, wo der weitere Ablauf des Abends geklärt ist, kehren meine Gedanken zu Jako, Milla und Lea zurück. Missmutig arbeite ich mich zu einer der Türen vor, die auf den Gang führen, der die riesige Halle umrundet. Bis das Konzert beginnt, habe ich noch eine Dreiviertelstunde Zeit. Unschlüssig sehe ich mich um. Erst mal zu den Toiletten. Die nächsten befinden sich direkt neben einem abgesperrten Bereich, hinter dem eine breite Treppe nach oben führt. Irgendwo dort sind das Catering und die Bands untergebracht. Vor den Stufen turnen ein paar Leute von der Crew mit zwei Skateboards herum. Ich vergesse sofort, weshalb ich eigentlich hergekommen bin, und lege beide Unterarme über das Gitter.

Besonders gut sind sie nicht, stelle ich bereits nach wenigen Minuten fest. Im nächsten Moment springe ich zur Seite, weil sich ein Brett nach einem Sprung verselbstständigt und auf mich zuschießt. Krachend knallt es gegen die Absperrung.

Ich greife unter den Stangen hindurch, drehe es herum und verpasse ihm einen Stoß.

»Du musst weiter hinten abspringen«, rufe ich und möchte im nächsten Moment im Erdboden versinken, weil mich jetzt nicht nur der angesprochene Roadie, sondern auch alle anderen neugierig mustern.

Der Roadie stoppt das Skateboard mit dem Fuß und stellt sich auf das Brett. »Hier?«

»Nein, nicht so weit hinten. Und nicht den ganzen Fuß draufstellen, die Ferse muss überstehen ...«, erkläre ich mit beiden Händen, bevor der Typ plötzlich einladend auf das Board weist. »Vielleicht magst du's mal vorführen?«

Einen kurzen Moment zögere ich, dann klettere ich über das Gitter. Die Versuchung ist zu groß – den Kickflip beherrsche ich im Schlaf. Mit dem Fuß bringe ich das Brett in Position, nehme Schwung und springe ab. Das Skateboard dreht sich unter mir, im nächsten Moment fange ich es mit den Füßen wieder ein und lande sauber über den Achsen.

Um mich herum klatschen einige Leute, und ein wenig verlegen lasse ich das Skateboard zurück zu seinem Besitzer rollen. »Hey, das war gut«, erklärt der erstaunt. »Was kannst du noch?«

»Yeah«, lässt sich eine Stimme von oben vernehmen. »*What else can you do*?«

Auf der obersten Treppenstufe sitzt James McMillan und grinst zu mir herunter.

Verblüfft starre ich ihn an, und die Abteilung für schlagfertige Antworten in meinem Hirn stellt vorübergehend die Arbeit ein. Stattdessen trete ich unter dem Gelächter der Roadies den Rückzug an, die meinen hastigen Abgang offenbar ziemlich lustig finden. Die Zuschauer hinter der Absperrung sind durch McMillans Auftauchen in Unruhe geraten. Einige Mädchen winken, andere rufen: »James! Jamie!«, und ein paar besonders Wagemutige versuchen ihr Glück gleich mit beidem und beginnen, übers Gitter zu klettern. Schön. Dann bekommen die lachenden Möchtegern-Skater wenigstens was zu tun.

Auf der anderen Seite der Absperrung sehe ich noch einmal die Treppe hinauf. James McMillan sitzt dort unverändert und schaut mich direkt an. Er hebt eine Hand, und diese Geste hat etwas so vertraut Jako-mäßiges, dass ich automatisch zurückwinke. Dabei trete ich einen Schritt nach hinten, stoße mit jemandem zusammen und mache endlich, dass ich wegkomme.

Wie Aschenputtel auf dem Ball. Sogar mit Treppe. Haltlos kichere ich vor mich hin, während ich mir vorstelle, wie James McMillan hinter mir herrennt, um schließlich andächtig einen ausgefransten Turnschuh aufzuheben.

Unmittelbar darauf bricht allerdings die Realität wieder über mich herein. Oh Gott. Hoffentlich konnte der gelungene Sprung den überstürzten Abgang einigermaßen aufwiegen. Sollte ich nachher beim Interview nämlich vor James McMillan sitzen, wäre es mir lieber, er würde sich an das Mädchen erinnern, dass ziemlich gut skaten kann, statt an das Mädchen, dass mit rotem Gesicht zur Absperrung gehoppelt ist.

Er sieht genauso gut aus wie in den Videos. Besser.

Bisher verläuft dieser Abend alles andere als gewöhnlich.

Die Luft ist warm und stickig, obwohl das Konzert noch nicht einmal angefangen hat. Ich habe mich so weit vorgedrängelt wie möglich, trotzdem stehe ich eingekeilt ein gutes Stück von der Bühne entfernt. Gerade versuche ich, eine Lücke aufzutun, weil mir ein Riese die Sicht versperrt, da gehen die Lichter aus und das Intro zu *Freeze* setzt ein. Die Menge gerät in Bewegung, und ich nutze die Gelegenheit, an dem Zwei-Meter-Typen vorbeizuschlüpfen. Links und rechts steigen Flammen in die Luft, im nächsten Moment erstrahlt die Bühne in hellem Licht. Einzelne Scheinwerfer folgen den Musikern, James McMillan tritt aus dem hinteren Bereich an Keep on Dreamings Schlagzeuger Gavin Livingston vorbei. Er lacht über irgendwas, aber sobald er die ersten Töne singt, geht pure Energie von ihm aus, und innerhalb kürzester Zeit gleicht die riesige Halle einem brodelnden Kessel. Eng aneinandergedrückt kommt es einem Kraftakt gleich, die Arme über den Kopf zu heben, und wer eigentlich nicht mithüpfen will, hat Pech gehabt. Irgendwann wischt sich McMillan mit der unteren Hälfte seines Shirts übers Gesicht, und der Anblick seines flachen Bauchs lässt die Mädchen vor der Bühne hysterisch loskreischen. Ob Jako wohl im Fotograben ist?

Die Band hat nur etwa eine halbe Stunde für ihren Auftritt, doch als es wieder dunkel wird, scheint alles zu explodieren. Das Gebrüll ebbt nicht ab, und ich stimme in den Aufschrei ein, der beim erneuten Aufleuchten der Scheinwerfer aufbrandet. McMillan hält ein Wasser in der Hand, für einen Moment beugt er sich zu Gavin Livingston, bevor er die Flasche abstellt und das Mikro an sich zieht. Die ersten Töne von *Without You* erklingen, und auch wenn es nicht wirklich ein Duett ist, singe ich jedes einzelne Wort mit.

Kurz vor dem Ende des Songs sinkt James McMillan in die Knie. Mit einer Hand schiebt er sich die verschwitzten

Haare aus dem Gesicht, die andere umfasst das Mikro. Er setzt zu den letzten langgezogenen Tönen an und lehnt sich dabei weit zurück. Dann richtet er sich wieder auf, breitet die Arme aus und lässt den Kopf mit einem Ruck nach vorne sinken. Seine Haare verdecken sein Gesicht, die Lichter gehen aus.

Gellendes Gejohle setzt ein. Ich klatsche so heftig, dass meine Handflächen brennen.

Benommen stolpere ich kurz darauf aus dem Gewühl und atme ein paar Male tief durch. Um nichts in der Welt möchte ich bei einem Konzert lieber weit von der Bühne entfernt oben auf den Rängen sitzen, aber jetzt gerade fühlen meine Knie sich zittrig an.

Am vereinbarten Treffpunkt warten bereits einige Leute, und ergeben stelle ich mich dazu. Auf der Liste, in die Michael mich schließlich einträgt, stehen schon vier Namen. Wenn ich Pech habe, verpasse ich die Hälfte von Odd Fish. Im Gänsemarsch schieben wir uns an der Absperrung vorbei, eine Treppe hinauf und durch einen langen Gang, bis wir in einem muffigen, fensterlosen Raum landen und angewiesen werden, zu warten. Im Vergleich zur Halle ist es kühl hier drinnen, auf meinen nackten Armen bildet sich eine Gänsehaut, während ich mich auf einem der Klappstühle niederlasse, die an der Wand entlang aufgebaut sind.

Die Ersten sind noch nicht fertig, da kommt Jako herein. Alleine. Er sieht sich um und schlendert dann ohne Eile auf mich zu. Wortlos setzt er sich neben mich.

»Hast du Fotos gemacht?«, frage ich nach einigen Minuten.

»Jep.«

Wieder schweigen wir.

Erst als die Nächsten zu ihrem Interview aufbrechen, setze ich hinzu: »Wo sind jetzt Lea und Milla?«

»Keine Ahnung.« Er sieht mich nicht an, hat nur gleichmütig die Hände im Nacken verschränkt, und ich ziehe ein Knie an mich ran. Dann eben nicht.

Als die Tür sich endlich öffnet und jemand *Listen Up!* durch den Raum ruft, springe ich erlöst auf. Fast eine Dreiviertelstunde ist vergangen, und in dieser Zeit haben wir kein weiteres Wort mehr miteinander gewechselt. Erneut wandern wir hinter einem desinteressierten Roadie her, bis der eine Tür aufstößt, und ich halb enttäuscht, halb erleichtert Gavin Livingston entdecke, der es sich auf einem Sofa bequem gemacht hat.

»*Hi, I'm Gavin*«, begrüßt er uns freundlich, wenn auch eine Spur gelangweilt, und ich nehme mir vor, als Erstes die angeödete Stimmung aufzulösen. Zunächst einmal weg von allem, was vor mir heute Abend vermutlich jeder gefragt hat. Darauf kann ich immer noch zurückkommen.

Hast du bei dieser Tour einen Lieblingssong? Mit wem von Odd Fish verstehst du dich am besten? Was nervt alles, wenn man seit Wochen gemeinsam im Tourbus unterwegs ist? Nicht jeder Musiker steigt auf solche Fragen ein, doch mit Gavin habe ich Glück. Ausführlich lässt er sich über alles aus, und mehr als einmal landet er bei einem völlig anderen Thema, das ich natürlich eilig aufgreife. Meine Anspannung lässt nach, als Gavin zum wiederholten Male in lautes Gelächter ausbricht, und ich lächle sogar Jako zu, der damit beschäftigt ist, Fotos zu schießen.

Irgendwann höre ich, wie hinter mir eine Tür geöffnet wird. »Was ist so lustig?«

»James, komm rein! Du darfst mitmachen.«

Gavin wedelt einladend mit der Hand, und jetzt erst drehe ich mich um. James McMillan schließt gerade die Tür. Er hat sich umgezogen, seine Haare sind noch feucht vom Duschen. Mit einem Lächeln lässt er sich neben Gavin auf das Sofa fallen, dann hält er plötzlich mitten in der Bewegung inne. »Skater Girl.«

Gavins Augen weiten sich überrascht, und das neugierige Interesse, mit dem er mich plötzlich mustert, ist mir unangenehm. »Das ist …?«

James nickt. Na super. Er hat es erzählt.

»Warum bist du weggerannt?«

Unter seinem Blick rutsche ich nervös auf dem Sessel hin und her. Was soll ich jetzt sagen? Bei manchen Songs von euch möchte ich am liebsten heulen, und festzustellen, dass derjenige, der das auslöst, mir beim Skateboardfahren zusieht, hat mir vorübergehend jeden vernünftigen Gedanken aus dem Hirn gepustet? Und ich bin übrigens Katinka, *nice to meet you.*

Plötzlich fühle ich eine Hand auf meiner Schulter. Jako steht neben mir. »Alles in Ordnung?«

Dankbar sehe ich zu ihm auf, bevor ich die Gelegenheit ergreife und einfach Jako statt James antworte, wobei ich unwillkürlich im Englischen bleibe. »Alles okay. Wir haben uns nur vor dem Konzert schon getroffen.«

»Aber nur kurz. Nur auf einen Sprung, könnte man sagen«, wirft James ein, und Jako sieht mich verwirrt an. Hilflos schüttele ich den Kopf. »Ich erklär's dir später.«

Einige Sekunden lang habe ich keine Ahnung, wie es weitergehen soll. Gavins Aufmerksamkeit schwankt zwischen seinem Bandkollegen und mir hin und her; James McMillan hat sich wieder zurückgelehnt und mich dabei nicht aus den Augen gelassen.

Interview. Ich sitze hier wegen eines Interviews.

»Wisst ihr schon, was nach der Tour ansteht?«

Zu meiner Erleichterung holt Gavin aus. Jako lässt sich in einen abseits stehenden Sessel fallen, und ich konzentriere mich wieder auf die beiden Musiker vor mir. Als Gavin fertig ist, sehe ich fragend zu James, der meinen Blick unter halbgeschlossenen Lidern erwidert.

»Nach der Tour …« Er hängt einen Arm über die Sofalehne. »Keine Ahnung. Vielleicht heirate ich.«

Gavins Mund steht für einen Moment offen, dann zwinkert er mir zu und beginnt zu lachen.

»Wir sind dann auch fertig«, sage ich ernüchtert, doch Gavin unterbricht mich. »Jetzt schon?« Er schnappt sich meinen Notizzettel. Mit den Stichworten kann er nichts anfangen, trotzdem tippt er auf die Liste am Ende. »Was ist das? Hatten wir das schon?«

Unentschlossen beiße ich mir in die Wange. Das Assoziationsspiel. Manchmal hänge ich es ans Ende eines Interviews. Mit Gavin alleine würde ich jetzt gar nicht weiter darüber nachdenken, aber mit einem McMillan … ach, egal.

Ich erkläre die Regeln. »Wer von euch macht mit?«

Gavin rempelt James an. »Beide!« Er wippt auf der Sofakante, und auch James hat sich aufgerichtet.

»Okay, dann abwechselnd.« Ich wende mich Gavin zu. »Stell dir vor, du wärst eine Farbe.«

»Blau.«

»Stell dir vor, du wärst ein Tier.«

»Adler«, erwidert James.

»Ein Soundtrack.«

»*Pulp Fiction.*«

Gavin hat das letzte Wort noch nicht ausgesprochen, da stößt ihn James fast vom Sofa. »*Kill Bill!*«

»*Pulp Fiction!*«, wiederholt Gavin mit Nachdruck und wirft sich beim Zurücksetzen so heftig gegen James, dass das Sofa einige Zentimeter nach hinten rutscht.

»*Kill Bill* ... nein! *Lord of the Rings!*« James schiebt Gavin mit beiden Händen von sich, der plötzlich jede Gegenwehr einstellt. »*Lord of the Rings*, okay, ich auch.«

Ich muss lachen. »Nächste Frage. Stell dir vor, du wärst ein Land.«

»Schottland!«

Das haben beide gleichzeitig gebrüllt, und ich lege sofort nach: »Eine Charaktereigenschaft?«

»Zielstrebig!«, ruft Gavin, woraufhin James ihm die Hand auf den Mund legt. »Halt die Klappe! Das war meine Frage! Mutig. Ich sage mutig.«

»Ein Zeitalter.«

»Mittelalter.«

»Zukunft«, murmelt James halblaut.

»Jemand, der im Zirkus arbeitet.«

»Zauberer.«

»Eine berühmte Persönlichkeit.«

»Schwer, schwer, schwer ... Kleopatra«, sagt Gavin und fängt sich dafür einen verblüfften Seitenblick von James ein.

»Letztes Stichwort. Ein Wunsch.«

James lässt sich in die Polster sinken. »Geht er in Erfüllung?«

»Seh ich aus wie eine Fee?«, erwidere ich.

Er lächelt und beugt sich langsam wieder nach vorne. Mein Herzschlag verdoppelt sich. Plötzlich bin ich sehr sicher, dass seine nächsten Worte nicht druckreif sein werden. Er wird sich keinen Weltfrieden wünschen oder so.

Seine Stimme hat sich verändert, als er sagt: *»Come with me.«*

Bitte was? Das ist doch kein Wunsch. Oder? Unbeholfen versucht mein Hirn, aus den erhaltenen Informationen irgendwas zusammenzubasteln, das nicht auf den Satz »Komm mit mir« hinausläuft. Allerdings gibt es bei lediglich drei Worten nicht allzu viele Variationen, und wie üblich in solchen Situationen folgt direkt auf meine mangelnde Schlagfertigkeit der Fluchtimpuls. Ich schalte das Aufnahmegerät aus und stopfe meine Sachen in die Tasche.

»Okay, wir sind durch. War nett, euch zu treffen.«

Gavin verpasst James einen Tritt gegen das Knie. »Jetzt hast du sie verschreckt.«

Mir die Tasche über die Schulter schwingend stehe ich auf, James und Jako erheben sich ebenfalls. Gavin hält mir die Hand hin. »War ein sehr interessantes Interview, vielen Dank!«

Ich schlage ein und ergreife dann die Hand, die James mir entgegenstreckt. Seine Finger schließen sich ein bisschen zu fest um meine. »Was ist mit meinem Wunsch?« Er wirkt gespannt, neugierig, vielleicht auch belustigt.

»Ich werde ihn weiterleiten.«

»An wen?«

»An deine zuständige Fee.«

James lacht und lässt meine Hand los.

Jako steht schon an der Tür. »Wollen wir?«

Mit einem letzten Lächeln wende ich mich zum Gehen.

»Was hast du jetzt noch vor?«, fragt James.

»Mir das Konzert von Odd Fish ansehen, was sonst?«

Wenn ich Glück habe, noch etwa eine halbe Stunde lang.

»Dann komm mit!« Er streckt auffordernd den Arm aus. »VIP-Plätze.«

Gavin schüttelt grinsend den Kopf, und ich kann seine Gedanken beinahe in einer riesigen Blase über seinem Kopf schweben sehen: Schleppt James mal wieder mit der üblichen Tour irgend so ein Dummchen ab.

Ich trete einen Schritt zurück und will gerade antworten, da ruft Jako: »Katinka, wird das heute noch was? Sonst geh ich schon mal vor!«

Wie bitte? Was soll das denn jetzt? Erst kommt er mit seiner wie auch immer mit ihm verbandelten Lea angetanzt, die dämliche Milla nicht zu vergessen, dann spielt er den Beleidigten, und jetzt pfeift er mich an, als rufe er seinen Hund zu sich! »Mach das mal«, sage ich, bevor ich mich wieder James zuwende. »VIP, ja? Na, dann mal los.«

Für einen Augenblick scheint James überrascht. Über meinen Kopf hinweg schaut er in Jakos Richtung. Eine Tür fällt ins Schloss, und er sieht wieder zu mir. Mit der Hand weist er zu der zweiten Tür, durch die er vorhin den Raum betreten hat, und entschlossen marschiere ich los.

James hat nicht zu viel versprochen. Im Innenraum würde ich Odd Fish höchstens dann über gefühlte zwei Kilometer hinweg zu Gesicht bekommen, wenn sie ziemlich hoch hüpfen würden. Jetzt stehe ich auf einem Balkon seitlich der Bühne, und spränge in diesen Moment einer der Jungs tatsächlich in die Höhe, würde es fast für ein High Five reichen.

Hier oben halten sich überwiegend Crewmitglieder auf. Mehrere von ihnen haben James auf den Rücken geklopft und mich fragend oder dämlich grinsend gemustert. Ich ahne, was in ihren Köpfen vorgeht, und es ärgert mich mehr, als ich zugeben würde. Selbst schuld, denke ich und versuche, nur auf das Konzert zu achten.

Odd Fish liefern eine gigantische Show. Unter uns pulsiert und wogt die Menge vor und zurück, die Atmosphäre ist aufgeladen bis unter die Decke. Irgendwo mittendrin steckt vermutlich Jako. Ich versuche, den Gedanken abzuschütteln, und suche gleichzeitig nach seinem Gesicht. Blöd natürlich, von hier oben erkennt man gar nichts.

»Hast du Odd Fish schon mal live gesehen?« James hat sich zu meinem Ohr hinuntergebeugt, seine Haare streifen meine Wange.

»Nein!«, brülle ich zurück.

»Lohnt sich!«

Bisher hat er neben mir die Unterarme auf das Geländer gestützt, aber jetzt richtet er sich auf, weil ihm jemand auf die Schulter klopft. Klar, dass er hier alle kennt. Oder alle ihn.

Irgendein Typ begeistert sich über Keep on Dreamings Bühnenshow, James bedankt sich, und ich warte darauf, dass er sich wieder über das Geländer lehnt, doch nichts dergleichen geschieht. Nach einigen zäh verstreichenden Sekunden drehe ich mich um. Er ist noch da, natürlich ist er noch da, nur wenige Zentimeter hinter mir, und hastig wende ich mich ab. Es dauert eine Weile, bis ich mich wieder auf Odd Fish konzentrieren kann. Hätte mir heute Morgen jemand gesagt, dass ich abends mit James McMillan über der Bühne stehen würde, hätte ich gelacht. Für ihre dritte Zugabe stimmen Odd Fish *Feel Free to Go* an, und im Saal pfeift es so gellend, dass mir die Ohren klingen. Mit erhobenen Händen falle ich in das Gejohle ein, und beinahe vergesse ich sogar, wo ich stehe, bis mir James die Arme um die Taille legt.

Sämtliche Alarmanlagen in meinem Inneren heulen auf, mit einem Ruck winde ich mich aus seiner Umarmung. Viel zu dicht stehen wir uns gegenüber, und ich würde den Abstand sofort vergrößern, wenn sich mir nicht das Geländer in den Rücken drücken würde. James wirkt nicht im Mindesten verlegen, eher amüsiert, und ich schiebe mich an ihm vorbei. Genug jetzt mit diesem ganzen Katinka-macht-auf-Milla-Mist. »Ich muss los«, erkläre ich, komme aber keine zwei Schritte weit, bevor er mich am Arm festhält.

»Warte doch! Wo gehst du jetzt hin?«

»Nach Hause.«

Herzlichen Glückwunsch zur uncoolsten Antwort aller Zeiten. James lässt mich los. »Okay.«

Eine Sekunde lang zögere ich, dann laufe ich zurück zur Treppe, springe die Stufen hinunter und versuche gerade mich zu erinnern, aus welcher Richtung wir gekommen sind, da poltert jemand mit langen Schritten hinter mir her. Überrumpelt weiche ich zurück, doch James greift erneut nach meinem Arm.

»Frag nicht.« Mit den Zähnen zieht er die Kappe von einem Stift und pustet sie zur Seite. »Ich weiß gerade selbst nicht, warum ich das mache.«

Rasch schreibt er etwas auf meinen Unterarm, lässt den Stift einfach fallen und fährt mir mit der Hand am Hals entlang in die Haare. Kurzzeitig stellt mein Herz erst den Dienst ein und schmilzt anschließend dahin, als ich ihn lächeln sehe. Sein Griff löst sich, für einen Moment umfasst er warm meine Finger, bevor er sich umdreht und über die Treppe wieder nach oben verschwindet.

Gefühlte Jahre später sehe ich auf meinen Arm.

Eine Handynummer.

ZEHN

»Jagdtrieb«, stellt Juli fest.

Es ist Samstagnachmittag, die Sonne scheint durchs Fenster, und in der letzten Stunde habe ich Juli einen umfassenden Bericht über die Ereignisse des gestrigen Abends geliefert.

»Jagdtrieb«, wiederhole ich und starre dabei auf die schwarzen Ziffern, die meinen Unterarm zieren.

Als ich letzte Nacht endlich zurück in die Halle gefunden hatte, war ein Großteil des Publikums bereits auf dem Weg zu den Ausgängen, und ich ließ mich einfach mit der Menge nach draußen treiben. In der U-Bahn liefen die letzten Stunden wieder und wieder in meinem Kopf ab. Der Streit mit Jako, James McMillan oben auf dem Treppenabsatz, das Konzert, das Interview, der Moment, in dem mich Jakos eingeschnapptes Verhalten derart nervte, dass mir völlig egal war, wie es auf die anderen wirken musste, mich zusammen mit James verschwinden zu sehen. VIP-Plätze, schon klar.

James, der hinter mir die Treppen runtersprang. Dessen Stimme kurze Zeit vorher noch inmitten all der Menschen bei mir das Gefühl ausgelöst hatte, nur die Arme ausbreiten zu müssen, um fliegen zu können.

Ich versuche, die einzelnen Bilder miteinander in Einklang zu bringen. James, der auf dem Sofa rumhängt, James, der schweißüberströmt im Scheinwerferlicht steht, James, der sich über mich beugt und mir durch die Haare fährt.

James, James, James – verdammt!

In Zukunft sollte ich wohl keinen Typen näher als einen halben Meter an mich rankommen lassen. Sieht man ja, wohin das bei mir führt.

»Ganz klar.« Juli liegt auf meinem Bett auf dem Bauch und schaut zu mir hoch. »Der hat sich das völlig anders vorgestellt. Erst das Konzert, dann gucken, ob's irgendwo ein leeres Zimmer gibt.«

»Juli!«

»Was denn? Glaubst du im Ernst, da steckt noch was anderes dahinter? Und dann erklärst du ihm, du musst nach Hause!« Juli lacht. »Der hat doch gedacht, er ist im falschen Film.«

Ich sehe wieder auf die Handynummer, die sich meinen Arm entlangzieht. Sie hat Recht. Ich würde mir genau dasselbe sagen, wenn ich sie wäre. Juli hat aber auch nicht in Endlosschleife den Moment vor Augen, in dem James McMillans Hand sich aus meinen Haaren löste. Oder die Sekunden davor.

Und außerdem nehme ich stark an, dass sie letzte Nacht nicht noch hundert Mal eine bestimmte CD hat laufen lassen. Also, eigentlich nur einen bestimmten Song.

Als ich *Without You* gestern um diese Zeit gehört habe, war es einfach nur ein Lied. Es ist jedoch ein Unterschied, ob man für eine Stimme schwärmt, oder ob man die Nummer des Stimmenbesitzers auf dem Unterarm spazieren trägt.

»Was ist mit Jako? Was willst du da jetzt machen?«

»Keine Ahnung. Sollte ich denn irgendwas machen?«

»Du solltest ihn anrufen.«

»Warum ich? So wie das gestern alles gelaufen ist, wüsste ich nicht, warum ich jetzt bei ihm anrufen sollte.«

»Katinka.« Juli kann sehr sanft klingen, wenn sie will. »Du kennst doch Jako. Wenn Lea oder Milla ihm dieses Treffen vorgeschlagen haben, ist er der Letzte, der einen Grund vorschiebt, um das abzubiegen. Und er hat dir doch auf dem Konzert selbst gesagt, dass er die beiden gar nicht mit in den Backstagebereich nehmen wollte.«

»Warum war Lea überhaupt bei dem Treffen mit Levin dabei?«

»Das kann doch ein Zufall gewesen sein.«

»Na klar.«

»Jako ist nicht der Typ, der jemanden grundlos vor den Kopf stößt. Wie oft steht er in der Schule mit Mädchen rum, die ihn zutexten, obwohl er sich dabei zu Tode langweilt?«

»Ja, wie oft eigentlich? Und warum? Kann er nicht einfach mal sagen: ›Sorry, keine Zeit‹?«

Juli beißt sich auf die Unterlippe. »Keine Ahnung. So ist er eben einfach nicht.«

Jako und Lea im *Cave*. Kann man aus Höflichkeit rumknutschen?

»Ist ja auch egal. Jedenfalls ruf' ich ihn nicht an.«

Juli stöhnt, dann schielt sie nach ihrem Handy. »Ich muss los, meine Mutter wartet. Wenn sie ausnahmsweise mal zu Hause ist, muss sich natürlich die ganze Familie zum gemeinsamen Essen einfinden. Dabei bestellt sie ohnehin nur Sushi.« Sie greift nach ihrer Umhängetasche. »Wir wollen heute Abend ins *Cave*. Kommst du auch?«

»Weiß noch nicht. Vielleicht.«

Überrascht sieht sie mich an, und ich füge hinzu: »Heute Abend kommt wieder dieser Markus. Er holt meine Mutter ab, und ich will ihn mir zumindest mal ansehen.«

Lachend zieht Juli meine Zimmertür auf. »Okay. Komm einfach später.« Sie nickt zu meinem Arm. »Mach ein Foto, bevor die Zahlen weg sind. Das ist doch witzig!« Dann springt sie die Treppe runter.

Markus ist eine Komplettkatastrophe.

Klar, er ist aufgeregt, und ich kann verstehen, dass er bei Tom und mir gut dastehen will, aber was soll man von einem erwachsenen Menschen halten, der zur Begrüßung sagt: »Find ich ja ziemlich cool, euch mal zu treffen!«?

In der nächsten halben Stunde gelingt es ihm tatsächlich, in jeden zweiten Satz irgendeinen vermeintlich lässigen Begriff zu packen. Und er trägt Chucks! Ich meine, der Typ geht auf die fünfzig zu, dann soll er sich gefälligst auch so benehmen. Meine Mutter allerdings ist völlig hin und weg von ihm. So oft lacht sie sonst nie.

Als die beiden endlich weg sind, verziehe ich mich in mein Zimmer. Kurz spiele ich mit dem Gedanken, tatsächlich noch ins *Cave* zu gehen. Juli, Levin, Jako, alle werden da sein. Lea und Milla vermutlich auch. Die sind ja im Moment anscheinend überall anzutreffen.

Ich sorge für Musik und werfe mich auf mein Bett. Dann springe ich wieder auf und suche die Tourdaten von Keep on Dreaming heraus. Morgen werden sie in Berlin auftreten, übermorgen in Hamburg. Danach sind sie in Frankreich und Spanien, und von dort aus geht's nach Großbritannien. Am Ende der Tour spielen sie in Edinburgh, ein Heimspiel.

Es ist kurz nach acht. Was macht wohl der Sänger von Keep on Dreaming an einem Samstagabend um kurz nach acht? Mein Kopf liegt auf meinen Armen, und wenn ich ein bisschen zur Seite blinzele, kann ich schwarze Zahlen erkennen.

Das Handy gibt ein Signal von sich. Eine SMS von Juli.

Wo bleibst du?

Ich überlege. So lange, bis eine zweite Nachricht eingeht.

Katinka?

Ich bleib heute mal zu Hause.

Die Minuten vergehen ohne eine Antwort. Ich frage mich gerade, ob Juli beleidigt ist, da summt es wieder.

Ich würde nicht anrufen.

Wen?, tippe ich zurück und denke gleichzeitig, dass sie natürlich anrufen würde. Juli hätte vermutlich schon längst angerufen. Wenn Levin nicht wäre.

Weißt du ganz genau. Ruf da nicht an!

Ich ruf ja nicht an!

Unschlüssig tippe ich mit den Fingerspitzen gegen das Display.

Wieso eigentlich nicht?

Weil der dich nur ins Bett kriegen will!

Das war deutlich. Missmutig lege ich das Telefon zur Seite. Es summt noch einmal, und ich lehne mich über die Bettkante. *Wir reden morgen.*

Mit einem Seufzen strecke ich mich auf der Matratze aus, dann angele ich wieder nach dem Telefon, um die Nummer einzuspeichern, die ich von meinem Arm ablesen kann.

Halb neun. Mein Schulrucksack springt mir ins Auge, und nachdem mir nichts Besseres einfällt, beginne ich damit, seinen Inhalt auszuräumen und ordentlich im Regal zu verstauen. Als ich damit fertig bin, ist es Viertel vor neun. Mann.

Vielleicht doch noch ins *Cave*? Und was soll ich Jako sagen? Geistesabwesend klicke ich mich durch die letzten Nachrichten auf meinem Handy.

Hi, gebe ich ein. Und warte einige Sekunden. Senden.

Eine halbe Minute später klingelt das Telefon. *McMillan* steht auf dem Display.

Nach einem Schockmoment stürze ich zum CD-Player, um die Musik leiser zu drehen. Muss ja nicht sein, dass er sich selbst im Hintergrund hört, wenn ich jetzt gleich auf *Annehmen* tippen werde. Werde ich doch, oder? Verdammt, hätte er nicht einfach zurückschreiben können?

»Hi.«

»Skater Girl?«

Aus dem Telefon dringen Geräusche, Gelächter, Stimmen, die plötzlich abbrechen. Ich sinke auf mein Bett zurück.

»Genau. Hi«, wiederhole ich auf verbalem Nullnummern-Niveau. Obwohl er nur sehr leise lacht, verursacht seine Stimme ein Kribbeln in meinem Magen.

»Schön, von dir zu hören. Damit hast du mich um zwanzig Pfund reicher gemacht.«

Sehr charmant. Er hat gewettet.

»Wo bist du gerade?«, fragt er.

In meinem Zimmer auf dem Bett? Kommt nicht in Frage.

»Ich bin unterwegs.«

»Wo trifft man sich so in Frankfurt?«

»Im *Cave*«, antworte ich, bevor ich mir plötzlich die Frage stelle, ob James es fertigbringen würde, dort aufzutauchen. »Was machst du gerade?«

»Wir sitzen in irgendeiner Bar. Keine Ahnung, wie die heißt, warte ... *Wild at Heart*. Verrückter Laden. Ist noch ein bisschen früh, aber wird schon noch.«

»Seid ihr jetzt in Berlin?«

»Genau. Wir sind gestern Nacht losgefahren und hatten den Tag über frei. Brandenburger Tor, Reichstag und so. Jetzt machen wir uns noch einen netten Abend. Komm doch vorbei.«

»Ja, klar. Ich bin so in sechs, sieben Stunden da.«

»Dann schaffst du es auf jeden Fall noch zum Konzert.«

»Nette Idee.«

»Ich bin bekannt für meine netten Ideen. Wie sieht's also aus? Soll ich dich auf die Gästeliste setzen lassen?«

Überrascht rolle ich mich auf den Bauch. «Du meinst das wirklich ernst, oder?«

»Natürlich.«

In meinem Kopf wirbeln die Gedanken durcheinander. Es wäre möglich. Ich könnte morgen nach Berlin fahren und direkt nach dem Konzert wieder zurück. Meiner Mutter muss ich damit allerdings nicht kommen. Ihre Reaktion auf die Tatsache, dass ich erst in den frühen Morgenstunden wieder hier aufschlagen würde, kann ich mir gut vorstellen. Allerdings könnte ich einfach behaupten, ich übernachte bei Juli.

Keep on Dreaming noch mal live sehen, Odd Fish nicht zu vergessen. Und von irgendwo weiter hinten schiebt sich der Gedanke an James nach vorne, James, dessen Gesicht dem meinen so nahe ist, dass nur noch ein paar Zentimeter fehlen würden ...

»Skater Girl?«

»Okay!«

»Okay?«

»Ja, okay. Setz mich auf die Gästeliste.«

Mit James' Lachen im Ohr mache ich mich daran, Zugverbindungen rauszusuchen. Das Konzert beginnt um halb acht, wenn ich mittags losfahre, müsste das reichen. Der letzte Zug fährt nachts um zwanzig vor eins, damit wäre ich noch vor Schulbeginn wieder in Frankfurt.

Billig ist das Ganze allerdings nicht. Hundertneunzig Euro – so viel Geld habe ich nicht mal eben hier rumliegen, und eine Weile grübele ich über dieses Problem nach, bis mir Oma Janice einfällt. Vielleicht könnte ich mir von ihr den fehlenden Betrag leihen? Um diese Zeit kann ich nicht mehr bei ihr anrufen, ich werde morgen Vormittag bei ihr vorbeigehen und es darauf ankommen lassen müssen. Stattdessen tippe ich Julis Nummer ein. Hoffentlich hört sie ihr Handy überhaupt.

»Juli, ich muss mit dir reden! Jetzt gleich!«

»Katinka? Moment.«

Ich höre meine Freundin mit jemandem sprechen, dann werden die Stimmen im Hintergrund leiser.

»Was ist los? Alles in Ordnung?«

»Alles wunderbar. Kann ich morgen offiziell bei dir übernachten?«

»Klar. Was meinst du mit offiziell?«

»Ich will nach Berlin.« Nachdem ich die Situation erklärt habe, bleibt es erst mal still am anderen Ende. »Juli?«

»Katinka, du bist total verrückt. Das kannst du nicht bringen.«

»Wieso nicht? Ich fahr hin und direkt nach dem Konzert wieder zurück. Das bekommt überhaupt keiner mit.«

»Darum geht es gar nicht. Du fährst doch nicht nach Berlin und schaust dir nur das Konzert an.«

»Doch, natürlich.«

»Katinka!« Juli wird lauter. »Wenn du da morgen aufkreuzt, geht einer wie McMillan nicht davon aus, dass es dir nur darum geht, ein Konzert anzusehen!«

»Woher willst du wissen, wovon der ausgeht? Du kennst ihn doch überhaupt nicht.«

»Du auch nicht.«

»Mensch, Juli! Wenn ich dir so zuhöre, hätte ich ja gleich meine Mutter fragen können! Ich fahr hin und sehe mir das Konzert an. Um mich rum werden tausend Leute stehen. Da wird er wohl nicht über mich herfallen.«

Sich am Telefon zu streiten, ist blöd. Ich kann überhaupt nicht einschätzen, was von Juli als Nächstes kommen wird.

»Ihr werdet euch doch wohl treffen, oder?«

»Vielleicht. Aber es werden immer Leute dabei sein. Du kennst das doch, Juli. Wenn du es nicht darauf anlegst, bist du bei einem Konzert nie wirklich alleine. Ich werde einfach darauf achten, nicht in einem leeren Zimmer zu landen.«

»Und wenn du gar nicht mehr darauf achten willst?«

Im ersten Moment setze ich zu einer Erwiderung an, schließe den Mund jedoch gleich wieder.

»Wie alt ist dieser Typ? Mitte zwanzig?«, redet Juli weiter. »Denkst du nicht, der hat einen ziemlich klaren Plan, wenn er dich rumkriegen will?«

»Er ist vierundzwanzig«, erwidere ich schwach. »Juli, jetzt hör mal zu. Du musst dir wirklich überhaupt keine Gedanken machen, versprochen. Ich will sie einfach noch mal live sehen. Wieso soll der überhaupt was von mir wollen? Da laufen so viele Mädchen rum, die besser in sein Beuteschema passen. Ältere vor allen Dingen. Der würde sich doch sogar strafbar machen, wenn er mit einer Sechzehnjährigen was anfängt, oder?«

»Als ob so einem das wichtig wäre.«

»Juli! Das Konzert gestern war das beste meines Lebens. Und morgen könnte ich das noch mal haben. Bitte! Jetzt lass mich nicht hängen.«

»Natürlich lass ich dich nicht hängen. Ich glaube bloß immer noch nicht, dass das eine gute Idee ist.«

Erleichtert rutsche ich von meinem Bett. Das wäre geschafft.

Beim Frühstück am nächsten Morgen erzähle ich beiläufig, dass ich später zu Juli gehen und dort auch übernachten werde. Wie erwartet hat meine Mutter nichts dagegen.

»Was habt ihr heute noch vor?«

»Mal sehen«, erwidere ich ausweichend und bestreiche ein Brötchen mit Honig. »Vermutlich treffen wir uns mit den anderen irgendwo.«

»Jako war schon eine Weile nicht mehr hier. Wird er auch dabei sein?«

»Ja ... wahrscheinlich schon.«

»Habt ihr euch gestritten?«

»Nein! Wie kommst du denn darauf?«

Meine Mutter sieht mich nachdenklich an und zuckt mit den Schultern. »Nur ein Gedanke.« Sie trinkt einen Schluck Kaffee und wendet sich an Tom: »Und du? Was sind deine Pläne für heute?«

Mit dem Rucksack über der Schulter verlasse ich kurz darauf die Wohnung und fahre zunächst einmal zu Juli, um meine Schulsachen dort abzuladen, und dann weiter zu Oma Janice. In knapp zwei Stunden muss ich am Bahnhof sein, und jetzt hängt alles von ihr ab. Als sie die Tür öffnet und mich sieht, strahlt sie.

»Katinka, *dear!* Das ist ja eine Überraschung! Komm rein, ich freu mich, dich zu sehen!«

Mit schlechtem Gewissen laufe ich hinter ihr her. Ich habe Oma Janice seit ihrem Geburtstagsfrühstück nicht mehr besucht, und jetzt bin ich nur hier, um mir Geld zu leihen.

In der Küche schiebt sie ein Platzdeckchen auf dem zerkratzten Holztisch zur Seite.

»Möchtest du etwas trinken, *dear?* Ich habe auch noch ein bisschen Brot da.«

»Danke, ein Wasser reicht schon. Ich hab gerade gefrühstückt.« Angespannt ziehe ich einen der Stühle zurück, er quietscht unangenehm laut über den Fliesenboden.

Oma Janice hält ein Glas unter den Wasserhahn und setzt sich zu mir. »Bekomme ich heute also endlich den versprochenen Bericht über deinen Blog und die Schule? Ihr habt bald Ferien, oder?«

Auf dem Weg hierher habe ich beschlossen, Oma Janice wie immer einfach die Wahrheit zu sagen. Zumindest den größten Teil der Wahrheit.

»Die Ferien beginnen übernächste Woche. Ich bin hier, weil ich deine Hilfe brauche.«

Sie stutzt, und ich beeile mich hinzuzufügen: »Es ist nichts Ernstes. Es geht nur um ein Konzert.« In knappen Sätzen erzähle ich von dem vergangenen Freitag, ohne das Ende des Abends genauer auszuführen. »Und jetzt könnte ich Keep on Dreaming noch mal in Berlin sehen.«

»In Berlin?«

»Genau. Ein Freund von mir hat eine Karte besorgt, obwohl das Konzert schon ausverkauft ist. Das Problem ist das Zugticket.«

»Du willst heute noch nach Berlin fahren? Weiß deine Mutter davon?«

Jetzt kommt der schwierige Teil.

»Sie denkt, ich übernachte bei Juli ... sie hätte bestimmt Bedenken, weil es heute Nacht ziemlich spät werden würde. Aber es sind schon fast Ferien, es macht überhaupt nichts, wenn ich morgen ein bisschen müde bin.«

»Du hast sie also gar nicht erst gefragt. Und jetzt fragst du stattdessen mich. Und willst dir außerdem Geld für die Zugtickets leihen.«

Um ehrlich zu sein, habe ich nicht vorgehabt, mir Oma Janice' Erlaubnis einzuholen, aber sicherheitshalber nicke ich einfach.

»Katinka, ich weiß nicht ...«

»*Granny*, bitte ... du kannst dich völlig auf mich verlassen. Ich nehme den letzten Zug und bin morgen früh pünktlich um acht in der Schule. Und das Geld kann ich dir innerhalb von zwei Monaten zurückzahlen.«

»Wie viel Geld brauchst du denn für die Zugkarten?«

»Mir fehlen hundertzehn Euro.«

Oma Janice sieht absolut nicht überzeugt aus.

»Du sagst doch selbst immer, man müsse Gelegenheiten erkennen und dürfe keine Angst haben, sie zu ergreifen. Genau so etwas ist das jetzt. Wenn heute Abend das Konzert in Berlin stattfindet, und ich bin nicht dabei, kann ich das nie mehr wiederholen! Bitte, *Granny*! Ich hab dich noch nie um so etwas gebeten, es bedeutet mir wirklich viel.«

Oma Janice sieht mich zweifelnd an, dann seufzt sie. »Unter einer Bedingung.«

Hoffnungsvoll halte ich den Atem an.

»Wenn du wieder zu Hause bist, erzählst du deiner Mutter davon.«

Ich springe auf, um sie zu umarmen, doch sie hält einen Zeigefinger in die Höhe. »Und nächste Woche erwarte ich dann endlich einen ausführlichen Bericht!«

Durch die Fensterscheibe sehe ich das Bahnhofsgebäude zurückbleiben – ich bin tatsächlich unterwegs. Verrückt.
Mein Höhenflug hält bis kurz vor Göttingen an. Dann drängeln sich ein paar Gedanken aus den hinteren Reihen nach vorne, die offenbar endlich einen Weg gefunden haben, sich an meiner bisher vorherrschenden »Niemand wird mich aufhalten«-Einstellung vorbeizumogeln.

Fassen wir zusammen: Ich befinde mich auf dem Weg nach Berlin, treffe mich dort höchstwahrscheinlich mit einem Typen, vor dem meine beste Freundin mich mehrfach gewarnt hat, und wirke dabei mit Sicherheit wie ein dämliches Groupie. Ich rutsche tiefer in meinen Sitz.

So gesehen klingt das ziemlich unschön.

Vor der Fensterscheibe fliegt die Landschaft vorbei. Wiesen, Häuser, Kühe. In meine trüben Gedanken hinein ertönt das Summen meines Handys. Eine Nachricht von Juli.

Viel Spaß!

Juli, ich liebe dich, tippe ich dankbar.

Weiß ich doch. Halte dich von leeren Zimmern fern.

Genau. Spaß. Den werde ich haben. Ganz ohne leere Zimmer.

Elf

Am Berliner Ostbahnhof angekommen, folge ich den vielen Leuten, die in ausgelassener Stimmung die Straßen entlangwandern, und es dauert nicht lange, bis sich auch der letzte Rest an Magengrummeln verzogen hat. Stattdessen holt mich die Aufregung endlich ein, und während ich in der kurzen Schlange derjenigen warte, die hoffen, sich auf der Gästeliste zu befinden, trete ich unruhig von einem Bein auf das andere.

»Katinka Herzog«, sage ich, als ich an der Reihe bin. »Von *Listen Up!*.«

Der Typ fährt mit dem Finger eine Liste einmal hinunter und wieder hinauf. »Katinka Herzog?«

»Genau«, bestätige ich unsicher. Was, wenn mein Name jetzt gar nicht dort steht?

Ein weiteres Mal studiert der Typ die Liste, dann schüttelt er den Kopf. »Sorry«, erklärt er, »eine Katinka Herzog gibt's hier nicht. Für wen schreibst du noch mal?«

»Listen Up!.«

Mir ist schlecht. Das darf doch nicht wahr sein. Ich bin nicht auf dieser bescheuerten Liste. Was jetzt? Mein Blick fällt auf die verblassten, aber immer noch deutlich erkennbaren Ziffern auf meinem Arm. Auf gar keinen Fall werde ich jetzt diesen verflixten McMillan anrufen und – Moment!

»Schauen Sie nach Skater Girl«, verlange ich aufgeregt.

»Skater Girl«, wiederholt der Typ unbeeindruckt, »ja, das ist drauf. Warte eine Sekunde.«

Mit dem Zettel in der Hand entfernt er sich vom Tisch und brüllt in einen Nebenraum: »Mike! Komm mal her!«

Ein langer, dünner Typ mit hellbraunem, verstrubbeltem Haar schlendert um die Ecke.

»Die Dame gehört in den VIP-Bereich«, erklärt der Typ mit der Liste und nickt in meine Richtung. Verlegen verschränke ich die Arme. Na super. Wie peinlich ist das denn? Warum heften sie mir nicht gleich Bunny-Ohren an?

»Ich kann auch in die Halle gehen.«

Der Typ winkt ab. »Nee, das hat schon so seine Richtigkeit.« Er wendet sich zwei Kerlen hinter mir zu, die den Vorgang grinsend beobachtet haben, und beachtet mich nicht weiter.

»Komm mit.« Mike schiebt mich vorwärts. »Was willst du in der Halle? Von oben siehst du viel besser.«

Ergeben laufe ich neben ihm her und lasse mich eine Treppe hinaufdirigieren. Mike weicht nicht von meiner Seite und führt mich auf einen Balkon, der sich direkt über der Bühne befindet. Die in Reihen angeordneten Ledersessel werden von den meisten Anwesenden ignoriert.

»Viel Spaß.« Er lächelt mir noch einmal zu, dann läuft er die Treppe wieder hinunter.

Neugierig gehe ich vor bis zur Brüstung. In die schon gut gefüllte Halle strömen noch immer Menschen hinein, und auch bei den Sitzen, die sich rund um den Innenbereich in luftiger Höhe befinden, stechen nur vereinzelt noch leere Plätze heraus. Jetzt erst sehe ich mich genauer hier oben um. Vermutlich sind das alles Leute von der Crew. Oder erhalten vielleicht auch wichtigere Pressemenschen einen Zugang zu diesem Bereich?

Ein Stück von mir entfernt hängt ein Mädchen im hautengen Minikleid lachend am Arm eines Typen, der ein bisschen sehr gierig auf sie runter grinst. Unbehaglich wende ich mich wieder ab und bin froh, als es plötzlich dunkel wird. Wie auch in Frankfurt ertönen die ersten Takte von *Freeze*. Unter mir erstrahlt alles in hellem Licht, Flammen schießen in die Höhe, und ich falle in den Aufschrei ein, der von der Menge emporsteigt. Im nächsten Moment rennen Andy Wilson, Ewan Buchanan und Davie McCall auf die Bühne, der Gitarrensound peitscht die Leute im vorderen Drittel in Lichtgeschwindigkeit auf Hundertachtzig. James hebt das Mikro, und erst nach Sekunden fällt mir auf, dass man hin und wieder auch ausatmen muss. Auf gar keinen Fall werde ich ihm je verraten, welche Wirkung es auf mich hat, wenn er singt.

Den Fuß auf einer Lautsprecherbox aufgestützt, stachelt James die Leute an, die sich nach vorne gegen die Absperrungen pressen, er schleudert eine Energie in den Raum, die sich unaufhaltsam bis in die letzten Reihen frisst. Am liebsten würde ich die erstbeste Person in meiner Nähe am Kragen packen und rufen: Wir haben telefoniert! Gestern! Ehrlich!, und ich tue es nur deshalb nicht, weil ich nicht aufhören kann, ihn anzustarren.

Ein Mädchen hat sich an der Security vorbei auf die Bühne gewunden. James geht in die Knie und streckt einen Arm nach ihr aus. Bevor sie zurück in die Menge gezogen wird, gelingt es ihr, seine Finger zu berühren, und er winkt ihr hinterher. Plötzlich fühle ich mich sehr jung. Juli hat Recht. Diesem Typen werde ich nicht viel entgegenzusetzen haben, sollte er es darauf anlegen.

Die Band stimmt *Black Sun* an. James hat sich weit nach vorne gebeugt, um ein paar Hände abzuklatschen, doch jetzt springt er zurück zur Mitte der Bühne und legt los.

Eine halbe Stunde später sind die Leute schier am Überschnappen und brüllen Keep on Dreaming über mehrere Minuten für eine Zugabe auf die Bühne zurück. Ich weiß, was jetzt kommt. Aus dem Dunkel heraus richtet sich ein Scheinwerfer auf James, der den Kopf gesenkt hält. Die Leadgitarre stimmt einen langen Ton an, und mit ausgebreiteten Armen lässt er die Rufe und Schreie aus dem Publikum immer lauter werden, bevor er endlich mit dunkler Stimme die ersten Worte singt. Zusammen mit Hunderten von Menschen falle ich ein.

Walking in the streets,
nothing more to do
I want to hear you say,
I belong to you

Etwas weitet sich in meiner Brust. Ich wünschte, Juli wäre hier. Juli oder Jako.

Wasted time, days gone by,
don't want to hear 'bout this
I miss you more than I could say,
dying for your kiss

Kann man ein Lied so sehr lieben, dass man fast zerspringt? Man kann. Und ist es nicht großartig, dass man das kann?

Mit den letzten Tönen von *Without You* verdunkelt sich die Bühne, und meine Stimme überschlägt sich. Was auch immer heute Abend noch kommen mag, alleine dafür hat sich alles gelohnt.

Die Deckenfluter tauchen die Halle in grelles Licht, blinzelnd sehe ich mich um. Ob es hier irgendwo etwas zu trinken gibt? Ich schiebe gerade einige Leute beiseite, um zur Treppe zu gelangen, als dort ein kleiner Aufruhr entsteht. Neugierig recke ich den Hals. Leute lachen und johlen, und noch bevor ich mitbekomme, dass sie »*Amazing*« und »*Great job!*« rufen, entdecke ich James. Es ist keine zehn Minuten her, seit ich ihn auf der Bühne gesehen habe, er trägt noch dieselben Klamotten und fährt sich durch die verschwitzten Haare, während er suchend um sich schaut. Halbherzig geht er auf einige Bemerkungen ein, lacht hier jemanden an und schlägt sich da mit einem anderen ab. Sein weißes Hemd hängt nachlässig und klebrig-feucht an ihm runter, und jetzt wirft sich das Mädchen im engen Kleid an seinen Hals und ruft ihm etwas ins Ohr. James bleibt stehen, legt ihr die Hände auf den Hintern und zieht sie noch näher ran, bevor er ihre Finger wieder löst und sie von sich schiebt. Enttäuscht starrt sie ihm nach.

Ich richte meine Aufmerksamkeit zurück auf James, der inzwischen drei Schritte vor mir steht.

»Hey!«, sagt er und strahlt mich an. »Ich wollte nur mal nachsehen ... du bist tatsächlich da.«

»Bin ich.« Verlegen lächle ich zurück. So muss es sich anfühlen, wenn plötzlich ein Scheinwerfer auf einen gerichtet wird. James' Aufmerksamkeit sichert mir das ungeteilte Interesse aller Umstehenden, und eine Sekunde lang scheint jeder darauf zu warten, was als Nächstes passieren wird. Ich übrigens auch.

James zeigt mit einem Finger auf mich. »*Don't move*. In einer Minute bin ich wieder da.«

Er drängt sich zurück durch die Leute, die sich sofort wieder an ihn hängen. »*Take a shower*«, höre ich noch, dann ist er verschwunden.

Obwohl meine Kehle trockener ist als vorher, verzichte ich darauf, mir etwas zu trinken zu besorgen und lehne mich wieder über das Balkongeländer. Hoffentlich legen Odd Fish bald los.

»Hi.« Neben mir hat das Mädchen im Mini ihre Arme auf die Brüstung gelegt und betrachtet mich interessiert. »Ich hab dich noch nie in dem ganzen Haufen hier gesehen. Woher kennst du Jamie?«

»Ich hab ihn vorgestern interviewt«, erwidere ich.

»Ein Interview?« Ihre Augenbrauen gehen leicht in die Höhe. »Und was machst du heute hier?«

Gute Frage. Unter mir warten die Menschen ungeduldig auf den Auftritt des Headliners, und ich sehe wieder zur Seite. »Mir das Konzert noch einmal ansehen. James hat mich gefragt, ob ich Lust dazu hätte und –«

»Jamie hat dich gefragt, ob du Lust hättest, das Konzert noch mal zu sehen?« Skeptisch runzelt sie die Stirn. »Stehst du auf ihn?«

Wie bitte? Verärgert rücke von ihr ab. »Was soll denn diese ganze blöde Fragerei? Was geht dich das überhaupt an?«

»Ich bin seine Freundin.«

Mir entgleisen die Gesichtszüge.

»Das hat er nicht erwähnt, oder?« Sie schiebt sich wieder näher ran und beugt sich so weit vor, dass sie mir die nächsten Worte ins Ohr flüstern kann. »Das erwähnt er nie, weißt du? Jamie nimmt es mit festen Beziehungen nicht so genau. Ich aber schon.« Lächelnd fügt sie hinzu: »Jetzt musst du wissen, ob du noch was mit ihm anfangen willst.« Dann nickt sie kurz und stöckelt davon.

Vor und zurück, das Gewimmel in der Halle scheint sich auszudehnen und wieder zusammenzuschrumpfen. Wird Zeit, dass die Headliner auftauchen.

James' Freundin also. Zumindest behauptet sie das. Für einen Moment schließe ich die Augen – wo liegt eigentlich das Problem? Das ist doch alles gar nicht wichtig. Ich bin nicht wegen James hier, und es ist mir völlig egal, ob er eine Freundin hat oder auch nicht.

Die Lichter gehen aus, und in der Halle beginnt es zu summen.

»Hi, Skater Girl.« Gavin ignoriert mein Zusammenzucken und stützt sich neben mich auf das Geländer. »Ich musste es mit eigenen Augen sehen: Du bist tatsächlich hierhergefahren.«

Unwillig stöhne ich auf. Der nächste. Welchen Vortrag wird er mir jetzt halten?

»Das war anscheinend ziemlich idiotisch.«

»Nein, warum? Jeder, der wegen unserer Musik hinter uns herreist, ist ein guter Mensch.« Er zwinkert mir zu. »Oder bist du nur wegen Odd Fish hier?«

Lachend schüttele ich den Kopf. »Nein ... ich bin ein ziemlicher guter Mensch, glaube ich.«

Amüsiert sieht er mich an, doch bevor er etwas erwidern kann, erstrahlt alles in gleißendem Licht, und die Menge brüllt vor Begeisterung auf, weil Odd Fish wie die Schachtelteufel auf die Bühne springen. Sie haben ihren ersten Song noch nicht beendet, als James zurückkehrt und mein offenbar leicht zu beeindruckendes Herz sofort schneller schlägt. Er lächelt nur, mittlerweile wäre es auch zu laut, um etwas zu verstehen, schlägt sich über meinen Kopf hinweg mit Gavin ab und wendet sich dem Geschehen auf der Bühne zu. Seine Hände umfassen die obere Metallstange der Balkonbrüstung, seine Unterarme sehen so aus, als wären Klimmzüge kein Problem für ihn, und ich wünschte, ich könnte aufhören, ihn mir vorzustellen, wie er *Without You* singt.

Fast zweieinhalb Stunden später würde ich am liebsten selbst singen oder tanzen, um die angesammelte Energie loszuwerden – was für ein Konzert! Ich bin gerade so glücklich, hier zu sein, dass ich Gavin nur anstrahlen kann, als der mich fragt, wie es mir gefallen habe.

»Lasst uns etwas zu trinken organisieren«, ruft James und setzt sich in Bewegung, ohne eine Antwort abzuwarten. Bedauernd blicke ich noch einmal zurück in die Halle. Es ist so schade, dass alles schon vorbei ist.

»Wo gehen wir hin?«, frage ich Gavin, während wir uns einen Weg aus dem VIP-Bereich bahnen.

»Hinten gibt's eine Lounge.«

Er bleibt stehen, um jemanden zu begrüßen, und kurz werde ich langsamer, bevor ich James weiter folge. Meine Kehle fühlt sich rau an, ich muss unbedingt etwas trinken.

Die Lounge ist ein Raum mit niedriger Decke und Parkettboden. Über uns schweben riesige Konstruktionen aus Metall oder Holz, in die kleine Lichter eingelassen sind. Sie hängen da wie umgekippte Bilderrahmen und tauchen den Raum in gelbes Licht. Die Ledersessel erinnern mich an die Sitze beim Friseur – der Designer, der für all das hier verantwortlich ist, bekäme vermutlich einen Herzinfarkt, wenn er das wüsste.

Wie überall sonst ist es ziemlich voll, doch die Atmosphäre ist gelöst, fast schon entspannt. Wie auf einer Party.

James steht an der Bar. »Was willst du?«

Sowohl er als auch der Barkeeper sehen mich erwartungsvoll an. Ratlos mustere ich die Spirituosen an der Wand. Bier schmeckt mir nicht, und so schnell fällt mir kein Getränk ein, das angemessen sein könnte.

»Ein Wasser.«

»Ein Wasser?« James lacht auf. »Darf es sprudeln, oder wäre das schon zu gewagt?«

Ich verdrehe die Augen, muss aber ebenfalls lachen.

»Auf dieses Konzert werden wir jetzt anstoßen und zwar nicht mit Wasser. Warte.« Er wendet sich dem Barkeeper zu. »Ein Wasser, ein kleines, ein Strawberry Caipirinha und ein Whisky. Ohne Eis.«

Wenige Minuten später erheben wir unsere Gläser.

»Auf dieses Konzert«, erklärt James feierlich. »Auf Keep on Dreaming, auf Odd Fish, und auf jede andere geile Band dieses Planeten!«

Sein Whisky klirrt gegen meinen Caipirinha. Ich probiere einen Schluck und verliebe mich auf der Stelle in das Zeug. Wir haben bei Juli zu Hause zusammen mit Levin und Jako mal Caipirinhas gemixt, aber mit Erdbeeren schmeckt es fast noch besser. Muss ich mir merken.

James hat seinen Whisky in einem Zug ausgetrunken und bereits Nachschub geordert. Jetzt sieht er mich an.

»Ich hätte nicht gedacht, dass du tatsächlich kommen würdest.«

Das ist der erste an mich gerichtete Satz, der völlig frei von Ironie und halbwegs nett gemeintem Spott zu sein scheint.

»Das heißt, diesmal hast du nicht gewettet?«

Sein Grinsen taucht wieder auf. »Nein, diesmal nicht.«

Er lehnt sich mit dem Rücken gegen die Bar. Suchend sieht er sich um und zeigt dann auf einige freie Sessel weiter hinten an der Wand. »Dort können wir uns setzen.«

Mit den Gläsern in der Hand schlängeln wir uns zu der Sitzgruppe. Der Tisch sieht aus wie ein Holzwürfel und viel mehr als unsere drei Getränke passen nicht darauf.

»Und jetzt erzähl«, fordert mich James auf, während er sich in einen Sessel fallen lässt. »Was ist das für ein Blog, den ihr da macht? Wie lange gibt's den schon?« Er setzt das Whiskyglas an seine Lippen und fügt hinzu: »Und warum war dein Freund nach dem Interview so sauer?«

»Jako ist nicht mein Freund«, erwidere ich unwillkürlich, bevor ich den Caipirinha zu mir heranziehe. »*Listen Up!* gibt es jetzt seit etwa einem Jahr.«

Ich erzähle, wie Juli, Jako und ich damals beschlossen, dass wir mehr sein wollten, als nur Zuschauer. Wir wollten die Bands, die wir mochten, unterstützen, wollten tiefer in die Musikszene eintauchen, mehr Teil von ihr sein. Dann kommt mir plötzlich etwas anderes in den Sinn.

»Wer hat eigentlich euer Cover gemacht?«

James sieht mich verdutzt an. »Unser Cover?«

»Genau.« Ich stelle mein leeres Glas auf dem Holzblock ab. »Wer hat es gezeichnet?«

Er lehnt sich im Sessel zurück. »Ich. Pass auf, was du jetzt als Nächstes sagst.«

»Du?«, platze ich hervor und schlage mir die Hand vor den Mund. James wirft mir einen halb gekränkten, halb belustigten Blick zu, und ich merke, dass ich vor lauter unterdrücktem Lachen hochrot werde. Tiefer in den Sessel rutschend kichere ich so lange haltlos vor mich hin, bis ich Bauchschmerzen kriege.

»Offenbar kann ich lustige Cover zeichnen«, merkt James irgendwann an. »Was genau ist daran so witzig?«

»Ist es eine Kuh?«, keuche ich.

»Wie bitte?«

Jetzt hilft gar nichts mehr, und mit beiden Händen winke ich ab. Ich muss mich beruhigen, sonst explodiere ich vermutlich. »Egal. Egal, nicht wichtig. Oder doch: Was ist das für ein Tier?« Gespannt beuge ich mich vor und wische mir dabei die Tränen aus den Augen.

»Ein Drache.«

Schnell senke ich den Kopf und pruste von vorne los.

James erhebt sich mit einem aufgesetzten Seufzen. »Ich gehe mal die Gläser auffüllen. Scheint ja die Stimmung ziemlich zu heben.«

Angestrengt versuche ich, meinen Lachanfall in den Griff zu bekommen. Ein Drache! Wenn ich das Juli erzähle! Mir fällt ein, dass ich ihr schnell eine Nachricht schreiben könnte, und immer noch kichernd ziehe ich mein Handy aus dem Rucksack.

Schneller hätte mich nichts auf den Boden zurückbringen können. Zehn vor eins. Der Zug ist weg.

Mit einem Satz springe ich auf, greife nach dem Rucksack und setze mich wieder hin. Verdammt, verdammt, verdammter Mist! Was mache ich denn jetzt, verdammt nochmal? Das

Handy zeigt vier neue Nachrichten an, drei von Juli, eine von Jako. Ich öffne zuerst Julis SMS.

Gut angekommen?

Melde dich mal, wenn das Konzert vorbei ist.

Die letzte kam vor einer Stunde. *Immer noch nicht fertig?*

Verdammt.

Jetzt mal ganz ruhig. Der nächste Zug fährt gegen halb fünf und ist um Viertel vor neun in Frankfurt. Die erste Doppelstunde werde ich verpassen, aber wenn ich direkt vom Bahnhof zur Schule fahre, kann ich immer noch behaupten, ich hätte verschlafen. Hoffentlich ist Juli noch nicht im Bett.

Bist du noch wach?

Eine halbe Minute später die Antwort: *Na endlich! Wie war's?*

Ich hab den Zug verpasst.

Verdammt!

So weit war ich auch schon.

James kommt zurück und stellt ein neues Glas vor mir ab.

»Alles in Ordnung?«

»Nicht wirklich.«

Ich hebe eine Hand und tippe mit der anderen weiter meine Nachricht für Juli ein. *Ich nehme den Zug um halb fünf und bin um Viertel vor neun am Bahnhof. Von da komme ich direkt zur Schule. Kannst du mein Zeug mitbringen?*

Erst jetzt wende ich mich James zu. »Mein Zug ist weg.«

»Oh. Gut.« Ungerührt hebt er sein Glas in meine Richtung.

Verblüfft sehe ich ihn an. »Das kann man wohl so und so sehen.«

»Und wie siehst du es?«

Ping. Julis Antwort. *Kein Problem. Wo bist du jetzt?*

Noch im o2. Keine Ahnung, wie lange das hier geht. Wenn alles zumacht, geh ich zum Bahnhof. Ich melde mich.

»Hast du jetzt Stress?«, hakt James nach.

»Ja. Nein.«

Ping. *Bleib unter Leuten!*

Ja, Mama.

Etwas ruhiger lasse ich mein Telefon zurück in den Rucksack gleiten. Ich kann ohnehin nichts mehr daran ändern, und eigentlich ist es doch auch egal, ob ich gegen fünf oder gegen neun in Frankfurt aufschlage. Besonders viel Schlaf werde ich sowieso nicht bekommen. Wenn ich direkt zur Schule fahre, muss ich wenigstens Juli nicht wecken. Bleibt nur die Frage, was ich mit den nächsten drei Stunden anfangen soll.

James hat mir beim Nachdenken zugesehen, jetzt lehnt er sich vor und drückt mir mein Glas in die Hand. »Und? Was hast du also jetzt vor?«

»Keine Ahnung. Nichts.« Ich trinke einen Schluck. Die Eiswürfel im Glas klirren, und ich halte es gegen das Licht. Leckeres Zeug.

»Komm mit.«

Überrascht sehe ich auf die Hand, die James mir entgegenstreckt. »Wo willst du denn hin?«

»Kleiner Spaziergang?«

James ist aufgestanden. Noch immer schwebt seine Hand vor meinem Gesicht. Zögernd ergreife ich sie und verliere um ein Haar das Gleichgewicht, als er mich hochzieht.

»Vorsicht!«

Seine Hand liegt jetzt auf meinem Rücken, während er mich zwischen den Sesseln hindurchführt, und einen Augenblick lang frage ich mich, ob das wohl in Ordnung ist.

Wir laufen die Treppe zum hell erleuchteten Eingangsbereich hinunter. James steuert einen der Ausgänge an, doch ich ziehe ihn in die riesige Halle. Der Raum wirkt verlassen und leer, obwohl eine Menge Leute damit beschäftigt sind, das Equipment zu zerlegen und Kabel aufzurollen. Wie Ameisen. Der ganze Bau zieht jetzt woanders hin.

»Wann fahrt ihr los?«

»In ein, zwei Stunden.«

»In ein, zwei Stunden ist das alles hier abgebaut?«

»Das meiste. Die Bands fahren vor, wir werden im Bus etwas schlafen.«

Mit sanftem Druck schiebt er mich zu einem der Ausgänge. »Willst du mal unseren Tourbus sehen?«

Will ich mal den Tourbus sehen? Ich bin mir nicht sicher, ob das eine gute Idee ist. Julis leere Räume fallen mir ein, und ich lache leise. Ob ihre Warnung auch für leere Tourbusse gilt? James legt den Arm um meine Schultern.

»Was ist so lustig? Hast du eine Kuh gesehen?«

Immer noch lachend lasse ich mich von ihm nach draußen ziehen. Die Nachtluft ist kühl und angenehm, und wir brauchen nur wenige Minuten, bis wir den Parkplatz mit den Bussen erreichen. Unwillkürlich bleibe ich stehen, und als James jetzt von hinten die Arme um mich legt, habe ich gar nicht viel dagegen. Ich lehne mich gegen ihn und versuche, Sterne zu entdecken. James stützt sein Kinn auf meinen Kopf, und ich genieße die Wärme, die von ihm ausgeht. Alles fühlt sich absolut richtig an.

»Ich liebe eure Musik«, erkläre ich unvermittelt.

James schweigt, nur der Druck seiner Arme verstärkt sich ein wenig.

»Als ich das erste Mal in euer Album reingehört habe, hat es mich komplett umgehauen«, füge ich hinzu. Zufrieden stehe ich da und nicke freundlich ein paar Roadies zu, die irgendwelche Kisten an uns vorbeitragen. Plötzlich verschwindet die Wärme in meinem Rücken, und erstaunt drehe ich mich um. Es ist zu dunkel, um sein Gesicht deutlich erkennen zu können, trotz der hohen Laternen, die um den Parkplatz stehen, aber ausnahmsweise lächelt er nicht. Habe ich ihn überhaupt schon mal ernst gesehen? Also, außer auf der Bühne natürlich. Mir ist ein bisschen schwindelig.

James' Hände gleiten über meine Schultern zu meinem Gesicht. Sanft streicht er meine Haare zurück und fährt dabei mit den Fingerspitzen meine Wangenknochen entlang.

»Du bist so ... süß.«

Er tritt einen Schritt zurück. »Fahr mit nach Hamburg!«

Verwirrt schüttele ich den Kopf. »Das geht nicht.«

»Wieso nicht?«

»Weil ... ich hab gar kein Ticket für Hamburg.«

»Buch es um.«

»Aber ... ich kann nicht einfach einen ganzen Tag wegbleiben.«

»Wieso nicht?«

Meine Gedanken überschlagen sich. Natürlich kann ich nicht mit nach Hamburg fahren. Juli bringt mich um! Meine Mutter bringt mich um! Außerdem habe ich morgen Schule.

Milla und Lea fallen mir ein. Ach, die Schule ... sind doch bald Sommerferien. Wann hat Lea das gesagt? Wir waren im

Cave, Jako und Levin waren auch dabei. So lange ist das noch gar nicht her, oder?

James tut nichts, um mein Gedankenkarussell zu unterbrechen. Im Gegenteil. »Du könntest einen Tourbericht schreiben«, facht er das Durcheinander in meinem Kopf zusätzlich an.

»Einen Tourbericht?«

»Ja, warum nicht?«

Einen Tourbericht. Ich tippe geistesabwesend ein paar Male mit meinem Finger gegen seine Brust. Seine Hand umschließt meine.

Wenn ich Juli eine Nachricht schreiben würde ... meine Mutter könnte ich anrufen und behaupten, dass ich noch eine Nacht bei Juli bleibe. Ungewöhnlich wäre das nicht. Unentschlossen sehe ich auf unsere Hände.

»Only once in a lifetime«, sagt James. Der Satz scheint in der Luft zu schweben.

»Wo würde ich schlafen?«

»Im Bus natürlich. Wir haben freie Kojen.«

Ein Tag. Wäre das so schlimm, ein einziger Tag? Dienstagfrüh statt Montagfrüh? Juli und ihre Warnungen schießen mir durch den Kopf. Aber ich wäre ja nicht mit James allein im Bus. Gavin und die anderen fahren schließlich auch mit.

James lässt meine Hand los, um etwas in sein Telefon eingeben zu können. »Du könntest morgen Nacht um halb eins losfahren und wärst um halb sechs in Frankfurt.« Er sieht auf. »Moment, ich muss kurz was klären.«

Das Handy in seine Hosentasche zurückschiebend läuft er an mir vorbei auf Gavin zu. Sie sind zu weit entfernt, um zu verstehen, worüber sie reden, aber offenbar geht es um mich, denn jetzt sieht Gavin in meine Richtung. Einer Meinung scheinen sie nicht zu sein, wenn ich das richtig deute. James redet auf Gavin ein, der immer wieder den Kopf schüttelt. Plötzlich lacht Gavin auf und wirft mir noch einen Blick zu, bevor er kopfschüttelnd, aber immer noch lachend, in den Bus steigt.

James kehrt zurück. »Hast du dich entschieden?«

»Was war das eben?«

Er winkt ab. »Gavin ist die Tourmutter. Wenn du mit nach Hamburg kommst, muss er das wissen.«

Ich würde gerne fragen, worüber Gavin gelacht hat, bin aber zu durcheinander, um diesen Gedanken lange genug festzuhalten. *Once in a lifetime.*

»Okay. Ich komme mit.«

Der Bus ist doppelstöckig, im unteren Bereich war alles dunkel, als wir eben hintereinander die enge Treppe nach oben gestiegen sind. Jetzt liegt mein Rucksack auf einer schmalen Matratze, und ich lasse mir von James erklären, wie ich das winzige Fenster über meinem Bett kippen kann, und wo sich der Lichtschalter für das Lämpchen an der Stirnseite der Koje befindet.

»Das Bett unter dir ist leer, hier schlafe ich und oben Gavin.« Er weist auf die beiden Kojen gegenüber, der Vorhang der oberen Schlafstelle ist zugezogen.

»Weiter vorne sind Andy, Ewan und Davie. Wenn du was brauchst, sag Bescheid.«

Gavin steckt seinen Kopf hervor. »Wenn du was brauchst, sag besser mir Bescheid.«

»Halt die Klappe, Gavin!« James lacht und schiebt Gavin in seine Koje zurück.

Minuten später krame ich hinter dem geschlossenen Vorhang in meinem Rucksack nach dem Handy. Mir fallen immer wieder die Augen zu, aber auf jeden Fall muss ich Juli noch eine Nachricht schreiben. Eine Weile starre ich auf das Display und gebe schließlich ein: *Hier ist alles in Ordnung. Ich fahre von Hamburg aus zurück. Kann ich meiner Mutter sagen, dass ich noch eine Nacht bei dir bin?*

Dann ziehe ich Jeans und Socken aus und lege die Sachen zum Rucksack ans Fußende. Dort entdecke ich eine Klappe und öffne sie neugierig. Haarbürste. Schminkzeug. Eine Packung Kondome. Schnell schließe ich die Klappe wieder.

Was genau mache ich hier eigentlich? Benommen schlage ich die Decke zurück und strecke mich auf der Matratze aus. Mein Kopf fühlt sich seltsam wattig an. Ich glaube, ich habe ein bisschen viel getrunken.

ZWOELF

Mein Telefon klingelt. Und klingelt. Und klingelt.

Dann ist alles wieder still.

Ich öffne ein Auge und sehe auf eine hellgraue Wand. Weißes Licht fällt auf die dünne Bettdecke.

Das hier ist definitiv nicht mein Zimmer.

Im nächsten Moment krachen sämtliche Erinnerungen des gestrigen Abends auf mich herab. Kurzfristig stelle ich das Atmen ein.

Oh. Mein. Gott. Wie dämlich kann man sein?

Vorsichtig richte ich mich auf und schiebe verstohlen den Vorhang ein Stückchen zur Seite. James' Koje ist noch geschlossen, Gavins Bett leer. Vorne im Gang ist niemand zu sehen. Ein Griff nach meinem Handy. Kurz nach eins. Ein Uhr mittags, ich fass es nicht! Außerdem sieben Anrufe und zwei neue Nachrichten, alle von Juli. Hastig ziehe ich mich an, schnappe mir meinen Rucksack und lasse mich geräuschlos vom Bett gleiten.

Gerade als ich mit angehaltenem Atem an den Kojen weiter vorne vorbeischleiche, öffnet sich einer der Vorhänge und mir bleibt fast das Herz stehen.

Davie McCall blinzelt mich verschlafen an. »Hi.« Er reibt sich die Augen. »Zu wem gehörst du denn?«

»Ähm … ich … das ist ein Missverständnis.«

»Ein Missverständnis?«

McCall lacht, und ich wünschte, er wäre etwas leiser.

»Genau.« Beschwörend hebe ich eine Hand. »Ich bin schon weg.«

»Keinen Guten-Morgen-Quickie?«

»Was?« Brennende Hitze steigt mir ins Gesicht. »Vergiss es!«

»Schade.« Er nickt in Richtung der hinteren Kojen. »James, oder?«

Kurz schließe ich die Augen. »Ich geh jetzt einfach, okay?«

»Klar.« Davie McCall lässt sich wieder auf sein Kissen sinken. »Mach's gut, Süße.«

Das ist doch alles nicht wahr. Ich stürze die enge Treppe hinunter und erstarre, als ich unten auf einige Mitglieder der Crew stoße, die in einer Sitzecke zu frühstücken scheinen. Nein, wahrscheinlich essen sie eher zu Mittag. Sie rufen mir irgendetwas hinterher, während ich hastig die beiden Stufen zur offenen Bustür herausspringe und dabei gegen Gavin pralle.

»Au, verdammt!« Er reibt sich das Kinn. »Was ist denn los?«

Davie McCalls Worte hallen mir noch im Ohr, ich will mich einfach an Gavin vorbeidrücken, aber mit einer raschen Bewegung tritt er mir in den Weg.

»Hey!« Mit zusammengezogenen Augenbrauen sieht er mich an. »Was ist los?«, wiederholt er, »Ist was passiert?«

»Nein ... ich ... es ist nichts passiert.«

»Sicher? Schläft James noch?«

»Glaub schon.«

Einige Sekunden lang stehen wir uns schweigend gegenüber. »Willst du duschen?«

»Ich muss erst mal zu Hause anrufen.«

»Okay. Komm mit.« Er setzt sich in Bewegung, und ich folge ihm nach kurzem Zögern. »Ich zeig dir, wo du danach duschen kannst. Willst du was essen?«

»Im Moment nicht«, murmele ich.

Ich bin in Hamburg. Oh Gott, ich bin in Hamburg!

Wir erreichen die Konzerthalle, und Gavin schiebt mich vor sich her durch die Glastüren. »Wenn du hier runter läufst, kommst du direkt zum Waschbereich. Gleich links sind die Duschen.« Er sucht meinen Blick. »Ist wirklich alles in Ordnung? Als du eben so aus dem Bus gesprungen bist, dachte ich –«

»Nein, alles okay«, unterbreche ich ihn und versuche mich an einem Lächeln. »Mir ist nur kurz davor klargeworden, wie bescheuert die Idee war, mit euch nach Hamburg zu fahren. Im Tourbus«, füge ich grimmig hinzu.

Gavin nickt. »Ich war gestern auch ein bisschen ... erstaunt. James hat erzählt, du willst einen Tourbericht schreiben?«

»Genaugenommen war das seine Idee. Worüber hast du gestern so gelacht?«

Verständnislos sieht er mich an.

»Als du mit James gesprochen hast, direkt vor dem Bus.«

»Vergiss es. James kann ziemlich überzeugend sein, wenn er etwas will.« Sein Tonfall wird schärfer. »Der Deal war, dass er die Hände von dir lässt, wenn du mitfährst. Und daran hat er sich gehalten, oder?«

»Mh.«

»Wie alt bist du eigentlich?«

»Sechzehn.«

Seine Augen weiten sich. »Sechzehn? *My goodness*!« Er reibt sich über das Gesicht und grinst ein wenig schief. »Versteh mich nicht falsch, aber eine weitere Nacht im Tourbus wird es ganz bestimmt nicht geben. Brauchst du Handtücher?«

»Ja.«

»Ich besorg dir welche.«

Kurz legt er mir eine Hand auf die Schulter, dann wendet er sich ab, und ich sehe ihm nach, wie er nach draußen läuft. Nein, eine weitere Nacht im Tourbus wird es ganz sicher nicht geben. Und besser auch keine Strawberry Caipirinhas mehr.

Auf dem Weg zu den Duschen ziehe ich mein Handy hervor. »Hallo, Juli?«

»Katinka!«, schreit Juli, und ich bekomme sofort ein schlechtes Gewissen.

»Wo bist du gerade? Ist alles in Ordnung? Bist du wirklich in Hamburg?«

»Bin ich«, erwidere ich mit einem Seufzen und starte den Versuch, Juli den Ablauf der vergangenen Nacht zu erklären. Wie zu erwarten, flippt sie aus, als ich zu dem Teil mit dem Tourbus komme.

»Du hast was? Du steigst in einen Tourbus voller Typen, die du keinen Meter kennst, und fährst da einfach mit? Bist du komplett durchgeknallt?«

Vor den Duschen stehen zwei Stühle, und auf einen davon sinke ich nieder. Ich fühle mich blöd. Juli hat Recht, aber jetzt ist es eben so. Letzten Endes ist ja auch nichts weiter passiert.

»Da hast du einfach nur verdammtes Glück gehabt! Was

hättest du denn machen wollen, irgendwo zwischen Berlin und Hamburg, wenn dieser McMillan mal eben zu dir ins Bett gerutscht wäre?«

Verdrossen schweige ich vor mich hin. Erst lässt Gavin den Vernünftigen raushängen, jetzt Juli. Ich weiß selbst, wie dämlich ich mich verhalten habe, auch ohne, dass mir das jeder an den Kopf wirft.

»Was machst du also?«, will Juli wissen.

»Mir heute das Konzert ansehen«, erkläre ich trotzig.

»Was?«

»Jetzt bin ich schon mal hier, jetzt sehe ich mir auch das Konzert an!«

»Und dann? Fährst du mit nach Schottland?«

»Juli, du musst hier nicht einen auf meine Mutter machen!«

Am anderen Ende ist es kurz still. Dann sagt Juli eisig: »Deine Mutter weiß überhaupt nichts von dem ganzen Mist, Katinka. Und keine Sorge, ich werde nicht diejenige sein, die sie anruft. Aber du solltest dir vielleicht mal überlegen, was genau du da abziehst. Bist du nicht diejenige, die sich immer so über Milla aufregt?«

Mir bleibt die Luft weg. »Wenn du wirklich denkst, das sei irgendwie mit einer Milla-Sache zu vergleichen, dann ...«

»Ja? Was dann?«

Ich lege auf.

Als Gavin kommt, sitze ich immer noch mit dem Telefon in der Hand vor den Kabinen.

»Alles geklärt?« Er hält mir zwei Handtücher und eine kleine Flasche Duschgel hin.

»Mh.«

Während mir unter der Dusche das heiße Wasser auf den Kopf prasselt, versuche ich, meine Gedanken zu sortieren. Der Streit mit Juli tut mir jetzt schon wieder leid. Auch wenn ihr Vorwurf, ich sei wie Milla, unfair ist. Ich bin nicht wie Milla. Eine Milla hat nämlich in der Regel einen Plan, und ich bin gerade so weit von jedem Plan entfernt, wie man nur sein kann. Am liebsten würde ich Juli noch mal anrufen, aber ich habe Angst, alles nur noch schlimmer zu machen. Vermutlich ließe sie sich nur beruhigen, wenn ich ihr versichern würde, mit dem nächsten Zug nach Frankfurt zu fahren.

Und das will ich nicht.

Und warum will ich das nicht?

Darüber muss ich nicht lange nachdenken.

James, der vor der Koje zu mir hochsieht, der meinen Arm umfasst, um seine Nummer darauf zu schreiben.

Ich lehne meine Stirn gegen die warmen, nassen Fliesen.

James auf der Bühne, Scheinwerfer, die sein Gesicht beleuchten, der Klang seiner Stimme, seine geschlossenen Augen, wenn er die ersten Töne von *Without You* singt. James, der meine Haare nach hinten streicht, seine Fingerspitzen auf meiner Wange.

Bisschen viel James in letzter Zeit.

Mach dir nichts vor, Katinka. Das Mädchen im Mini taucht vor meinem inneren Auge auf. Du stehst auf James McMillan.

Nach dem Duschen wickle ich ein Handtuch um die Haare, ziehe mich an und setze mich in dem winzigen Vorraum auf einen feuchten Hocker, um den nächsten unangenehmen Anruf möglichst schnell hinter mich zu bringen. Es ist Viertel nach zwei. Wenn ich Glück habe, erwische ich meine Mutter noch in ihrer Pause.

»Hallo? Katinka?«

Sie klingt gestresst, und mich überfällt die Angst, sie könne wissen, dass ich in diesem Moment in Hamburg sitze.

»Katinka, was ist los? Ich habe gerade nicht viel Zeit. Bist du schon zu Hause?«

Erleichtert ziehe ich die Knie an und lehne mich gegen die Wand.

»Nein, ich sitze hier bei Juli.«

»Bei Juli, aha.«

»Ist es okay, wenn ich noch eine Nacht bleibe?«

Wieder fängt mein Herz an zu schlagen, weil sie zögert. Dann höre ich sie im Hintergrund mit jemandem sprechen. »Leg das einfach hier ab, ich kümmere mich gleich darum.«

Anscheinend ist ihre Pause schon beendet.

»Katinka?«

»Ja?«

»Du kannst gerne noch eine Nacht länger bleiben. Aber ich möchte, dass du morgen zu Hause bist. Ich habe Markus zum Essen eingeladen und fände es schön, wenn du und Tom auch dabei wärt.«

»Kein Problem.«

»Ich muss jetzt hier weitermachen. Tschüss, mein Schatz. Ich hab dich lieb.«

Sie legt auf, und ich stopfe das Telefon zurück in den Rucksack, nur um es unmittelbar darauf wieder herauszuholen.

Ungelesene Nachrichten. Jako, Sonntagabend, kurz nach zehn. *Wir sollten uns sehen. Bist du zu Hause?*

Es dauert, bis ich endlich eine Antwort eingebe.

Ich bin unterwegs. Worum geht's?

Eine Minute vergeht. Noch eine. Noch eine weitere.

Die Dusche tropft. Mein T-Shirt fühlt sich feucht an, da, wo es die Wand berührt. Mit dem Zeigefinger ziehe ich eine nasse Spur über die beschlagenen Fliesen.

Dann packe ich das Handy in den Rucksack zurück.

Einen Fön kann ich nirgendwo entdecken, also lasse ich meine Haare einfach offen über den Rücken fallen. Sie werden schon trocknen. Immerhin habe ich eine Zahnbürste und Zahnpasta dabei. Noch ein Blick in den Spiegel – hoffentlich kommt das Zerknitterte nur von dem fiesen Licht hier drin.

Mit den Handtüchern über dem Arm verlasse ich die Duschen. Je näher ich dem Eingangsbereich komme, desto mehr Leuten begegne ich. Interessiert gucke ich in die Halle. Jede Menge Roadies sind damit beschäftigt, alles für das Konzert heute Abend vorzubereiten. Kabel werden verlegt, Boxen aufgestellt und hoch über mir sind mehrere Typen dabei, Scheinwerfer und Spots zu installieren.

»Pass auf!«

Ich springe zur Seite. Riesige Lautsprechertürme werden an mir vorbei durch die Halle gekarrt, und ich suche mir einen Platz, von dem aus ich das ganze Treiben beobachten kann, ohne im Weg zu stehen.

Am Rand der Halle lehne ich mich gegen eine Wand. Vor meinen Augen nimmt der Aufbau langsam Form an. Direkt neben der Bühne steht Tom Daniels von Odd Fish zusammen mit seinem Bandkollegen Zakk Taylor inmitten einiger Leute und redet gestenreich auf die Umstehenden ein.

Hinter ihnen werden gerade die Absperrgitter aufgebaut. Dort drängeln sich später die Roadies und Fotografen, die einen auf das Publikum konzentriert, die anderen auf die Bühne. Gavin läuft mit Andy Wilson und Davie McCall an mir vorbei, ohne mich zu sehen. James entdecke ich nirgends. Demnächst wird wohl der Soundcheck anstehen, und obwohl ich mittlerweile doch Hunger habe, möchte ich den auf keinen Fall verpassen. Ich durchwühle meinen Rucksack auf der Suche nach einer Kaugummipackung, die in einer der Innentaschen stecken muss, als plötzlich ein Pappteller mit einem Brötchen und einem Croissant vor meiner Nase erscheint. Ich sehe auf.

»Gavin meinte, du hättest noch nichts gegessen.«

James sieht so aus, als könnte er eigentlich sofort auf die Bühne steigen und loslegen. Er trägt eine schwarze, ärmellose Jacke und eine tief sitzende, dunkelbraune Lederhose, und ich glaube nicht, dass mir jemals jemand in einem lässigeren Outfit ein Käsebrötchen vorbeigebracht hat. Dankbar nehme ich ihm den Teller aus der Hand.

»Mittlerweile kapiere ich, was du gestern Abend gemeint hast, als du sagtest, Gavin sei eure Tourmutter. Danke.«

»Und ich habe sogar noch daran gedacht.« Er hält eine Wasserflasche hoch und grinst mich an. »Garantiert alkoholfrei. *Hangover*?«

Verlegen schüttele ich den Kopf. »So viel hab ich dann doch nicht getrunken.«

»Hast du nicht? Jedenfalls warst du ziemlich beschwingt.«

Gut gelaunt sieht er mich von der Seite an. Seine Haare fallen ihm auf die Schultern, und ich erwische mich dabei, auf seine durchtrainierten Oberarme zu starren.

Schnell beiße ich in mein Käsebrötchen. Verdammt, so was fällt mir doch sonst nicht auf!

»So beschwingt, dass ich mich mitten in der Nacht überreden lasse, im Tourbus nach Hamburg mitzufahren«, stelle ich fest, nachdem ich fertig gekaut habe. »Ich hab's mir heute Morgen schon mal anhören müssen. Das war ziemlich schwachsinnig, ich weiß.«

»Schwachsinnig?« Sein Grinsen verschwindet. Diesen Blick habe ich von gestern Nacht noch gut in Erinnerung, und automatisch halte ich das Käsebrötchen hoch.

»Im Gegenteil, ich fand das sehr niedlich, so wie du überhaupt ziemlich niedlich bist.«

»Soll ich Männchen machen?«

Überrascht guckt er mich an, dann prustet er los. Ich beglückwünsche mich selbst zu der für meine Verhältnisse erstaunlich gewitzten Antwort und rücke unauffällig ein paar Zentimeter nach rechts, um etwas Abstand zu gewinnen.

Immer noch lachend lehnt James sich gegen die Wand. Odd Fish haben mit ihrem Soundcheck begonnen, und mittlerweile sieht alles so aus, wie man es bei einem Konzert in ihrer Größenordnung erwarten würde. Trotzdem wird immer noch schnell und zielgerichtet am Aufbau des Equipments herumgeschraubt.

»Du hast gesagt, du liebst unsere Musik.«

Ich fahre zu James herum. Das hatte ich völlig vergessen. Stimmt, das habe ich wohl gesagt, und wenn ich mich richtig erinnere, habe ich auch noch hinzugefügt, dass mich ihre Musik beim ersten Reinhören total umgehauen hat. Oh Gott, wie peinlich.

»Hey.« Er stupst mich an. »Das war sehr süß. Du warst so ... so begeistert, so offen – und vollkommen betrunken wegen eines einzigen Caipirinha!«

Ich stoße ihm den Ellbogen in die Seite und weiß gar nicht, wo ich hinsehen soll. »Es waren beinahe zwei. Caipirinhas. Und ich war nicht betrunken!«

James' Lachen ist ansteckend. Er hat sich zu mir gedreht, lehnt jetzt mit der Schulter an der Wand, und ich verschlucke mich fast an meinem Kichern, als sein Arm plötzlich meine Hüfte umfasst.

»Wie heißt du eigentlich richtig?«

»Katinka.«

Warum sollte ich es nicht tun? Warum sollte ich nicht dem Druck seiner Hand nachgeben? Um seinen Mund liegt noch ein leichtes Lächeln, es sieht gut aus, dieses Lächeln, aber will ich wirklich, was jetzt gleich –

»Hi, Jamie.«

Abrupt zucke ich zurück. Für einen kurzen Moment senkt James den Kopf, bevor er dem vor uns stehenden Mädchen einen genervten Blick zuwirft. »Heather. Was ist?«

Heute trägt sie kein Minikleid, sondern ein bauchfreies, weißes Top und knappe Hotpants. Im Vergleich zu diesem Outfit hat sie gestern geradezu hochgeschlossen gewirkt.

»Gavin lässt dir ausrichten, dass der Soundcheck in einer halben Stunde beginnt.«

»Geht klar.«

Wir sehen zur Bühne, wo Gavin einen Arm hebt.

»*Playing gooseberry*«, murmelt James. Sein Grinsen kehrt zurück, als er meinen verwirrten Gesichtsausdruck bemerkt. »Gavin macht einen auf Anstandsdame. Sag ihm, ich bin gleich da«, wendet er sich an Heather, die ihm zunickt, mir ein falsches Lächeln schenkt und uns dann stehenlässt.

Jetzt, wo sich zwischen uns wieder Luft befindet, möchte ich am liebsten nach seinem T-Shirt greifen. Ist Heather James' Freundin oder nicht? Bevor mir einfällt, wie ich diese Frage stellen könnte, ohne wie ein Vollidiot dazustehen, dringt zu mir durch, dass er eine Frage gestellt hat.

»Bist du nach dem Soundcheck noch hier?«

Dass ich jetzt nicke, habe ich dem Moment von eben gerade zu verdanken. Ich weiß schon gar nicht mehr, wieso mir überhaupt plötzlich Zweifel gekommen sind.

»Dann bis gleich.«

Sein Arm streift meinen, als er sich in Richtung Bühne wendet, und das ist kein Zufall. Ich mag, wie er sich bewegt, irgendwie direkt, geradlinig; er sieht sogar gut aus, wenn man ihm nur hinterhersehen kann.

Gavin nimmt ihn in Empfang, aber was auch immer er zu sagen hat, James schüttelt nur den Kopf, steigt ein paar Stufen zur Bühne hoch und verschwindet auf der linken Seite. Gavin sieht quer durch die Halle zu mir, und halbherzig hebe ich eine Hand. Er macht mich nervös, ich weiß auch nicht, warum. Ohne meinen Gruß zu erwidern, wendet Gavin sich ab und läuft hinter James her.

Ausatmend taste ich nach meinem Handy. Ich muss das Ticket umbuchen.

Keep on Dreaming erledigen ihren Soundcheck direkt nach Odd Fish. Auch wenn es nur darum geht, die Instrumente aufeinander einzustimmen, springt James über die Bühne, geht während Ewan Buchanans Gitarrencheck in die Knie und veralbert schließlich Davie McCall, indem er so lange vor ihm steht und dirigierend herumfuchtelt, bis er ihn endlich aus dem Konzept gebracht hat.

Als er selbst an der Reihe ist, singt er zunächst die ersten Takte von *Freeze*, dann legt er übergangslos eine sehr rockige Version von *Twinkle, Twinkle Little Star* hin. Damit bringt er niemandem zum Einschlafen, das ist mal sicher.

Einige Leute in der Halle johlen und klatschen, als die Band von der Bühne steigt, und jetzt entdecke ich auch Heather wieder. Eilig hüpft sie hinter James her, der gerade zu irgendetwas nickt, was Davie McCall ihm erzählt, und greift nach seinem Arm. Im nächsten Moment hat er sie lachend hochgehoben, und sie schlingt ihre Beine um seine Hüften. Ihr blödes Quietschen kann ich bis hierher hören.

Ich bücke mich nach den Handtüchern.

»So ist er immer.«

Mir ist gar nicht aufgefallen, dass sich Gavin neben mich gegen die Wand gelehnt hat, so sehr war ich damit beschäftigt, James und Heather zu beobachten.

»Bleib besser ein bisschen auf Abstand.«

James hat Heather inzwischen abgesetzt. Mit einem Arm umfasst er ihre Schultern, und während er sich weiter mit Davie unterhält, kuschelt sie sich eng an ihn.

»Ist Heather seine Freundin?«

»Seine Freundin?« Gavin hebt belustigt eine Braue. »Alle Mädchen wollen James' Freundin sein. Und alle Jungs wären gern James, sobald sie das mitbekommen.« Mit dem Kinn weist er auf die Handtücher, und ich lege sie ihm langsam in die ausgestreckte Hand. »Er sieht gut aus, er ist cool, er ist der geilste Sänger der Welt und ein begnadeter Frontman.« Sein Tonfall wird eindringlicher. »Und er schleppt die ganzen heißen Nummern reihenweise ab. Das finden die meisten auch völlig in Ordnung.« Für einen Moment sieht er hinüber zu Heather und James, dann kehrt sein Blick zu mir zurück. »Besser, du machst nachher nur ein paar Fotos von ihm.«

Mit diesen Worten stößt Gavin sich von der Wand ab und läuft zur Bühne zurück. Im Vorbeigehen drückt er jemandem die Handtücher vor die Brust.

Heather klebt immer noch an James. Als sie mitbekommt, dass ich in ihre Richtung sehe, streckt sie mir den Mittelfinger entgegen.

Ich muss völlig irre sein. Wieso steh ich hier überhaupt?

Gerade schwinge ich mir den Rucksack über die Schulter, da klingelt mein Handy.

DREIZEHN

»Hi.«

Jako klingt wie immer. Es ist, als würde er nur mal eben anrufen, um abzuchecken, ob wir später noch was unternehmen werden. Trotzdem breitet sich ein beklemmendes Gefühl in meinem Magen aus, und ich verlasse die Halle auf der Suche nach einer ruhigeren Ecke.

»Was … machst du gerade?«, will er wissen.

Er hat irgendetwas anderes sagen wollen, und ich zögere. Keine Ahnung, ob Juli ihm von meinem Spontantrip erzählt hat. Im letzten Moment schlucke ich die ausweichende Antwort hinunter, die mir schon auf der Zunge lag, und entscheide mich für die Tatsachen.

»Ich steh' hier in Hamburg und warte darauf, dass das Konzert von Keep on Dreaming losgeht.«

Bestimmt sprechen nicht sehr viele bei dem Event heute Abend von dem ›Konzert von Keep on Dreaming‹ statt von Odd Fish.

Beinahe kann ich Jakos Nicken sehen, als er antwortet: »Ich weiß.«

»Warum fragst du dann?«

»Ich wollte wissen, ob du es mir erzählen würdest.«

Obwohl ich gerade mit der Wahrheit und nichts als der Wahrheit herausgerückt bin, fühle ich mich ertappt, und schärfer als nötig schnappe ich zurück: »Warum sollte ich das nicht erzählen?«

Am anderen Ende bleibt es kurz still, und als Jako weiterredet, klingt er so, als wähle er seine Worte sehr vorsichtig. »Na ja. Warum solltest du mich auf einem Konzert hängenlassen, um VIP-Plätze zu kriegen? Warum solltest du irgendeiner Band hinterherfahren, ohne mal Bescheid zu sagen?« Er macht eine Pause. »Das war ja bisher auch nicht unbedingt dein Stil.«

Autsch.

Leute laufen an mir vorüber, ohne mich zu beachten.

Ich weiß noch genau, wie sauer ich auf Jako gewesen bin, weil da plötzlich Lea und Milla neben ihm standen, aber vor dem Hintergrund der letzten drei Tage fühlt sich alles anders an. Vielleicht hat Juli ja doch Recht gehabt, und der Abend war eine blöde Mischung aus Zufall, Missverständnissen und Jakos immerwährender Geduld, wenn es um Mädchen geht, die sonstwas von ihm wollen. Wobei Letzteres mich schon nervt, ehrlich gesagt.

»Katinka?«

»Mhm?«

Zentimeter für Zentimeter rutsche ich in die Hocke, bis nur noch meine Schulterblätter die Wand berühren. Jako zu hören und ihn vor mir zu sehen ist eins. Wenn er bei sich zu Hause ist, lehnt er jetzt in seinem Zimmer am Fensterrahmen und schaut auf die Straße. Ab und zu senkt er den Kopf, dann fallen seine dunklen Haare nach vorne und verdecken seine Augen. Wenn er sie wieder zurückstreicht, setzt er meistens zu einem neuen Satz an.

»Bist du noch dran?«

Jetzt zum Beispiel. Vermutlich trägt er ein dunkelgraues oder ein schwarzes Shirt. Jeans. Chucks.

»Katinka?«

Auch der geduldigste Mensch der Welt klingt irgendwann mal gereizt, und ich betrachte meine Knie. Wenn ich nur wüsste, was ich auf Jakos Vorwurf erwidern soll.

»Natürlich bin ich noch dran. Ich fahre heute Nacht mit dem Zug zurück.« Nicht, dass er danach gefragt hätte. »Und« – es tut mir leid, es war echt scheiße, dich einfach stehenzulassen, und ich fühl mich gerade richtig mies – »wir sehen uns dann morgen in der Schule.«

Pause. Angespannt warte ich auf Jakos Antwort.

»Das werden wir wohl. Ich ...«

Ja? Was?

»Viel Spaß.«

Langsam atme ich aus. »Danke.«

Stille. Jako hat aufgelegt.

Auf dem Display wechselt die Zeitangabe von 17:36 auf 17:37. In zwei Stunden geht's los. Und in sieben Stunden sitze ich im Zug, und alles ist vorbei. Wie ich mich bei diesen Gedanken fühlen soll, weiß ich auch noch nicht. Ich lasse das Handy sinken und schaue an die Decke. James. Heather. Jako. Lea. Eine stinkwütende Juli.

Das Telefon in meiner Hand klingelt erneut, vor Schreck lasse ich es fast fallen. Oh, verdammt. Meine Mutter habe ich in dieser Aufzählung völlig vergessen.

»Hallo?«

»Katinka! Wo um alles in der Welt bist du?«

Mir verschlägt es die Sprache.

»Warum komme ich nach Hause und finde eine Nachricht deiner Schule vor, dass du heute nicht zum Unterricht erschienen bist? Und warum erklärt mir Juli, ich müsse dich schon selber fragen, wenn ich wissen will, was hier vor sich geht? Was also läuft hier, Katinka? Wo bist du?«

»In Hamburg ...«

»In Hamburg? Was machst du in Hamburg?«

Die Stimme meiner Mutter schrillt in mein Ohr, und in diesem Moment bin ich beinahe dankbar dafür, dass sie einfach nur supersauer klingt und nicht besorgt oder so, denn das hilft mir gerade sehr dabei, selbst wütend zu werden.

»Willst du nun wissen, warum ich hier bin? Dann lass mich ausreden!«

Am anderen Ende bleibt es still. Ich fühle richtig, wie meine Mutter versucht, sich zu sammeln und ihre Wut im Zaum zu halten. »In Ordnung.« Mit beherrschter Stimme fügt sie hinzu: »Leg los.«

Wo fange ich an?

»Heute Abend spielen hier Keep on Dreaming«, beginne ich, bevor meine Mutter mich schon wieder unterbricht.

»Ist das diese Band, die du in den letzten Wochen ständig hörst?«

»Genau. Lass mich jetzt einfach mal zu Ende reden, okay?« Ich schließe die Augen. Wo war ich? »Es war die letzte Möglichkeit, sie noch einmal live zu sehen, und ich hab's dir nicht erzählt, weil klar war, dass du es nicht erlauben würdest.«

Das mit Berlin lasse ich sicherheitshalber mal weg. Wenn ich meiner Mutter jetzt die Sache mit dem Tourbus erzähle, wird sie vor Wut einen Herzanfall kriegen.

»Wieso denkst du, ich hätte es nicht erlaubt?«

Ungläubig lache ich auf. »Hättest du, wenn du gewusst hättest, dass ich dafür die Schule sausen lasse?«

Keine Antwort. Ich knibbele an meinen Schnürsenkeln.

»Hast du das schon öfter gemacht?«

»Was? Nein!« Sehe ich so aus, als würde ich nächtelang um die Häuser ziehen, oder was? »Das war das erste Mal.«

»Wann fährst du zurück?«

»Heute Nacht. Nach dem Konzert. Mit dem Zug.«

»Wann genau?«

»Moment ...« Ich krame nach meinem Zugticket. »Der Zug fährt um halb eins, und ist gegen halb sechs da.«

»Ich hole dich vom Bahnhof ab.«

»Musst du nicht.«

»Weiß ich.« Sie seufzt. »Wir werden einiges zu besprechen haben. Nach der Schule, versteht sich.«

In mir brodelt eine Mischung aus Ärger und schlechtem Gewissen. Meine Güte. Ich bin sechzehn. In nicht mal zwei Jahren mache ich sowieso, was ich will.

»Katinka?«

»Ja?«, antworte ich gedehnt.

»Pass auf dich auf, ja? Mach keinen Blödsinn.«

»Was soll ich denn hier bitteschön für einen Blödsinn machen?« Den Gedanken an James schiebe ich schnell wieder zur Seite. »Ich sehe mir nachher das Konzert an, und das war's.« Meine Mutter seufzt schon wieder. Genervt füge ich hinzu: »Es ist nur ein Konzert, sonst nichts!«

»Es wäre nur ein Konzert, wenn du mir vorher davon erzählt hättest. So ist es ja wohl ein bisschen mehr als nur ein Konzert!«

Jetzt klingt sie schon wieder wütend, und ich beschließe, dass es klüger ist, mich nicht auf einen Wortwechsel mit ihr einzulassen.

»Bis morgen früh also.«

Sie legt auf, und spontan schalte ich das Handy ganz aus. Fürs Erste reicht es mir.

Ich suche den Weg zurück zu den Waschräumen, kämme mir dort mit den Fingern die Haare kopfüber durch und werfe die Locken schwungvoll zurück. Normalerweise würde ich sie jetzt zu einem Knoten drehen. Nachdenklich betrachte ich meine Klamotten im Spiegel und denke beim Anblick des stinknormalen schwarzen Shirts und der zerrissenen Jeans an Heathers knappe Hosen, die ihr nicht einmal bis über den Hintern reichen. Im Vergleich zu ihr bin ich ja mal der totale Aufmerksamkeitsmagnet.

Ein kleines Kopfschütteln, und die Haare fallen links und rechts über meine Schultern. Das ersetzt jetzt vielleicht nicht unbedingt Heathers Ausschnitt, ist aber besser als nichts.

Zurück in der Halle steht ein dünner Typ an dem Platz, von dem aus ich mir kurz zuvor noch den Soundcheck angesehen habe. Überrascht gehe ich auf ihn zu. Den kenne ich. Der hat mich gestern hoch zu den VIP-Logen geführt.

»Hallo, Mike.«

»So sieht man sich wieder«, erwidert er mit einem Lächeln meine Begrüßung. »Ich soll dir das hier von James geben.« Er hält mir einen laminierten Ausweis entgegen, der an einem langen Band befestigt ist. *Backstage Pass/Full Access*, ist darauf zu lesen. »James meinte, du könntest während des Konzerts im Fotograben Bilder machen, wenn du willst.«

Verwirrt sehe ich auf den hin und her schaukelnden Pass und muss plötzlich an Gavin denken: Besser, du machst nachher nur ein paar Fotos von ihm ...

»Wieso das denn?«

Mike mustert mich erstaunt. »Für den Tourbericht?«

Mein Mund klappt auf, und ich schließe ihn schnell wieder. Niemand schreibt über drei Konzerte einen Tourbericht, wenn die Tournee quer durch Europa geht und bestimmt vierzig Termine umfasst. Das ist vollkommen lächerlich, und James weiß das ganz genau, was also soll das Ganze?

Noch immer sieht Mike mich fragend an, und ich zögere. Wenn ich ihm jetzt erkläre, dass ich maximal fünf Minuten lang in einem zudem äußerst beschwingten Zustand, wie James das wohl ausdrücken würde, tatsächlich darüber nachgedacht habe, einen Tourbericht zu schreiben, stellt mich das in eine Ecke, in der ich lieber nicht stehen möchte.

»Es war mehr so eine spontane Idee«, erkläre ich daher vorsichtig. »Für Fotos hatte ich eigentlich auf Keep on Dreamings Plattenlabel gesetzt.«

»Ach so?« Mike sieht nachdenklich aus, und plötzlich habe ich das seltsame Gefühl, dass er gerade nicht mit allem herausrückt.

»Es macht ja auch wenig Sinn, im Fotograben mit einer Handykamera rumzuspringen.«

»Eine Kamera kann ich organisieren.«

Unangenehm überrascht sehe ich ihn an.

»Ehrlich, das wäre kein Problem. Ich lade das Ganze später hoch, du kannst dir über Dropbox die Fotos raussuchen, die dir taugen.«

»Dropbox?«

»Genau.«

Da stimmt was nicht, und in mir verdichtet sich der Gedanke, dass Gavin da seine Finger im Spiel hat. Wenn ich im

Fotograben bin, komme ich dort bis zum Ende des Konzerts nicht mehr raus. Ich kann Mike ja schlecht nur eine Serie von James McMillan in Großaufnahme zurückgeben, sondern muss dann auch noch Bilder von Odd Fishs Auftritt machen. Trotzdem nicke ich ergeben. Was bleibt mir auch anderes übrig.

»Na gut«, erkläre ich so neutral wie möglich und nehme Mike endlich den Ausweis aus der Hand. »Woher also kriege ich diese Kamera?«

»Komm vor dem Konzert zum Fotograben auf die rechte Seite, bis dahin hab ich eine für dich.«

In diesem Moment strömen die ersten Menschen durch die Eingänge. Offenbar ist der Einlass eröffnet worden, und die Halle füllt sich zusehends.

»Ich muss los!« Mike hebt die Hand und läuft zur Bühne vor. Mit gemischten Gefühlen arbeite ich mich gegen den Strom in die Vorhalle zurück und organisiere an einem der Verkaufsstände eine Wasserflasche und eine Tafel Schokolade.

Der Fotograben also. Was genau habe ich eigentlich erwartet? Noch mal so eine nette Aftershow-Party exklusiv mit James? Und dann? Fahre ich mit nach Schottland, wie Juli mir an den Kopf geworfen hat? Oder zunächst erst mal nach Frankreich, denn dort spielen sie ja als Nächstes.

Seufzend lasse ich mich von den Leuten um mich herum zur Seite schieben. Das ist doch alles völliger Quatsch. Ich werde nirgendwohin fahren, außer nach Hause, und was auch immer bei einem erneuten Treffen zwischen James und mir noch hätte passieren können, sollte vermutlich besser gar nicht passieren.

Ich verlasse die Halle und setze mich draußen mit meiner Schokolade in die Abendsonne. Wo war James eigentlich? Erst fragt er mich, ob ich nach dem Soundcheck noch da sei, und dann taucht er nicht auf. Heather habe ich auch nirgendwo gesehen. Gavins Warnung hallt noch in mir nach, und frustriert stütze ich den Kopf in die Hände. Wenn diese blöde Heather vorhin nicht aufgetaucht wäre, dann ... ja, was dann? Hätte James mich geküsst, jawohl.

Großartig. Allein bei dem Gedanken daran werde ich rot. Schnell lasse ich meine Haare vors Gesicht fallen.

Es ist nicht so, dass ich noch nie in meinem Leben jemanden geküsst hätte. Bisher waren das aber mehr so eine Art zaghafter »Das probiere ich jetzt einfach mal aus«-Experimente gewesen. Natürlich fand ich den ein oder anderen Jungen ganz süß, aber ich kann mich nicht daran erinnern, mich jemals bei einem von ihnen gefragt zu haben, wie es sich wohl anfühlen würde, wenn sich seine Hände in meine Haare wühlen würden und ... so weiter halt.

Lea fällt mir ein, Lea, die ihre Hände in Jakos Haaren hatte, und überraschenderweise versetzt mir das einen heftigen Stich.

Verrückt. Ich sitze hier und denke darüber nach, wie es wohl gewesen wäre, James McMillan zu küssen, und gleichzeitig nervt mich noch immer der Gedanke, dass Lea mit Jako rumgemacht hat. Oder Jako mit Lea.

Missmutig lege ich den Kopf in den Nacken und schließe die Augen. Nicht mal mit Juli kann ich über diesen ganzen chaotischen Mist reden, weil die nämlich gerade sauer auf mich ist. Und warum ich mit Jako nicht darüber reden kann, liegt wohl auf der Hand.

Von der Schokolade ist nichts übriggeblieben. Ich knülle das Papier zusammen und werfe es in einen Mülleimer. Vermutlich sollte ich Gavin einfach dankbar dafür sein, dass er mich vor noch mehr Kopfkino bewahrt.

Die Halle ist mittlerweile voll. Mühsam drängele ich mich am Rand entlang bis zum Fotograben, wo Mike schon mit der Kamera wartet.

»Idiotensicher. Hier schaltest du sie an, und hier kannst du zoomen.«

»Aha. Und wo ist der Auslöser?«, frage ich ironisch. Als er tatsächlich auf den auffälligen Knopf oben an der Kamera zeigt, ziehe ich ihm das Ding vor der Nase weg. »Ich hab so was schon mal in der Hand gehabt, Mike, keine Sorge.«

Meine Güte. Hoffentlich hält er wenigstens alle Frauen für Technikidioten, und ich muss das nicht persönlich nehmen. Mike lächelt entschuldigend. Im nächsten Moment ist er auf die Bühne geklettert und zu einem der Seitengänge hinein verschwunden.

Der Roadie vor mir nickt meinen Ausweis ab, und ich suche mir einen Platz im Fotograben, von dem aus ich alles gut überblicken kann. Als es dunkel wird und das Gebrüll in meinem Rücken anzusteigen beginnt, greife ich nervös nach der Kamera. Jetzt geht's los.

Im Gegensatz zu den meisten bin ich auf das Eröffnungsfeuerwerk gefasst, trotzdem reiße ich die Arme hoch, und zwar als Einzige in diesem dämlichen Fotograben. Verlegen überprüfe ich noch einmal den Kameragurt, der um meinen Hals liegt. Das Intro zu *Freeze* setzt ein. Von der Seite springen Andy, Ewan und Davie auf die Bühne und jagen so dicht an mir vorbei, dass es mir schwerfällt, sie im Blick zu behalten. Das kann ja was werden mit den Fotos.

Die Scheinwerfer richten sich auf Gavin, dann strahlen sie James an, der wie üblich ohne Eile aus dem hinteren Bereich vor zum Bühnenrand läuft. Er hat sich tatsächlich nicht mehr umgezogen und sieht so verflixt gut aus, dass ich vorübergehend die Kamera vergesse. Vielleicht finde ich den Fotograben doch nicht so schlecht. Seine Oberarmmuskeln spannen sich an, als er das Mikro fester umfasst und zu singen beginnt. Mit einer Hand hält er sich die langen Haare aus dem Gesicht, er sieht aus, als würde er etwas suchen. Dann sieht er in meine Richtung.

Freeze!

Blow you away!

Freeze!

Don't move!

Freeze!

Stop right there!

Freeze!

Better you can prove – it!

In meinem Rücken ertönt ein tausendfaches *Freeze!*, doch es ist James' unverwandt auf mich gerichteter Blick, der mir tatsächlich das Gefühl gibt, mich nicht von der Stelle rühren zu können. Erst als er den Kopf zurückwirft und über die Bühne hechtet, stelle ich fest, dass ich das Atmen eingestellt habe. Was genau war das denn eben?

Neugierige Gesichter um mich herum beweisen zumindest, dass ich mir nicht nur eingebildet habe, James' *Freeze!* würde allein mir gelten. Mein Herz schlägt bis zum Hals, und ungelenk nehme ich die Kamera wieder in die Hände.

Nach etwa der Hälfte des Auftritts von Keep on Dreaming schiebe ich das Ding jedoch an seinem Gurt zur Seite. Das muss reichen.

Am liebsten würde ich jetzt über das Gitter in die Menge klettern. Die Roadies und Fotografen haben anderes auf dem Schirm, als sich von der Musik wegblasen zu lassen, und für eine Weile stehe ich befangen da und nicke im Takt.

Zehn Minuten später ist es mir völlig egal, ob ich hier die Einzige bin, die keinen Job mehr zu erledigen hat. Unmöglich, sich nicht mitreißen zu lassen, wenn vor und hinter mir alles in Bewegung ist. Im Gleichtakt mit der Masse klatsche und springe ich herum, und dass ich dafür um einiges mehr Platz habe, weiß ich durchaus zu würdigen.

Als James kurz darauf seine Jacke zur Seite feuert und sich mit dem Rest aus einer Wasserflasche das erhitzte Gesicht abkühlt, nimmt das Geschrei aus dem Publikum eine hellere Tonlage an. Mit freiem Oberkörper rennt er über die Bühne und unterbricht dabei kaum einmal den Blickkontakt zu den Leuten in den ersten Reihen. Seine Haut glänzt, Wasser und Schweiß rinnen seinen flachen Bauch hinab und vereinzelte Haarsträhnen kleben feucht in seinem Gesicht. Am Ende von *More and more* hangelt er sich an einem Gerüst hoch und springt beim Schlussakkord mit einem Satz auf die Bühne zurück. Bei der Landung geht er in die Knie, er sieht aus, als würde er sich gleich in die Menge stürzen, und die Roadies direkt vor ihm haben plötzlich einiges zu tun, um den aufgewühlten Pulk hinter den Gittern zu halten. James erschwert ihren Job zusätzlich, indem er sich mit beiden Händen provozierend grinsend die nassen Haare aus dem Gesicht streicht. Sein Brustkorb hebt und senkt sich schnell, die Band setzt zum letzten Song vor der Zugabe an. Kurz bevor ich nicht mehr darauf wetten würde, dass die Roadies die Oberhand behalten werden, wirft James sich zurück und springt mit langen Sätzen ans andere Ende der Bühne.

Ich wische mir die feuchten Handflächen an der Jeans ab. Keine Ahnung, was genau es ist, dass alle Mädchen zum Kreischen bringt, aber ich würde lügen, wenn ich behaupten würde, mich ließe es kalt.

Als die Lichter ausgehen, ist der Innenraum ein einziges Tollhaus. Obwohl ich alle Kraft hineinlege, kann ich mein eigenes Schreien nicht hören. Während ich in das rhythmische Klatschen einfalle, freue ich mich wie verrückt auf *Without You*, den Song, den Keep on Dreaming bei den letzten beiden Konzerten als Zugabe gespielt haben, und in meinen Ohren rauscht es, als sich ein einzelner Scheinwerfer endlich aus der Dunkelheit heraus auf James richtet. Er steht mitten auf der Bühne und fährt sich gerade mit einem Handtuch über Gesicht und Oberkörper, bevor er es zur Seite wirft.

Der langgezogene Ton der Leadgitarre füllt den Raum. James breitet die Arme aus, und auch ich hebe meine Hände. Die Menge in der Halle summt vor Ungeduld und Vorfreude, immer lauter wird dieser Ton, je mehr Zeit James sich lässt. Neben mir schieben die Roadies Fans zurück, die sich weit über die Absperrgitter lehnen.

James' Augen sind geschlossen. Einzelne Haare leuchten im Scheinwerferlicht auf. Als er die Augen öffnet, schaut er in meine Richtung, und mein Herz macht einen erschrockenen Satz. Er kann mich gegen das Licht, das auf ihn gerichtet ist, unmöglich sehen, und doch ist mir plötzlich klar, dass sich wiederholen wird, was bereits bei *Freeze* geschah.

You are there,
as soon as I wake up

Viele singen mit, aber das nehme ich nur am Rande wahr. Gebannt starre ich hoch zu James, der immer näher zum Bühnenrand kommt. Einer nach dem anderen werden auch Gavin, Ewan, Davie und Andy vom Licht eingefangen, bis die Bühne wieder hell erleuchtet ist. James setzt zum Refrain an, er steht nur wenige Meter von mir entfernt. Und jetzt sieht er mich todsicher.

Walking in the streets
Nothing more to do
I want to hear you say
I belong to you

Er lächelt. Warum lächelt er jetzt?

Wasted time, days gone by
Don't want to hear 'bout this
I miss you more than I could say
Dying for your kiss

James springt in den Fotograben. Ich kriege gerade noch mit, wie er das Mikro einem verblüfften Roadie in die Hand drückt, dann nimmt er mein Gesicht in beide Hände und küsst mich. Gleißendes Licht und Lärm und sein Mund, der sich öffnet, ich fühle eine Hand meinen Rücken hinabgleiten, seine Finger in meinen Haaren. Meine Hände, die ich spontan erhoben habe, liegen auf seinem glatten Brustkorb, und erst als James sich von mir löst, dringt die Außenwelt wieder durch.

Im nächsten Moment hat er sich das Mikro gegriffen und ist zurück auf die Bühne gesprungen. Die Band bringt das Lied zu Ende, als habe es gar keine Unterbrechung gegeben, aus den Augenwinkeln jedoch registriere ich die Bewegungen der Menschen um mich herum, und als Kamerablitze aufleuchten, senke ich den Kopf. Meine Haare fallen nach vorn.

Vorhang. Diese Show ist zu Ende. Nur raus aus dem Fotograben.

VIERZEHN

Mit gesenktem Kopf arbeite ich mich vorwärts, vorbei an Leuten, von denen ich ab und zu verwirrte Blicke auffange. Erst im hinteren Bereich der Halle gelingt es mir, einen der Ausgänge anzusteuern, ohne ständig jemanden beiseiteschieben zu müssen. Meine Gedanken toben durcheinander, ich fühle mich, als müsse ich jeden Moment aufwachen.

Im Vorraum ist es verhältnismäßig leer. Nur vereinzelt stehen einige Fans herum, die offenbar nur wegen Odd Fish angereist sind. Im Innenraum brandet der Beifall los, Keep on Dreaming haben ihre Show beendet. Gleich wird es hier ziemlich voll werden, und hastig steuere ich einen der Waschräume an. Das Letzte, was ich jetzt gebrauchen kann, sind tausend Leute, die mich anstarren.

Dabei kann das gerade ja eigentlich kaum jemand beobachtet haben, oder? Also, außer vielleicht diejenigen, die in den oberen Rängen von ihren Sitzplätzen aus zu uns runtergeguckt haben. Nicht zu vergessen die ganzen Fotografen mit ihren Kameras. Und all die Leute mit Smartphones.

Aufstöhnend verschließe ich im Waschraum eine der Kabinentüren und lehne mich dagegen.

Jetzt mal langsam. Atmen.

Gleich mehrere Male hintereinander läuft vor meinen Augen ein Kurzfilm ab. James, unmittelbar bevor er im Fotograben landete. Das Gefühl seiner nackten Haut unter meinen Händen, seine weichen Lippen, die sich auf meine legen.

Mein Herz schlägt so schnell, dass mir schwindelig wird, und ich fahre mir mit der Hand über das Gesicht. Was jetzt?

Ein nicht gerade kleiner Teil von mir möchte auf dem Absatz kehrtmachen und zurück zur Bühne rennen, um James zu suchen. Aber was, wenn er dort mit den anderen von der Band rumsteht? Oder mit Heather? Wie hoch ist die Wahrscheinlichkeit, dass das für ihn gerade einfach nur ein netter Showeffekt war? Wie komme ich dazu, mir einzubilden, dieser Kuss könne irgendwas bedeuten?

Was also dann? Einfach nach Hause fahren? Jetzt schon zum Bahnhof gehen? Mikes Kamera hängt noch an meinem Hals. Ob ich die einfach an einem der Ticketschalter abgeben kann?

Verdammt! Zu viele Fragen!

Ein Weile lausche ich dem Geklapper der sich öffnenden und wieder schließenden Türen. Wasserhähne werden aufgedreht, Toilettenspülungen rauschen, und über allem liegt verhaltenes Gemurmel und Geplauder.

»Bist du da drin?« und »Ich warte draußen auf dich!«

Niemand redet über die Unterbrechung beim letzten Song, trotzdem stehe ich so angespannt hinter der Tür, als wäre diese durchsichtig und jeden Moment könne jemand mit dem Finger auf mich zeigen. Hey! Ist das nicht die, die eben mit dem Sänger von Keep on Dreaming rumgeknutscht hat?

Ich krame mein Handy aus dem Rucksack und rufe Juli an.

»Katinka?« Julis Stimme klingt zu meiner großen Erleichterung ganz normal. Überrascht, vielleicht sogar ein wenig neugierig.

»Juli, hast du Zeit? Ich muss mit dir reden.«

In den nächsten Minuten werde ich alles los, was seit heute Nachmittag geschehen ist. Gavin und seine mehr als deutliche Warnung, Heather und ihre Besitzansprüche, das Konzert und der Moment, in dem mir klar wurde, dass James *Without You* direkt an mich richtet.

»Und dann ist er in den Fotograben gesprungen und hat mich geküsst.«

»Bitte was? Er ist in den Fotograben gesprungen und hat was?«

Ich verzichte darauf, das Ganze zu wiederholen. Im Waschraum ist es sowieso schon auffällig ruhig geworden, und ich kriege das Gefühl nicht aus dem Kopf, jeder hört mir zu, obwohl ich so leise wie möglich spreche.

»Und jetzt?«

»Weiß ich nicht! Deshalb ruf' ich an! Was jetzt? Was würdest du machen?«

Gott sei Dank verkneift sich Juli jeden Kommentar in Richtung »Ich wäre da überhaupt nicht hingefahren«.

»Weiß ich auch nicht«, sagt sie zögernd. »Wirklich nicht. Du hast echt mit James McMillan rumgeknutscht?«

Ich zupfe an einer Haarsträhne. »Na ja, rumknutschen würde ich das jetzt nicht nennen ...«

»Deine Mutter hat übrigens angerufen!«

»Ja, hier auch schon.«

»Hast du die Nachricht gesehen, die ich dir geschrieben habe?«

»Nein. Sie muss sich bei mir gemeldet haben, direkt nachdem sie mit dir gesprochen hat.«

»Und?«

»Was und? Sie ist natürlich nicht so begeistert. Aber, Juli, was mache ich jetzt mit dem ganzen Mist hier?«

»Geh noch mal rein!«

»Im Ernst?« Das ist jetzt nicht unbedingt die Antwort, die ich von Juli erwartet hätte. »Hast du mir nicht heute Morgen noch gesagt –«

»Ich weiß, was ich gesagt habe«, unterbricht sie mich ungeduldig. »Aber er hat dich direkt von der Bühne aus angesungen. *Dying for your kiss*, oder was? Das ist doch wohl total romantisch!«

Ich schweige verwirrt. Stimmt, das war schon ziemlich ... romantisch, so im Nachhinein betrachtet.

»Und dann springt er einfach in den Fotograben, um dich zu küssen? Ich würde noch mal reingehen!«

Allein bei dem Wort »küssen« wird mir warm.

»Aber wenn da diese Heather rumsteht?«

»Lass sie rumstehen. Hat er Heather abgeknutscht? Nein. Also.«

»Na ja ... was weiß ich, wann er Heather so abknutscht«, murmele ich.

»Wann geht dein Zug?«

»Um halb eins.«

»Jetzt ist es Viertel nach neun. Geh noch mal rein. Gib diesem Mike die Kamera zurück!«

In der Halle sind die Lichter noch an, aber es wird nicht mehr lange dauern, bis Odd Fish mit ihrer Show beginnen. Unentschlossen lungere ich neben einem der Eingänge herum. Es wird immer voller, in der Hoffnung auf einen guten Platz streben die Leute in Richtung Bühne. Wenn sich jetzt plötzlich James aus der Menge herausdrängen würde ... Die Lichter gehen aus, und ich atme tief ein. Dann mache ich mich auf den Weg zum Fotograben.

Obwohl ich nahe an der Wand entlanglaufe, wird das Vorwärtskommen immer schwieriger, und mehr als einmal werde ich angemeckert, bis ich mich endlich vor einem Roadie wiederfinde. Gleichgültig sieht der auf mich runter.

»Ich muss zu Mike!«, brülle ich gegen Odd Fishs Gitarrensound an.

»Was willst du von ihm?«

»Ihm das hier zurückgeben!«

Ich halte die Kamera hoch und tippe gleichzeitig auf meinen Backstageausweis.

»Die kannst du einfach hierlassen.«

»Nein, Mike will mir Bilder hochladen, und –«

Bevor ich weiter auf ihn einbrüllen kann, verzieht er das Gesicht und quetscht sich an mir vorbei. Gemeinsam verlassen wir den Innenraum – das geht viel leichter, wenn ein bulliger Zweimetermann vor einem läuft – dann weist er den Gang entlang. »Bis zur Absperrung und dahinter die Treppe hoch. Oben einfach noch mal nach Mike fragen.« Ohne meine Antwort abzuwarten, geht er wieder zurück in die Halle.

An der Absperrung werde ich gleichgültig durchgewunken. Langsam verliert sich das unangenehme Gefühl, mir könne eben die halbe Halle dabei zugeschaut haben, wie ich mit James vor der Bühne ... stand. Ich steige die Stufen hinauf und frage oben den Nächstbesten nach Mike.

»Keine Ahnung. Vielleicht dahinten?«

Beim Weitergehen fühle ich mich unbehaglich. Normalerweise bin ich im Backstagebereich nicht allein unterwegs.

Rasch sehe ich durch den Spalt einer angelehnten Tür, aber dort befindet sich niemand, der mir bekannt vorkommt.

Zwei Crewleute kommen mir entgegen.

»Habt ihr Mike gesehen?«

»Ist der nicht unten?« Einer der beiden Typen will weiter, aber sein Kumpel bleibt stehen. »Mike ist hinten bei Keep on Dreaming. Einfach hier geradeaus und am Ende des Gangs nach rechts. Du hörst die dann schon.«

Mir springt fast das Herz aus der Brust. Die meisten Türen sind verschlossen, doch weiter hinten sind Stimmen zu hören. Einige Schritte später dringt zu mir durch, über was gesprochen wird.

»Das geht gar nicht! Gar nicht, hörst du?« Gavin. »Es ist mir vollkommen scheißegal, mit wem du rummachst, und wenn du jeden Abend eine andere in den Bus schleppst, dann bitte! Aber irgendwo muss es auch Grenzen geben, James, verdammt noch mal!«

»Du tust ja so, als hätte ich sie auf der Bühne gevögelt. Entspann dich.« James. Und im Gegensatz zu Gavin klingt er ziemlich entspannt. Wie festgefroren stehe ich im Gang und nehme nur am Rande wahr, dass Leute an mir vorbeigehen.

»Sie ist erst sechzehn, James! Und es war ausgemacht, dass du die Finger von ihr lässt.«

James lacht. »Wo ist dein Problem? Ein einziger Kuss vor zehntausend Leuten? Wieso regst du dich so darüber auf?«

Gavin senkt die Stimme, seine Antwort kann ich nicht verstehen. Im nächsten Moment wird die Tür aufgerissen, und Gavin tritt in den Gang hinaus. Als er mich entdeckt, bremst er abrupt ab. Einen schrecklichen Moment lang befürchte ich, er werde mich wie ein Kind an der Hand packen und hinter sich herziehen, doch ohne mich eines weiteren Blickes zu würdigen, läuft er an mir vorbei. Erleichtert atme ich aus.

James lehnt im Türrahmen. »Hi«, sagt er. »Ich dachte schon, ich müsste dich ausrufen lassen.«

Statt seiner Bühnenklamotten trägt er eine verwaschene schwarze Jeans und ein Tourshirt von Odd Fish – der Mann weiß definitiv, wie man sich Freunde macht.

»Eigentlich suche ich ja Mike«, bringe ich die Lüge des Jahrhunderts hervor und halte dabei die Kamera in die Höhe. James' Grinsen wird sogar noch ein bisschen breiter.

»Sicher?«

Er kommt auf mich zu und bleibt nur wenige Zentimeter vor mir stehen. Leicht lehnt er seine Stirn gegen meine. Seine Haare fallen nach vorne und die Außenwelt verschwindet.

»Wir lassen Mike die Kamera einfach da«, murmelt er und löst sich um einige Zentimeter, um den Riemen der Kamera über meinen Kopf zu ziehen, »und dann suchen wir uns einen ungestörten Platz zum Reden.«

Ich starre auf das Odd Fish-Logo. Wenn ich ihn nämlich noch länger ansehe, wird es mir gleich ziemlich egal sein, ob wir beobachtet werden.

James nimmt meine Hand und geht zwei Schritte zurück in das Zimmer. »Hey!«, ruft er und wirft Davie die Kamera zu. Dann weist er mit einer Verbeugung den Gang hinunter. »Hier entlang, bitte.«

Ich versuche, Davie zu ignorieren, der uns ein fröhliches »*Have fun!*« hinterherschickt.

»Wo gehen wir hin?«

Verschwörerisch lächelt James mich an. »Hier gibt's einige nette Ecken, du wirst sehen.«

Nette Ecken.

Ich merke, wie sich ein mulmiger Gedanke in meine Überdrehtheit mischt, und versuche, nicht an Julis leere Zimmer zu denken. Unklug!, ruft ein winziger Teil in mir von sehr weit hinten, und ich bringe ihn mit einem Seitenblick auf James zum Verstummen, den er prompt bemerkt. Daraufhin lässt er meine Hand los und zieht mich an sich.

»Da lang.«

In diesem Bereich des Gebäudes scheint sich niemand mehr außer uns beiden zu befinden. Einmal laufen wir an aufeinandergestapelten Stühlen mit roten Sitzpolstern vorbei, die neben einem Getränkeautomaten an der Wand stehen, unter unseren Füßen quietscht das Linoleum.

Vor einer Doppeltür kramt James endlich einen Schlüssel aus der Hosentasche. »Mike«, sagt er und zieht bedeutungsvoll eine Braue in die Höhe.

Er lässt mir den Vortritt. Der Raum, den wir betreten, ist riesig. James drückt auf einen Schalter, und geschickt hinter Wänden und Leisten verborgene Lampen tauchen das Zimmer in warmes Licht. An einer Wand stehen mehrere Ledersessel zu lockeren Gruppen gefügt, meine Chucks versinken in einem dicken Teppich. Rechts nimmt eine lange Bar die komplette Wand ein, unzählige Flaschen stehen eng nebeneinander auf zwei schmalen Regalen, hinter denen ein langer Spiegel das Licht zurück in den Raum wirft.

Alles strahlt eine gediegene und sehr, sehr teure Eleganz aus, gewinnt aber durch James, der gerade die Spirituosen begutachtet, eindeutig an Coolness. Er bückt sich, um einen Kühlschrank zu öffnen. Einige Flaschen wandern auf den Tresen.

»Tonic, Limonade, Coke, Wasser.« James wedelt mit einem Mineralwasser in meine Richtung. »Und lass mal sehen, vielleicht finde ich auch irgendwo noch etwas Milch …«

Mein Lachen quittiert er mit einem zufriedenen Blick, gießt sich eine goldschimmernde Flüssigkeit ein, probiert einen Schluck und schenkt nach. Mit seinem Drink, einem zweiten Glas und der Wasserflasche schlendert er anschließend zu einem der niedrigen Tische und nickt mir auffordernd zu. Ich setze mich in einen Sessel und ziehe die Beine an, während ich zusehe, wie er Wasser in mein Glas füllt. Als er damit fertig ist, drückt er es mir in die Hand.

»Ich mag es, wenn du lachst.«

Mit beiden Händen stützt er sich auf den Sessellehnen ab und küsst mich wieder. Er schmeckt nach dem scharfen Zeug, das er getrunken hat, heimlich blinzele ich ihn an. Seine Augen sind geschlossen, und meine Unsicherheit driftet behutsam auseinander. Man muss mit geschlossenen Augen küssen. Irgendwie fühlt sich das richtiger an.

James' Mund verzieht sich zu einem Lächeln. »Du guckst.« Plötzlich lässt er sich nach hinten in seinen Sessel fallen und sieht mich nachdenklich an. Sofort kehrt meine Unsicherheit zurück. »Wann geht eigentlich dein Zug?«

»Um halb eins.«

»Und wann musst du dann hier los?«

Was sind denn das für Fragen? Will er mich etwa loswerden?

»Vielleicht so gegen Mitternacht.«

James nickt langsam. »Weißt du, wie du zum Bahnhof kommst?«

Ich hebe die Schultern an. »Keine Ahnung – mit der U-Bahn?«

Er lacht leise. »Klingt nicht so, als hättest du einen Plan.«

»Seit gestern hatte ich nicht wirklich die Zeit, einen Plan zu entwickeln!«, entgegne ich angefressen, und jetzt sieht er wirklich erheitert aus.

»Nein, das glaube ich.« James beugt sich vor und nimmt meine Hände in seine. »Das heißt, uns bleibt noch etwa eine Stunde.«

»Eine Stunde?«

»Genau. Bevor du los musst. Es sei denn, du möchtest Frankreich kennenlernen?«

Spontan schüttele ich den Kopf.

»Dachte ich mir.«

Mit einem Ruck zieht James mich aus dem Sessel, und ich falle halb über ihn. Küssen fühlt sich viel besser an als Reden. Beim Küssen komme ich mir nicht mehr wie ein Lämmchen vor, das absolut keine Ahnung hat, in was es reingestolpert ist. Seine Haare riechen nach Limone, und ich fahre mit den Fingern hindurch, während sehr weit hinten in meinem Hirn ein paar Gedanken verschwimmen, an Juli, an Lea, an Jako.

Egal.

Irgendwann löst James sich von mir.

»Erzähl mir etwas von dir«, sagt er und zieht meinen Kopf gegen seine Brust. »Was gibt's noch über dich zu wissen, außer dass du Skateboard fährst und Musiker interviewst? Gehst du zur Schule? Bist du verheiratet?«

Lachend vergrabe ich mein Gesicht in seinem Shirt. Er riecht so gut. Seine Hand streicht über meine Schultern, und ich hasse den Gedanken, gleich los zu müssen.

»Natürlich gehe ich mit sechzehn noch zur Schule.«

»Mit sechzehn hatte ich meine erste eigene Band, wir haben in irgendwelchen abgerissenen Garagen gespielt«, merkt James an.

Ich sehe an die Decke, die mit dunklem Holz getäfelt ist.

»Seit acht Jahren bist du also Musiker?«

»Seit neun. Seit elf Jahren, wenn man die zwei Jahre mitzählt, in denen ich mit Gavin nach der Schule im Keller seiner Großeltern irgendwelche Songs nachgespielt habe.«

»Und? Bist du glücklich damit?«

James sieht schräg auf mich herunter. »Machst du Witze? Ich liebe diesen Mist! Ich wollte nie was anderes machen.«

Mit dem Finger zeichne ich die Umrisse des Logos auf seinem Shirt nach. Er hält meine Hand fest.

»Das kitzelt.« Dann beißt er leicht in mein Handgelenk. »Ich ruf dir jetzt ein Taxi.«

Das Taxi wartet schon, als wir bei den Parkplätzen ankommen. James öffnet die hintere Tür, schiebt mich hinein und schwingt sich daneben. Erstaunt sehe ich ihn an.

»Fährst du mit?«

»Meinst du, ich lasse dich um diese Uhrzeit allein auf einem Bahnhof rumstehen?«

Er legt einen Arm um mich, und ich lasse meinen Kopf gegen seinen Hals sinken. Viel zu schnell haben wir den Bahnhof erreicht. Sich auf dem Weg zum Bahnsteig küssen, vor dem Zug stehen und sich küssen, scheißegal, ob der ein oder andere uns vielleicht neugierig ansieht. Irgendwann stehe ich auf der Zugtreppe und bin dadurch ein bisschen größer als James, der lächelnd zu mir hochschaut.

»Gute Fahrt«, sagt er, und ich nicke. Reden kann ich jetzt nämlich nicht.

»Hast du einen Stift?«

Einen …? Eilig wühle ich meinen Rucksack durch und will ihm einen Kugelschreiber in die Hand drücken. Er schiebt ihn zurück und hält mir seinen Unterarm hin.

»Frag nicht«, sagt er mit einem Grinsen, »schreib mir einfach noch mal deine Nummer auf.«

FUENFZEHN

Der Zug ist leer und riecht muffig. Ich habe ein Abteil für mich allein und mitten in der Nacht unter einer schwach leuchtenden Lampe sitzend außerdem alle Zeit der Welt, meinen herumwirbelnden Gedanken nachzujagen.

Ich muss nicht einmal die Augen schließen, um James vor mir zu sehen. Er ist einige Schritte zurückgetreten, als der Zug sich in Bewegung gesetzt hat. Schwarze Jeans, schwarzes Shirt, Bikerstiefel, die dunkelblonden Haare ziemlich zerzaust. Er hat noch seinen Arm gehoben und auf die Nummer gezeigt, die ich ihm gerade auf den Unterarm geschrieben hatte. Nachdenklich betrachte ich meinen eigenen Unterarm. Die Zahlen sind zu verblasst, um sie noch erkennen zu können.

Ob er sich melden wird? Und wenn er sich meldet, was dann?

Meine Mutter steht bereits auf dem Bahnsteig, als ich aus dem Zug steige. Ihr Gesichtsausdruck wechselt zwischen Ärger und Erleichterung, während sie mir entgegenläuft und mich in die Arme nimmt.

»Guten Morgen.«

»Morgen.«

Schweigend laufen wir nebeneinander her zu ihrem Auto. Was auch immer auf mich zukommen wird, ich werde nicht diejenige sein, die das Ganze in die Gänge bringt.

»Du hast deine Sachen bei Juli?«

»Mhm.«

»Soll ich dich zu ihr fahren, oder kommst du erst mal mit nach Hause?«

Es ist zwanzig vor sechs, und ich unterdrücke ein Gähnen. »Erst mal nach Hause.«

Juli schläft sicher noch, und es gibt keinen Grund, sie so früh zu wecken, jetzt, wo meine Mutter ohnehin Bescheid weiß. Davon abgesehen will ich nicht riskieren, dass mir Julis Eltern die Tür öffnen, und nachdem mein Handyakku letzte Nacht den Geist aufgegeben hat, kann ich sie nicht vorwarnen.

Ab und zu werfe ich meiner Mutter unauffällig einen Blick zu. Sie hat ihr Pokerface aufgesetzt, und nichts lässt mich ahnen, in welche Richtung das mir noch bevorstehende Gespräch gehen wird.

»Woher hattest du eigentlich das Geld für das Zugticket?«

»Geliehen. Von Oma Janice.«

Fürs Erste lässt meine Mutter das unkommentiert, und schließlich sehe ich nur noch aus dem Fenster. Die Sonne schiebt sich gerade den Himmel hinauf. Was wohl James in diesem Moment macht? Schlafen vermutlich. Ob sie schon auf dem Weg nach Frankreich sind? Und ob er wohl alleine schläft?

In meinem Zimmer stöpsele ich das Handy zum Aufladen ein, bevor ich duschen gehe. Anschließend stehe ich vor dem Schrank und suche frische Sachen raus, als meine Mutter an die Tür klopft.

»Ich weiß, du musst los. Aber ich will jetzt wissen, warum du mir nichts von deinen Plänen erzählt hast.«

Unwillig ziehe ich mir ein T-Shirt über den Kopf und werfe mit einer Handbewegung die feuchten Haare über den Rücken. »Das hatten wir doch schon. Du hättest Nein gesagt. Und dann?«

»Ja, was und dann?«, wiederholt meine Mutter. »Wärst du dann trotzdem gefahren?«

»Keine Ahnung.«

Eine Weile sieht sie mir dabei zu, wie ich Socken anziehe und in meine Turnschuhe schlüpfe.

»Katinka, es ist nicht so, dass ich nicht verstehen könnte, dass du mir nicht mehr alles erzählen willst.« Sie setzt sich neben mich. »Das musst du ja auch gar nicht. Aber einfach so nach Hamburg zu fahren und erst spätnachts mit dem Zug zurückzukommen, ist schon ein starkes Stück. Was, wenn dir etwas passiert wäre?«

»Was soll denn da passieren? Ich bin doch nicht getrampt oder so.«

Meine Mutter holt tief Luft, atmet dann aber aus, ohne direkt etwas zu erwidern. »Katinka«, sagt sie schließlich, »können wir uns bitte darauf einigen, dass du mir die Wahrheit sagst, wenn es darum geht, wo du dich aufhältst? Ich möchte mich darauf verlassen können, dass du bei Juli bist, wenn du mir sagst, du seist bei Juli.«

»Was ist aber, wenn ich irgendwo hinwill, womit du nicht einverstanden wärst?«

»Dann müssen wir darüber reden.«

»Damit du mir erklären kannst, warum ich gefälligst zu Hause bleiben soll?«

»Katinka.« Erstaunlicherweise bleibt meine Mutter immer noch ruhig, obwohl ich mir sicher bin, dass mein Verhalten sie auf die Palme bringt. So genau weiß ich selbst nicht, warum ich mich so zickig benehme. Ihre Reaktion auf die letzten drei Tage fällt immerhin ziemlich gelassen aus. Allerdings habe ich ihr ja auch nicht jedes Detail erzählt, rufe ich mir ins Gedächtnis.

»Vielleicht kommen wir zu dem Ergebnis, dass du irgendwo auch mal nicht hingehst, vielleicht gehst du hin, obwohl ich es nicht gut finde. Aber ich möchte zumindest die faire Chance erhalten, mit dir darüber zu sprechen.«

Ich stehe auf und fasse meine Haare vor dem Spiegel zu einem Knoten zusammen. »Mhm«, erkläre ich unbestimmt.

Meine Mutter erhebt sich ebenfalls und geht zur Tür. »Wie war denn nun eigentlich das Konzert?«

Es ist nett, dass sie danach fragt. Sie steht schon halb im Türrahmen und sieht mich an.

»Ganz gut.«

»Hast du dort ... jemanden kennengelernt?«

»Nein.«

Nachdem sie verschwunden ist, schreibe ich Juli eine Nachricht, in der ich sie daran erinnere, mir meine Sachen mitzubringen. Nur Minuten später summt mein Handy.

Du bist also wirklich wieder in Frankfurt?

Ha ha, sende ich zurück.

Juli ist noch nicht da, als ich mich im Klassenzimmer auf meinen Platz setze, und ohne mein Schulzeug fühle ich mich ein bisschen blöd. Entsprechend erleichtert bin ich, als sie endlich durch die Tür geschossen kommt.

»Ich muss dir was zeigen!«

Sie zieht ihr Handy aus der Tasche und hält es mir vor die Nase. Auf dem Display läuft ein YouTube-Video. Noch während ich Juli das Telefon aus den Händen nehme, beschleicht mich ein grässlicher Verdacht.

»Ich hab nach ›Keep on Dreaming‹, ›McMillan‹ und ›Kissing girl‹ gesucht«, merkt Juli an, während ich mir mit zunehmendem Entsetzen das Video ansehe.

James auf der Bühne, jede Menge Hintergrundgeräusche, dennoch ist deutlich zu erkennen, welches Lied er gerade singt. Irgendjemand stand offenbar ziemlich weit vorn und hat ihn von der Seite aufgenommen. Ich würde das Video vermutlich sogar großartig finden, wenn ich nicht wüsste, worauf das Ganze hinauslaufen wird.

Jetzt der Moment, in dem James sich nach vorn fallen lässt. Das Bild wackelt, kurz sieht man schreiende Fans, bevor die Kamera wieder zurückschwenkt. Aufgeregte Roadies und Fotografen und James McMillan, der ein Mädchen im Arm hält. Seine Haare verdecken ihr Gesicht, plötzlich jedoch lässt er sie los, und eine Sekunde lang sieht man ihr Profil.

»Oh Gott«, flüstere ich und lasse meinen Kopf auf die Tischplatte sinken. »Oh, verdammt!«

Juli nimmt mir das Handy ab und verpasst mir einen Stoß. »Hey, wo ist das Problem?« Sie grinst tatsächlich auf mich runter. »Das kannst du später mal euren Kindern zeigen.«

»Sehr witzig.«

Vor meinem inneren Auge taucht der kleine Ausschnitt meines Gesichts in zehnfacher Größe auf den Titelseiten der einschlägigen Musikzeitschriften auf.

»Komm schon, das interessiert doch keinen. Man muss wirklich suchen, um es zu finden. Erzähl mir lieber, was gestern Abend noch passiert ist. Du hast auf meine Nachricht nicht mehr geantwortet.«

»Der Akku war leer.«

Ich lasse meinen Kopf vorerst auf der Tischplatte liegen. Das ist ja wohl das Peinlichste, das mir in meinem ganzen Leben bisher passiert ist.

Bevor Juli weiter nachhaken kann, betritt Herr Lorenz die Klasse, und ich schließe die Augen. Dieses Video muss ich erst mal verdauen.

Nach der Stunde packen wir unsere Sachen zusammen, um in die Pause zu gehen, und ich werde langsamer, als mir klar wird, dass ich gleich Jako treffen werde. Keine Ahnung, wie ich mich ihm gegenüber verhalten soll. Das letzte Mal, als wir uns gesehen haben, bin ich mit James abgezogen.

Juli steht neben mir und hat, unmittelbar nachdem Herr Lorenz die Klasse verlassen hat, ihr Handy wieder rausgeholt. Ich kann mir denken, welches Video sie sich ansieht.

»Wehe, du zeigst das jemanden.«

Sie lacht. »Hey! Es hat bisher erst 2.178 Aufrufe. Damit hab ich aber nichts zu tun.«

Verdammt, verdammt, verdammt.

Mir ist schlecht.

Jako und Levin finden wir draußen vor der Schulhofmauer. Als sie uns kommen sehen, lehnt Jako sich zurück. Levin nimmt Juli in den Arm und fragt über ihren Kopf hinweg: »Na? Wie war's?«

»Ziemlich gut.«

Understatement ist jetzt angesagt. Hoffentlich haben die beiden dieses Video nicht gesehen.

»Ziemlich gut? Du hast dir drei Konzerte von Odd Fish hintereinander reingezogen, weil sie ziemlich gut waren?«, lacht Levin. »Oder nein, du warst ja hauptsächlich wegen der Vorband da, oder?« Er zwinkert mir zu.

Ein schneller Blick zu Juli, die knapp den Kopf schüttelt. Hoffentlich interpretiere ich diese Geste richtig, und sie hat nicht jedes Detail ausgeplaudert. Ich stelle mich neben Jako an die Mauer. So muss ich ihn wenigstens nicht ansehen.

»Es war gut«, erkläre ich Levin, der immer noch neugierig zu mir rüberschaut. »Ich bin nur total müde.«

»Wäre ich auch, wenn ich drei Tage durchgemacht hätte.«

»Hab ich gar nicht! Ich bin nur erst letzte Nacht mit dem Zug nach Hause gekommen und hab kaum geschlafen.«

Verstohlen schiele ich zur Seite und Jako direkt in die Augen. Hastig gucke ich wieder weg.

»Erzähl doch mal!« Levin lässt nicht locker. »Gab's Partys nach den Konzerten?«

»Nicht wirklich.«

Angespannt konzentriere ich mich auf Levin, was dieser leider zum Anlass nimmt, fröhlich weiterzubohren. »Jetzt komm schon, Katinka! Juli hat erzählt, du bist am Sonntag mit der Band nach Hamburg gefahren. Da müsst ihr doch vorher Zeit zum Abfeiern gehabt haben.«

Danke, Juli!

»Nein, wirklich nicht. Direkt nach dem Konzert wurde eigentlich mit dem Abbau begonnen. Wir haben nur ein bisschen was getrunken, und das war's.«

»Wer wir?«

»Ein paar von Keep on Dreaming, einige Leute von der Crew –«

»Waren auch welche von Odd Fish dabei?«

»Nein, niemand.«

»Schade.«

»Und danach seid ihr alle mit dem Tourbus nach Hamburg. Wie schläft es sich denn in so einem Tourbus?« Jako sieht mich an.

»Was auch immer du denkst, so war es nicht!«

»Was denke ich denn?«

Der Pausengong ertönt, und nach kurzem Zögern laufe ich einfach los, ohne Jako geantwortet zu haben. Juli holt mich in der Aula ein und bleibt dicht hinter mir, aber erst vor dem Klassenraum drehe ich mich zu ihr um.

»Warum hast du Levin erzählt, dass ich im Tourbus mitgefahren bin?«, fauche ich sie an.

»Hey!« Abwehrend hebt sie eine Hand. »Ich konnte nicht wissen, dass du Sonntagnacht nicht zurückfahren würdest! Natürlich habe ich Levin erzählt, dass du nach Berlin zu Keep on Dreaming gefahren bist! Und was soll ich also sagen, wenn du am Montag nicht in der Schule auftauchst? Du hast dir ein Taxi genommen? Schnell noch ein Zugticket organisiert?«

»Weiß ich nicht!« Wütend gehe ich zu unserem Platz. »Irgendwas. Meinetwegen, dass ich krank bin. Aber doch nicht das!«

»Levin fand das eher lustig«, erklärt Juli nach einigen Sekunden und setzt sich neben mich. »Und Jako ... Jako hat einfach gar nichts gesagt.«

Ich denke an Jako und an dieses Video und an meine Mutter. An James, der auf dem Bahnsteig steht, während sich die Türen schließen.

Mieser, mieser, gemeiner Tag.

Und er wird nicht besser.

In der zweiten Pause sitzen Juli und ich allein in der Mensa, und ich weiß nicht, ob ich mich darüber ärgern oder erleichtert sein soll, dass weder Jako noch Levin sich blicken lassen. Dafür habe ich das Gefühl, ein paar Mädchen an einem anderen Tisch schauen ständig zu uns rüber, und kann das ja leider nicht einmal mit Jakos Anwesenheit erklären. Großartig. Jetzt werde ich schon paranoid.

Juli hat direkt nach der Schule einen Zahnarzttermin, verspricht aber immerhin, später noch vorbeizukommen, und während ich nach Hause trotte, ruft meine Mutter an, um mich daran zu erinnern, dass heute Abend dieser Markus zum Essen kommt. Das hatte ich ja total verdrängt.

In meinem Zimmer lasse ich Musik laufen und werfe mich mit dem Handy aufs Bett. Frankreich, ja, aber wo spielen Keep on Dreaming genau? Mit dem Finger scrolle ich die Tourdaten runter. Freitag und Samstag sind sie in Paris, Sonntag ist nichts. Am Montag spielen sie dann in Dijon und Dienstag in Lyon. Das Telefon noch in der Hand, lege ich mich auf den Rücken. Und was machen sie heute? Oder morgen? Oder übermorgen?

»Katinka?« Tom steht in der Zimmertür.

»Du könntest klopfen!«, sage ich genervt.

»Stimmt es, dass du heimlich nach Hamburg zu einem Konzert gefahren bist?«

Mann. Darüber muss ich doch wohl jetzt nicht auch noch mit meinem kleinen Bruder diskutieren.

»Kann dir völlig egal sein.«

»Also stimmt es.« Tom setzt sich auf den Schreibtischstuhl. »Cool.«

Verblüfft sehe ich auf. Tom ist der Erste, der mir keine Vorwürfe macht, und ja, natürlich tut er das nicht, meldet sich die Stimme in meinem Hinterkopf zu Wort, weil er nämlich erst vierzehn ist und noch überhaupt keine Ahnung von nix hat.

Trotzdem muss ich lächeln. »Es war ziemlich cool, ja.«

»Hast du Interviews gemacht?«

»Nein, ich hab mir nur das Konzert angesehen.«

Und danach mit dem Sänger von Keep on Dreaming rumgeknutscht, aber das ist eindeutig nichts, was man kleinen Brüdern auf die Nase binden müsste.

»Cool«, wiederholt er und nickt nachdenklich vor sich hin. »Ich find das alles ziemlich cool, so diesen Blog und so.«

Jetzt bin ich wirklich überrascht. Bisher bin ich davon ausgegangen, dass Tom *Listen Up!* völlig egal ist. Sein Musikgeschmack ist ein anderer als meiner, er steht mehr auf Rap und Hip-Hop, und bis zu diesem Augenblick hat er noch nie heraushängen lassen, dass es überhaupt irgendwas an mir gibt, das ihn interessiert. »Danke.«

»In der Schule finden einige von meinen Freunden das auch ziemlich cool. Ein Freund von mir guckt da sogar regelmäßig rein.«

»Echt? Wer denn?«

Tom winkt ab. »Ist ja egal. Ich wollt's dir nur mal sagen.«

Er steht auf, hält aber noch einmal inne, bevor er mein

Zimmer wieder verlässt. »Vielleicht zieh ich ja irgendwann auch mal so was auf.«

Für eine Weile liege ich da und denke über Tom und seine Pläne nach. Darüber weiß ich gar nicht mehr viel, stelle ich fest. In unseren Fotoalben sind jede Menge Bilder von uns beiden zusammen, beim Schwimmen, beim Schlittenfahren, in der Badewanne, im Urlaub, noch gemeinsam mit unseren Eltern, bevor sie sich getrennt haben. Und irgendwann hat er mehr sein Ding gemacht, und ich meins.

Mein Handy klingelt, hastig greife ich danach. Meine Mutter.

»Ja?«

»Katinka? Bist du zu Hause?«

Wo soll ich denn sonst sein?

»Könntest du bitte den Lachs aus dem Eisfach nehmen und in den Kühlschrank tun?«, redet sie weiter. »Das habe ich heute Morgen bei all der Aufregung völlig vergessen.«

»Ja, mach ich.«

»Danke. Bis später, mein Schatz.«

Sie legt auf, und ich lehne mich mit übereinandergeschlagenen Beinen ans Kopfende vom Bett. Langsam klicke ich mich durch meine Nachrichten zurück, bis ich auf das ›Hi‹ stoße, das ich Samstagabend an James gesendet habe. Ich könnte ihm jetzt eine Nachricht schreiben. Irgendwas. Einfach nur ein unverbindliches ›Was machst du gerade?‹ oder so.

Warum hat er am Bahnhof eigentlich gesagt, ich solle ihm noch mal meine Nummer geben?

Warum wohl?, lässt sich die miese Stimme in meinem Kopf vernehmen. Weil er sie nicht gespeichert hat. Vermutlich war er sich einfach nicht mehr sicher, ob sie überhaupt noch in seiner Anrufliste auftauchen würde.

Ich stupse das Handy nachdenklich mit den Fingern hin und her. Immerhin wollte er meine Nummer noch mal wissen. Also hat er zumindest in diesem Moment vorgehabt, sich zu melden. Nur wann? Noch heute? Bestimmt sind sie schon unterwegs, und es ist einfach zu stressig, um anzurufen. Aber eine Nachricht könnte er ja wenigstens mal schreiben. Wie viel Zeit kostet eine einzige Nachricht?

Die Erinnerung daran, wie er lachend Heather hochhob, kehrt zurück. Diese blöde Kuh. Verdrossen starre ich vor mich hin. In James' Umfeld dürfte es so einige Heathers geben, was soll er da überhaupt mit einer Sechzehnjährigen aus Frankfurt?

An der Haustür klingelt es, und ich springe aus dem Bett. Juli. Tom sieht aus seinem Zimmer hervor.

»Ich geh schon!« Eilig springe ich die Treppe runter. Das war ja ein schneller Zahnarzttermin. Mit einem Ruck reiße ich die Haustür auf und stehe Jako gegenüber.

»Passt es?«

Wortlos trete ich einen Schritt zur Seite, um ihn reinzulassen. Er geht an mir vorbei, wartet, bis ich die Tür geschlossen habe, und steigt dann hinter mir die Treppe hoch. In meinem Zimmer zieht auch er sich den Schreibtischstuhl heran, während ich mich zurück aufs Bett setze. Was kommt jetzt?

»Am Donnerstag haben wir eigentlich das Interview mit Vendetta«, beginnt Jako. »Steht das noch?«

Mist. Ich senke den Kopf. Das habe ich völlig vergessen. Unbehaglich sehe ich wieder zu Jako, der einfach nur meine Reaktion abwartet.

»Klar steht das noch. Warum sollte es nicht mehr stehen?«

»Keine Ahnung.« Die Ellbogen auf die Knie gestützt, lehnt er sich nach vorn. »Was genau ist eigentlich los mit dir?«

Beim Antworten konzentriere ich mich auf Jakos Hände, auf seine langen Finger und das schmale Lederband an seinem Handgelenk. »Was soll denn mit mir los sein?«

Jako sagt gar nichts, und schließlich gebe ich auf und sehe ihn an. Sein Gesichtsausdruck wirkt konzentriert, die Sonnenstrahlen, die durch das Fenster fallen, lassen seine dunkelblauen Augen geradezu leuchten. Mit einem flauen Gefühl im Magen wende ich mich wieder ab.

»Du fängst wegen jeder Kleinigkeit Streit an«, beginnt er schließlich. »Du rennst auf dem Konzert mit diesem Sänger von Keep on Dreaming los. Du fährst nach Berlin und anschließend nach Hamburg. Mit wem auch immer in einem Tourbus. Du lässt die Schule dafür sausen, du …« Er greift in die Tasche und holt sein Handy heraus. Oh nein, oh nein, oh, bitte nicht. »Du knutschst vor Tausenden von Leuten mit dem Keep-On-Sänger rum.« Jako hält mir das Video vor die Nase. »Das bist doch du, oder?«

Unglücklich sehe ich auf das Display und nicke.

Jako steckt das Handy zurück in die Hosentasche. »Also, was ist los mit dir? Bist du jetzt doch unter die Groupies gegangen?«

Wut schießt wie eine Stichflamme in mir hoch, und ich fahre hoch. Das ist ja wohl das Allerletzte!

»Nur, weil irgend so ein Idiot die Kamera draufhält, während ich … ich …« Verzweifelt suche ich nach Worten.

»Denkst du wirklich, ich mache mit James McMillan rum, nur weil er Musiker ist?«

»Warum machst du mit ihm rum?« Er hat die Arme vor der Brust verschränkt und sieht sehr unnahbar aus.

»Weil ... ich ... warum interessiert dich das überhaupt? Das kann dir doch völlig egal sein! Du fragst mich doch auch nicht um Erlaubnis, bevor du mit Lea rumknutschst!«

Jakos Augen weiten sich überrascht, und wütend setze ich nach: »Nur, weil bei dir keiner die Kamera draufhält, musst du mir hier nicht so arrogant kommen!«

»Ich hab nie mit Lea geknutscht!«

Grimmig lasse ich mich nach hinten fallen. »Nee, ist klar. Vielleicht hätte es doch besser jemand filmen sollen, damit du zumindest im Kopf behältst, mit wem du so rummachst.«

Jakos Gesicht taucht plötzlich über mir auf, und hastig schiebe ich mich ans Kopfende, um mich aufzusetzen.

»Ich habe. Nicht. Mit Lea rumgeknutscht!«, zischt er wütend. »Wie kommst du auf so einen Scheiß?«

»Ich hab euch gesehen.« Meine Stimme klingt ein bisschen dünn, und ich räuspere mich schnell.

»Du hast uns gesehen?« Jako setzt sich auf die Bettkante und schaut mich jetzt ehrlich verwirrt an. »Wo kannst du mich denn gesehen haben, wie ich mit Lea ...?« Er bricht ab, und sein Gesichtsausdruck verändert sich.

»Genau«, sage ich. »Fällt es dir wieder ein? Im *Cave*. Auf der Tanzfläche.« Spöttisch lächle ich ihn an. »Tausend Leute standen vielleicht nicht um euch rum, aber alleine seid ihr auch nicht gerade gewesen.«

Jako schiebt sich mit beiden Händen die Haare aus der Stirn und nickt. »Jetzt kapier ich das. Das war der Abend, an dem du plötzlich verschwunden bist, oder? Juli hat gesagt, du seist nach Hause gegangen, weil du im Regen rumgelaufen bist, und keiner von uns hat verstanden, warum du überhaupt bei diesem Wetter draußen rumrennst. Deshalb bist du verschwunden, oder? Weil du Lea und mich auf der Tanzfläche gesehen hast.«

Ich schließe die Augen. Was genau läuft hier eigentlich? Wieso um alles in der Welt rede ich gerade mit Jako darüber, ob es mir etwas ausmacht, wenn er mit Lea rumknutscht?

»Das hatte damit überhaupt nichts zu tun.«

Stille. Vorsichtig öffne ich die Augen und begegne direkt Jakos Blick.

»Ich denke, doch.«

Mein Kopf ist plötzlich völlig leergefegt. Jako mustert mich mit einem Ausdruck im Gesicht, den ich nicht einordnen kann.

Das Geräusch der Türglocke schrillt von unten herauf.

Einige Sekunden verstreichen, bevor Toms Stimme durch den Flur tönt: »Ist das wieder für dich?«

»Das muss Juli sein«, sage ich matt.

Jako steht auf. »Ich lass sie rein.« Grußlos verlässt er mein Zimmer.

Augenblicke später drückt Juli die Tür hinter sich zu. »Was war denn hier los?« Sie setzt sich zu mir auf das Bett und streift ihre Sneakers von den Füßen. »Jako ist eben so schnell an mir vorbeigerannt, als hätte man ihm etwas über den Schädel gezogen.«

Stöhnend lasse ich mich nach vorn fallen. »Er hat das Video gesehen«, murmele ich dumpf in mein Kissen.

»Jetzt schon?«

Das alles ist mir gerade eindeutig zu viel. Ich bin müde, ich fühle mich fertig, und nichts läuft auch nur ansatzweise so, wie es laufen sollte. Juli legt tröstend ihre Hand auf meinen Rücken. »Er wird sich schon wieder einkriegen.«

»Es ist ja nicht nur Jako.«

Am liebsten würde ich losheulen. Vor nicht einmal einem Tag stand ich noch mit James am Bahnsteig, aber im Moment kommt mir alles, was mit ihm zu tun hat, völlig irreal vor. Dieses verdammte Video! Die ganze Welt kann sich mit einem Klick ansehen, wie ich mit ihm vor der Bühne stehe. Die Leute an der Schule. Meine Lehrer. Meine Mutter. Jako.

Wut steigt in mir hoch, Wut auf James, dem ich das Ganze zu verdanken habe. Dann sehe ich mich selbst in den Zug nach Berlin steigen und ziehe mir ein Kissen über den Kopf.

»Es ist wegen dieses Videos, stimmt's?«, sagt Juli. »Mach dir deshalb nicht so viele Gedanken. Man sieht dich eine Sekunde lang mit dem Sänger von Keep on Dreaming. Na und? Die meisten werden das garantiert sogar ziemlich abgefahren finden. Ist ja auch nicht so, dass du zu ihm auf die Bühne geklettert wärst.«

Das Kissen auf meinem Kopf wiegt drei Tonnen, während ich mich aufrichte.

»Ehrlich, Katinka, das ist halb so wild. Jetzt geht das Ding ein paar Tage rum, na und? Es gibt bestimmt genügend Mädchen, die darauf sogar stolz wären! Frag Milla.«

Ich verziehe das Gesicht. »Dass Milla darauf stolz wäre, ist nicht wirklich tröstlich.«

Juli guckt zerknirscht. »So habe ich das nicht gemeint.«

»Jako hat mich gerade gefragt, ob ich jetzt auch unter die Groupies gegangen wäre.«

»Autsch.«

»Ja, autsch. Und er wird wohl nicht der Einzige sein, der so was denkt.«

»Na ja. Jako ist da ein Sonderfall.«

»Wieso?«

»Weil ...« Juli hält inne. »Also Levin zum Beispiel würde keine fünf Sekunden über dieses Video nachdenken.«

»Levin denkt über nichts länger als fünf Sekunden nach.«

»Hey!« Sie schubst mich in die Seite.

»Du weißt, wie ich das meine. Levin nimmt einfach alles ziemlich locker.«

»Na ja, aber wie locker werden das alle Leute sehen, die dich ohnehin kaum kennen?«

Das ist ein Argument. Nachdenklich wickele ich mir eine Haarsträhne um den Finger. Würde ich so ein Video von irgendeinem Mädchen aus unserer Schule entdecken, wäre mir das schnell wieder egal, glaube ich. Vielleicht würde ich es sogar tatsächlich ganz cool finden.

»Was genau läuft da jetzt eigentlich zwischen dir und McMillan?«

Ich bin kurz davor, mich wieder nach vorn fallen zu lassen. Der zweite wunde Punkt auf der Liste. In knappen Sätzen erzähle ich Juli vom vergangenen Abend. Ihre Augen werden größer und größer, und als ich ihr von dem Moment berichte, in dem James mir auf dem Bahnsteig seinen Unterarm entgegenhielt, hüpft sie fast ein bisschen.

»Und? Hat er sich schon gemeldet?«

»Nein.«

»Der meldet sich todsicher.«

»Vielleicht. Wenn er sich nicht schon längst mit Heather getröstet hat.«

»Was redest du denn da ständig über diese Heather? Zu der ist er jedenfalls nicht in den Fotograben gesprungen.«

Ich zucke mit den Schultern und sage nichts. Heather ist in diesem Moment vermutlich ebenfalls in Frankreich und ich nicht. Das ist wohl der entscheidende Unterschied.

Unten schließt meine Mutter die Haustür auf.

»Kommt nicht später der neue Freund von deiner Mutter bei euch zum Essen vorbei?«, fragt Juli.

»Katinka! Ich hatte dich gebeten, den Lachs aus dem Eisfach zu nehmen!«

Juli kichert und springt vom Bett. »Ich verzieh mich dann mal. Bis morgen!«

Wenigstens verläuft das Abendessen entspannter als erwartet. Markus ist tatsächlich ganz witzig. Er verhält sich, als würde er quasi täglich mit uns essen, und seltsamerweise kommt er trotzdem nicht anbiedernd rüber. Wir lachen viel, und vorübergehend vergesse ich den ganzen Mist, bis Markus plötzlich fragt: »Und? Du warst gestern in Hamburg auf einem Konzert, hat deine Mutter erzählt. Wie war's?«

Meine Mutter wirft ihm einen verärgerten Blick zu, den Markus lächelnd ignoriert. Überrumpelt antworte ich: »Gut. Es war ziemlich gut, eigentlich.«

»Ich hab so was früher ja ständig gemacht.« Markus nimmt sich noch ein paar Salzkartoffeln. »Wir sind mal zu dritt zu einem Festival nach Dänemark gefahren. Ganz spontan. Eben saßen wir noch vor der Schule, im nächsten Moment befanden wir uns in der klapprigen Karre eines Freundes auf dem Weg nach Roskilde. Kleines Kaff, aber cooles Festival. Wir hatten nicht mal Tickets.«

»Da seid ihr ja wohl schon etwas älter gewesen«, wirft meine Mutter streng dazwischen.

»Stimmt. Ich war immerhin schon siebzehn.« Markus lacht und zwinkert mir zu.

»Und?«, will ich wissen. »Seid ihr reingekommen?«

»Sind wir«, erwidert Markus grinsend. »Aber ich verrate besser nicht, wie.«

Meine Mutter stöhnt auf, und ich grinse zurück.

Um kurz vor elf liege ich hundemüde im Bett. Ich fühle mich, als habe dieser Tag ungefähr achtundvierzig Stunden gehabt, und das kommt ja beinahe hin, wenn man bedenkt, wie wenig ich letzte Nacht geschlafen habe. James hat sich nicht gemeldet. In der Dunkelheit rolle ich mich zur Seite.

Was hat Jako eigentlich gemeint, als er sagte: »Ich denke doch«?

Irgendwann später klingelt mein Handy, und schon im Halbschlaf taste ich danach.

»Ich denke gerade an dich.« Selbst durchs Telefon kann ich James' Lächeln aus seiner Stimme heraushören. »Bist du in Ordnung?«

»Mh ... ja. Alles okay. Wo seid ihr jetzt?«

»Noch in Hamburg. Morgen früh fahren wir los.«

»Nach Paris, oder?«

»Yep. *City of love.*«

Er lacht, aber seine Worte versetzen mir einen Stich. *City of love.* Mit Heather. Schon klar.

»Wie heißt deine Schule?«

»Was?«

»Deine Schule. Du gehst doch noch zur Schule, erinnerst du dich? Wie heißt sie?«

»Goethe-Gymnasium. Ich gehe aufs Goethe-Gymnasium.«

»Okay. Dann viel Spaß dort morgen.«

»Was? Wieso –?«

Doch James hat bereits aufgelegt.

SECHZEHN

Am nächsten Morgen klingelt mein Wecker, und ich stelle fest, dass ich auf dem Telefon liege. Kurz muss ich darüber nachdenken, dann klicke ich hastig auf die Anrufliste.

2.24 Uhr – McMillan.

Es war also kein Traum, und er hat tatsächlich letzte Nacht angerufen. Ich lasse mich aufs Kissen zurückfallen. In meinem Kopf spielt sich das nächtliche Gespräch noch einmal ab.

Warum hat er mich gefragt, wie meine Schule heißt? Einige Minuten lang starre ich vor mich hin, während ich zulasse, dass sich in mir ein Gedanke formt, der eigentlich völlig idiotisch ist. Weil er dort auftauchen wird.

Aus welchem Grund sollte ihn das sonst interessieren? Warum sollte er wissen wollen, wo ich mich heute Vormittag aufhalten werde, wenn er nicht vorhätte zu kommen?

Plötzlich hektisch reiße ich die Decke zurück und renne ins Bad. Was soll ich bloß anziehen? In meinem Schrank befindet sich absolut nichts Aufregendes – wäre doch Juli hier! Die hätte garantiert eine gute Idee.

Geduscht und nur in Unterwäsche wühle ich zwischen Shirts und Tops herum, halte Jeans in die Höhe und stoße mit einem Mal auf das graue Minikleid, das ich mit Juli zusammen gekauft habe.

Hastig zwänge ich mich hinein, drehe mich langsam vor dem Spiegel und versuche dabei, mich von hinten zu sehen.

Wirklich ziemlich enganliegend. Vielleicht mit einer Jeansjacke drüber?

Ich zerre das Ding wieder runter. Geht gar nicht. Wenn ich in dem Outfit in der Schule antanze, werde ich eher vor dem Eingang erstarren, als so das Klassenzimmer zu betreten. Dann doch besser diese Jeans und dazu ein Tanktop? Und über das weiße Top auch noch ein schwarzes? Sonst sieht das doch irgendwie etwas gewagt aus. Wo ist eigentlich der Gürtel mit der runden Messingschnalle? Der würde doch perfekt dazu passen.

Es dauert, bis ich ihn endlich finde, und ich muss dafür alle Schubladen durchwühlen. Gerade überlege ich, ob ich flache Ballerinas oder ganz gewöhnliche Chucks anziehen soll, da steckt meine Mutter den Kopf zur Tür hinein.

»Was ist denn hier los?«

»Ich hab meinen Gürtel gesucht.«

Ihr Blick wandert über die umherliegenden Shirts, bleibt an dem Minikleid hängen, das ich auf meinen Schreibtisch geworfen habe, und kehrt zu mir zurück. »Wenn du noch was frühstücken willst, musst du jetzt runterkommen.«

»Ja, gleich.«

Noch einmal sehe ich zum Spiegel. Die Haare offen lassen oder zusammendrehen? Normalerweise nervt es mich, ständig hartnäckig nach vorne fallende Strähnen hinters Ohr klemmen zu müssen. Aber heute – ich betrachte mich von der Seite – heute lasse ich sie mal offen.

Ich bin die Treppe schon halb unten, als ich wieder nach oben stürze und mir das verflixte Haargummi vom Schreibtisch greife. Man muss es ja nicht übertreiben.

Im Klassenzimmer lasse ich mich wortlos neben Juli fallen und halte ihr mein Handy vor die Nase. Irritiert guckt sie auf die Anrufliste, dann reißt sie die Augen auf.

»Na also! Was hab ich gesagt? Worüber habt ihr gesprochen?«

»Er wollte wissen, wie unsere Schule heißt.«

Ungeduldig warte ich darauf, ob Juli zu den gleichen Schlussfolgerungen kommen wird wie ich, und als sie plötzlich die Hand vor den Mund schlägt, atme ich erleichtert aus.

»Nein!«

»Doch!«

»Und was hast du ihm gesagt?«

»Was denkst du denn? Ich hab ihm gesagt, wie die Schule heißt.«

»Oh Gott! Meinst du, er taucht hier auf?«

Ein Schauer läuft mir über den Rücken. »Keine Ahnung, ehrlich.«

»Hat er denn gesagt –«

»Guten Morgen, meine Damen und Herren!« Frau Berggruen, unsere Deutschlehrerin, hat die Klasse betreten. Während sie ihre Sachen auf dem Schreibtisch ausbreitet, raunt Juli mir zu: »Hat er denn irgendwas angedeutet?«

»Er wollte wissen, wie die Schule heißt, ich habe geantwortet, und er hat aufgelegt. Das war alles.«

»Oh Gott.«

Nach der Stunde halte ich Juli am Shirt fest. »Darüber reden wir aber jetzt in der Pause nicht weiter!«

»Wofür hältst du mich?« Juli sieht mich konsterniert an. »Was machst du, wenn er wirklich nachher vor der Schule steht?«

Prompt habe ich ein flatterndes Gefühl im Bauch. Obwohl meine Gedanken seit heute Morgen um nichts anderes kreiseln, will diese Vorstellung nicht in meinen Kopf. James McMillan auf der Bühne, backstage, im Tourbus – aber vor meiner Schule? Heute? Irgendwie bringt mein Hirn das nicht zusammen.

Juli stupst mich an. »Katinka?«

»Hm?«

Was würde ich tun? Auf ihn zu rennen? Abwarten? Ihn anlächeln? Lässig zu ihm schlendern? Und was würde er tun? Würde ihn jemand erkennen? Käme er vielleicht mit Sonnenbrille und Kapuzenpulli? Am Ende laufe ich an ihm vorbei! Gott, wäre das peinlich!

»Ähm ... Katinka?«

Ich schrecke auf, weil Juli mit einer Hand vor meinem Gesicht herumwedelt.

»Hast du vor, die Pause im Klassenzimmer zu verbringen?«

Kurz darauf laufen wir die Stufen zur Aula hinunter, als plötzlich eine helle Stimme sagt: »Das ist sie doch, oder?«

Abrupt bleibe ich stehen. Eine Gruppe Mädchen auf dem Treppenabsatz starrt mich unverhohlen an. Offenbar lag es nicht in ihrer Absicht, mich auf sie aufmerksam zu machen, denn hastig wenden die meisten sich jetzt ab. Zwei von ihnen mustern mich jedoch immer noch interessiert, und ich öffne bereits den Mund, um was auch immer zu erwidern, da zieht Juli mich weiter.

»Ist die nicht mit Jako zusammen?«, höre ich noch, bevor Juli zischt: »Ignorieren!«

Jako und Levin warten vor dem Schulportal auf uns, und ich widerstehe dem Impuls, Juli einfach an ihnen vorbei zu ziehen, um mit ihr über die Bemerkungen dieser Mädchen zu reden. Verstohlen schaue ich mich um. Guckt jemand in meine Richtung? Am liebsten würde ich zum Klassenzimmer zurücklaufen, aber ich kann ja dort nicht für den Rest meines Schullebens die Pausen verbringen.

»Katinka?«

»Was?« Verwirrt sehe ich Jako an.

»Ich habe gefragt, ob wir uns morgen vor dem Eingang treffen?«

»Welcher Eingang?«

Jako runzelt die Stirn. »Vor dem *Nachtleben*? Vendetta? Schon wieder vergessen?«

»Nein ... nein, ist gut, können wir machen. Treffen wir uns vor dem *Nachtleben.*« Mit einem völlig deplatzierten Kichern beeile ich mich hinzuzufügen: »Sorry, ich hab gerade an was Anderes gedacht.«

Aus einer Gruppe nicht weit von uns entfernt dringt plötzlich lautes Gelächter, und ich schließe die Augen. Hat das was mit mir zu tun? Wie von selbst setzen sich meine Beine in Bewegung.

»Ich geh schon mal vor«, sage ich zu niemandem Bestimmten und laufe mit gesenktem Kopf in Richtung der breiten Schultreppe. Kurz nach den Stufen hält mich jemand plötzlich am Arm fest, und erschrocken drehe ich mich um.

»Noch zwei Tage. Dann sind Sommerferien. Danach haben es die meisten vergessen.« Jako lächelt mich an und geht ein paar Schritte rückwärts, dann wendet er sich ab und verschwindet durch das Portal zurück nach draußen.

Auch wenn ich mich während der nächsten beiden Schulstunden die ganze Zeit innerlich für die Pause wappne, bin ich heilfroh, dass unser Lehrer überzieht und wir uns schließlich beinahe beeilen müssen, um noch rechtzeitig den Raum für die letzten Stunden zu erreichen. Vielleicht bleibe ich morgen und übermorgen einfach zu Hause.

Erst durch Julis breites Grinsen fällt mir wieder ein, dass sich bald die Frage beantworten wird, ob James aus reinem Interesse nach dem Namen meiner Schule gefragt hat. Über zu wenig Gefühlschaos in meinem Leben kann ich mich derzeit jedenfalls nicht beklagen.

Nach Unterrichtsschluss packe ich fahrig meine Sachen in den Rucksack, lasse dabei gleich zweimal meine Federtasche fallen und knalle hart mit dem Kopf gegen die Tischkante, als ich sie das zweite Mal aufhebe.

»Au, Mist!«

Juli lacht los, und ich lächle schief zurück. Gemeinsam springen wir die Treppen runter, doch während Juli sich draußen auf dem Schulhof neugierig nach allen Seiten umsieht, bemühe ich mich, nicht allzu auffällig den Kopf zu verdrehen.

»Er ist nicht da«, stellt Juli fest.

James steht nicht am Schultor und auch nicht auf der gegenüberliegenden Straßenseite. An der Mauer, die das Schulgelände umfasst, lungern einige Schüler herum und unterhalten sich, was sie mit Sicherheit nicht so selbstverständlich tun würden, befände sich ein James McMillan zwischen ihnen.

Jetzt gebe auch ich meine Zurückhaltung auf und blicke mich suchend um. »Er ist wirklich nicht da.«

»Vielleicht kommt er noch?«

»Darauf werde ich jedenfalls nicht warten.« Mein Versuch, gleichgültig zu klingen, misslingt ein wenig. »Für heute reicht's mir nämlich.«

Wir sind noch keine zwei Schritte gegangen, als hinter uns jemand hupt. Mein Herz bleibt stehen, und ich drehe mich um.

Ein Fahrradkurier saust auf mich zu, eine Sekunde lang frage ich mich, womit Fahrradkuriere hupen können, bevor ich James entdecke, der gerade aus einem silbergrauen Sportwagen steigt und die Tür mit Schwung zuwirft.

»Oh, mein Gott«, höre ich Juli murmeln. Ganz kurz nimmt sie meine Hand und drückt fest zu. »Wo auch immer du heute Abend bist, ruf mich auf jeden Fall an.«

Ohne weiter darüber nachzudenken, stolpere ich los, bremse einen halben Meter vor James ab, weil ich plötzlich nicht mehr weiß, was ich jetzt tun soll, und finde mich im nächsten Moment in seinen Armen wieder. Er macht sich darüber offenbar nicht ganz so viele Gedanken.

Meine Füße verlieren die Bodenhaftung, ich schlinge die Arme um seinen Hals, schließe die Augen und küsse ihn, und genau das wollte ich tun, seit er Montagnacht hinter dem Zugfenster zurückgeblieben ist. Kaffee, er schmeckt nach Kaffee – ob er wohl die Nacht über durchgefahren ist, um mich zu sehen?

»Ich habe Sehnsucht nach dir gehabt«, sagt er leise, und gleich platze ich vor Glück.

James nimmt meine Hand und zieht mich zum Wagen.

»Nichts wie weg«, sagt er, öffnet die Beifahrertür und lässt mich einsteigen. Sekunden später sitzt er neben mir und startet den Motor. Nach einem Blick aus dem Fenster rutsche ich tiefer in meinen Sitz. Um diese Uhrzeit ist vor dem Schulgebäude einiges los, und auch wenn die meisten mit ihrem eigenen Kram beschäftigt sind, finden sich überall Gesichter, die in unsere Richtung sehen. Rasch wende ich mich ab. Ein Video reicht, vielen Dank.

Einige hundert Meter weiter muss ich lachen. James wirft mir einen zufriedenen Seitenblick zu, bevor er wieder nach vorne sieht.

»Ich kann nicht fassen, dass du tatsächlich hierhergefahren bist!«

»Ich auch nicht.« Er stoppt an einer Kreuzung und beugt sich über das Lenkrad. »In diese verrückte Stadt, in der alle auf der falschen Seite fahren. Ich habe schon zweimal den Scheibenwischer angestellt, statt zu blinken.«

Mit beiden Händen am Steuer konzentriert er sich jetzt ganz auf den dichten Frankfurter Innenstadtverkehr. Sein graues Hemd ist ein wenig zerknittert, die Ärmel hat er nach oben geschoben, er trägt schwarze Jeans und Turnschuhe. Während ich ihn ansehe, versuche ich meinen Pulsschlag herunterzufahren, und das geht so lange gut, bis er mich anlächelt.

»Wo sind die anderen?«, frage ich.

»Auf dem Weg nach Paris, nehme ich an.«

»Und wie kommst du dorthin?«

»Mit dem Zug. Den Wagen gebe ich am Bahnhof ab.«

»Wann?«

»Heute Abend.«

»Oh. Okay.« Heute Abend schon. »Um wie viel Uhr fährt dein Zug?«

»Um kurz nach sieben. Ich will gegen halb sieben am Bahnhof sein, dann bleibt noch genug Zeit, um das Auto abzuliefern.« Der Scheibenwischer geht los, James flucht, dann blinkt er und fährt den Wagen an den Straßenrand.

»Etwa vier Stunden«, sagt er, »ab jetzt.«

Nur vier Stunden. Das ist nicht viel. »Und was machen wir bis dahin?«

»Picknick.«

»Was?«

Mit einer Kopfbewegung weist er in den hinteren Teil des Wagens, und ich verrenke mich, soweit der Gurt das zulässt. Hinter seinem Sitz stehen dicht aneinandergedrängt zwei vollgepackte Plastiktüten. Ganz oben klemmt eine Schale mit Erdbeeren.

»Du hast für ein Picknick eingekauft?«

Es fällt mir schwer, mir vorzustellen, dass der Mann, der während seiner Auftritte Mädchen dazu bringt, kreischend über Absperrungen zu klettern, im Supermarkt steht und Erdbeeren aussucht.

»Das habe ich wohl. Und jetzt musst du mir nur noch sagen, wo ich hinfahren soll. Ein etwas ruhigerer Ort wäre wohl nicht schlecht.«

»Zum Fechenheimer Waldsee.«

Auf seinen fragenden Blick hin buchstabiere ich das Ganze, und er stellt das Navi ein. »Gut«, nickt er, »das ist nur eine halbe Stunde vom Bahnhof entfernt. Na, dann los.«

Um kurz nach drei stellen wir den Wagen am Wilhelmsbader Weg ab. James schnappt sich die beiden Tüten, und über sonnenbetupfte Waldwege führe ich ihn zum See. Unter der Woche ist dort nichts los. Wir suchen uns einen Platz am

Ufer, James lehnt die Taschen gegen einen Baum und setzt sich ins Gras. Mit einer Hand schirmt er die Augen ab und sieht zu mir hoch. Unschlüssig versuche ich abzuschätzen, in welchem Abstand ich mich jetzt angemessenerweise neben ihm niederlassen sollte, da fasst er nach meiner Hand und zieht mich zu sich hinunter.

Ich denke zu viel, glaube ich.

Irgendwann später lege ich James zwei Finger auf den Mund und rücke von ihm ab. »Jetzt bist du mal dran – erzähl mir was von dir.«

»Was willst du wissen?«

»Fang von vorn an.« Ich verschränke die Arme um meine Knie und warte gespannt.

»Da gibt's nicht viel zu erzählen. Keine Geschwister, alleinerziehende Mutter. Sie hat zwei Jobs gehabt, um uns über die Runden zu bringen. Ich habe Gavin kennengelernt, und damit fing alles an.«

»Wo habt ihr euch kennengelernt?«

»Keine Ahnung. Auf der Straße. Irgendwann weißt du, wie sie alle heißen, und dir wird klar, wen du zu deinen Freunden zählst und wen nicht.«

»Gavin war ziemlich sauer, als ich ihn das letzte Mal gesehen habe, oder?«

James nickt langsam. »Gavin ist genau vierzig Tage älter als ich. Wir hatten gerade unsere erste Band gegründet, als wir das festgestellt haben. Seitdem treibt ihn der Gedanke, für alles verantwortlich zu sein.« Ohne darauf zu achten, reißt er beim Sprechen einige Grashalme ab, lässt sie fallen, zupft weiter. »Er ist vermutlich der Einzige, dem Keep on noch wichtiger ist als mir. Für ihn war die Musik schon immer ein Ziel, eine Tür, durch die er gegangen ist, und die er hinter sich geschlossen hat. Ich habe lange gedacht, mein Vater sei ein Arsch, weil er abgehauen ist. Bis ich Gavins Vater kennenlernte, der auch ein Arsch war, aber leider nicht die Fliege gemacht hat.«

Er schließt kurz die Augen, dann sieht er mich wieder an. »Als Gavin das letzte Mal zu Hause war, hat ihn sein Drecksvater so verprügelt, dass er kaum noch zur Tür rauskam. Da war er acht. Seine Mutter stand daneben und hat geheult, aber keinen Finger für ihn gerührt. Danach hat er bei seinen Großeltern gewohnt. Sie waren nett, aber eben auch schon ziemlich alt.« Mit einer Hand zupft James an einer Strähne, die sich bereits vor längerer Zeit aus meinem Haarknoten gelöst hat. »Gavin will nie wieder zurück. Für ihn ist Keep on Dreaming die ganze Welt. Manchmal macht er sich eben Sorgen, irgendwas könne diese Welt zerstören.«

Viel zu viel Zeit ist vergangen. Mein Kopf liegt auf James' Brust, das Hemd ist halb aufgeknöpft, und ich fahre nachdenklich in zarten Schwüngen Linien über seine Haut. Er hat die Augen geschlossen und einen Arm in den Nacken gelegt, mit dem anderen hält er mich fest. Die Sonne scheint nicht mehr ganz so gleißend hell, und ich ahne, dass von diesem Nachmittag nicht mehr viel übrig ist. Wenn jetzt einfach keiner auf die Uhr sähe ... wenn er den Zug verpassen würde ... Ich seufze. Und dann?

Nicht weit entfernt klopft ein Specht, und aus den Augenwinkeln kann ich den Schwan sehen, der diesen See bewohnt. Langsam gleitet er über das stille Wasser.

Vorsichtig richtet sich James auf, schiebt mich dabei ins Gras und beugt sich über mich. Ich wünschte, ich müsste nie damit aufhören, ihn zu küssen. Mit einer Hand gleite ich über die angespannten Muskeln seines Oberarms. Warum, verdammt noch mal, muss er heute noch nach Paris fahren? Warum muss er überhaupt irgendwo hinfahren? Warum kann er kein ganz normaler Typ sein und bei mir um die Ecke wohnen?

James stützt den Kopf in die Hand. »Du könntest mitkommen.«

Als hätte ich nicht schon tausend Mal an diesem Nachmittag darüber nachgedacht. Es funktioniert einfach nicht. Meine Mutter würde einen Anfall kriegen. Ich habe noch zwei Tage Schule, kein Geld für Zugtickets, und wo sollte ich in Paris übernachten – im Tourbus? Davie fällt mir ein. Auf keinen Fall.

»Es geht nicht«, erwidere ich und versuche, den Teil in mir zu ignorieren, der unglücklich um sich schlägt und »Warum nicht?« ruft.

Er küsst mich noch einmal. Beinahe wütend ziehe ich ihn näher. Fahr doch einfach nicht! Bleib einfach hier.

»Wir müssen los«, sagt er, und ich nicke.

Die Tüten aus dem Supermarkt stehen wieder hinter dem Fahrersitz. Wir haben nur die Erdbeeren gegessen. Vor unserem Haus stellt James den Wagen ab und beugt sich zu mir rüber. Ich fühle mich wie in einer amerikanischen Fernsehserie, als ich mein Gesicht in seine Halsbeuge schmiege und noch einmal seinen Duft einatme. Jetzt bloß nicht heulen.

Mit zwei Tüten zu meinen Füßen stehe ich schließlich vor der Haustür und sehe James beim Ausparken zu. Kurz bevor er aus der Parklücke fährt, gehen die Scheibenwischer an, er lacht und setzt den Blinker. Dann biegt der Wagen um die Ecke, und es fühlt sich an, als würde ich aus einem Traum aufwachen. Er ist weg.

Tom steckt neugierig den Kopf herein, während ich in der Küche dabei bin, die Tüten auszupacken. »Wer war das denn?«, will er wissen, aber ich schüttele nur den Kopf. Einige Sekunden lang denke ich, Tom werde weiterbohren, doch wortlos zieht er sich zurück.

Mit brennenden Augen lege ich Äpfel und Birnen in die Obstschale auf der Fensterbank und packe zwei Sahnepuddings in den Kühlschrank. Was um alles in der Welt soll ich jetzt mit einer Flasche Champagner anstellen?

Die Schokolade ist einfach, die kommt mit in mein Zimmer, und die Geleehimbeeren ebenfalls. Ich halte inne. In einer der beiden Tüten liegt ganz unten ein weißer Briefumschlag.

Verblüfft setze ich mich damit auf einen Küchenstuhl.

Ein länglicher Umschlag, ein bisschen zerdrückt, nicht beschriftet. Darin wird sich wohl kaum der Kassenzettel befinden. Ein Brief. Ein Brief von James.

Hastig stelle ich die restlichen Sachen in den Vorratsschrank, packe den Champagner, die Schokolade und die Zuckerhimbeeren in eine der beiden Tüten und renne damit die Treppe zu meinem Zimmer hoch. Dort schiebe ich alles unters Bett, werfe mich quer über die Matratze und öffne vorsichtig den Umschlag. Ein Zugticket. Frankfurt – Paris. Paris – Frankfurt.

SIEBZEHN

Ich kann nicht aufhören, dieses Ticket anzustarren. Eine Zugbindung scheint es nicht zu geben. Ich könnte heute fahren, morgen oder am Freitag. Oder gar nicht. Gar nicht kommt schon mal gar nicht in Frage. Noch mal Juli vorschieben, fällt ebenfalls raus. Einfach von Paris aus zu Hause anrufen? Ich stelle mir das Telefongespräch zwischen meiner Mutter und mir vor und erschauere. Am Ende bringt sie es fertig, mir hinterherzufahren. In meinem Kopf jagt eine Idee die nächste, und leider ist eine verrückter als die andere. Gerade wälze ich den absurden Plan hin und her, mir über die Sommerferien spontan einen Job als Aupair-Mädchen in Paris zu suchen, als die Haustür geöffnet wird.

»Tut mir leid, es ist spät geworden«, ruft meine Mutter, und einige Minuten später: »Katinka, hast du etwa eingekauft?«

Mit einem Satz springe ich auf und renne die Treppe hinunter in die Küche.

»Hallo,« sagt meine Mutter überrascht. »Ist alles in Ordnung?«

»Ich muss mit dir reden!«, erkläre ich und setze mich an den Küchentisch.

Gerade hat meine Mutter noch Joghurt und Milch in den Kühlschrank geräumt, doch nun stellt sie langsam die Tüte ab und setzt sich mit ernstem Gesichtsausdruck zu mir. »Was ist los?«

»Freitag ist der letzte Schultag vor den Sommerferien.«

»Und?«

»Ich will nach der Schule übers Wochenende wegfahren.«

Einen Moment lang hängt ein verblüfftes Schweigen in der Luft.

»Wohin?«

»Nach Paris.«

Beim Zurücklehnen atmet meine Mutter ein. »Nach Paris?« Fast unmerklich nickt sie vor sich hin. »Mit wem?«

»Alleine.«

»Alleine?«

Ich wünschte, sie würde damit aufhören, alles zu wiederholen.

»Übers Wochenende alleine nach Paris«, fasst meine Mutter zusammen. »Warum?«

»Keep on Dreaming spielen da, und ich will sie noch mal sehen.«

Die Wahrheit, aber nicht die ganze Wahrheit. Das hat schon bei Oma Janice funktioniert.

»Für ein Konzert? Nach Paris? Hast du diese Band nicht gerade zweimal hintereinander gesehen?«

Um ein Haar sage ich »Dreimal«, presse aber noch rechtzeitig die Lippen aufeinander.

»Nein, Katinka, tut mir leid, auf gar keinen Fall. Alleine nach Paris? Du bist erst sechzehn! Wie willst du dorthin kommen?«

»Mit dem Zug.«

»Und wo willst du übernachten? Oder willst du wieder mitten in der Nacht zurückfahren? Du bist noch nie in Paris gewesen, du kennst dich da nicht aus, ich lass dich nicht nachts alleine durch Paris laufen! Wegen eines Konzerts! Findest du nicht, dass du es mit dieser Band ein wenig übertreibst?«

Diese Band! Dieser Blog! Ständig dieses herablassende Getue.

»Du hast doch gar keine Ahnung, wie wichtig das für mich ist!«, rufe ich heftig.

»Nein, offenbar nicht.«

Sie steht auf und reißt die Kühlschranktür auf. Mit schnellen Bewegungen wirft sie die restlichen Einkäufe hinein, bevor sie sich wieder zu mir umdreht.

»Erst fährst du heimlich nach Hamburg, und jetzt willst du nach Paris? Kommt gar nicht in Frage!«

Ich springe ebenfalls auf. »Du hast doch gesagt, ich soll mit dir darüber reden, wenn ich irgendwo hin will. Dein blödes faires Gespräch! Und jetzt? Sagst du einfach Nein, ohne überhaupt kapiert zu haben, warum das für mich so wichtig ist!«

»Dann erklär es mir, Katinka! Warum ist das für dich so wichtig?« Mit einem Knall stellt meine Mutter eine Flasche Orangensaft auf den Tisch, und ich zucke zusammen.

»Ist doch völlig egal!« Ich stürze an ihr vorbei. »Was interessiert dich das schon?«

Noch immer liegt das Zugticket auf meinem Bett. Wütend lasse ich es in der Schreibtischschublade verschwinden. Auf jeden Fall werde ich fahren!

Unten höre ich meine Mutter um einiges lauter als nötig Schranktüren zuschlagen.

Warum kann ich nicht schon achtzehn sein? Sechzehn ist doch überhaupt ein ätzendes Alter! Überall kann man schon reinsehen, aber wegen jedem Mist muss man fragen.

Ich setze mich an meinen Rechner und sehe mir die Zugverbindungen an. Noch während ich dabei bin, mir einen Überblick zu verschaffen, klingelt mein Telefon.

»Ist er noch da?« Juli.

»Schon wieder gefahren.«

Meinen folgenden Bericht unterbricht sie nur ein einziges Mal, um »Picknick?« zu rufen, und als ich geendet habe, herrscht für einige Sekunden andächtige Stille.

»Oh Gott«, sagt Juli, »Du und der Sänger von Keep on Dreaming. Das hätte ich ihm echt nicht zugetraut. Was machst du jetzt? Du fährst doch, oder?«

»Meine Mutter ist leider ausgeflippt.«

»Du hast deine Mutter gefragt?«

»Sag einfach nichts dazu, das war eine komplett bescheuerte Idee.« Ich sehe zu meinem Rucksack. »Aber ich fahre. Natürlich fahre ich.«

»Abendessen!«, ruft meine Mutter durch das Haus.

»Ich muss aufhören. Lass uns später noch mal telefonieren, ja?«

Die Atmosphäre am Tisch ist eisig, und ich bin froh, als Markus klingelt. Er und meine Mutter wollen ins Kino, und mit ihr verschwindet glücklicherweise auch die angespannte Stimmung aus dem Haus. Den restlichen Abend über bereite ich das morgige Interview mit Vendetta vor. Außerdem lege ich ein paar Sachen für Freitag zurecht, die ich in einer der hinteren Ecken des Kleiderschranks deponiere. Ich werde Freitagmittag losfahren und mich bei meiner Mutter melden, wenn ich in Paris ankomme. Oder vielleicht auch erst kurz vor dem Konzert.

Zwischendurch telefoniere ich mit Juli. Wenigstens sie kann verstehen, wieso ich Paris auf gar keinen Fall sausen lassen werde.

Erst im Bett denke ich noch mal über James nach, über James und dieses Picknick. Wenn ich mir noch ein einziges Mal in Erinnerung rufe, wie sich seine Lippen auf meinem Hals angefühlt haben, sterbe ich.

Am nächsten Morgen ist die Stimmung zwischen meiner Mutter und mir immer noch frostig. Keiner von uns erwähnt den vergangenen Abend, und mein Schultag verläuft so unspektakulär, wie eben ein Schultag verlaufen kann, wenn gerade ein Video im Umlauf ist, auf dem man mit dem Sänger einer angesagten Band rumknutscht.

Ich klammere mich an Jakos Worte, lasse alle Blicke und das Getuschel über mich hinweg gleiten und hoffe auf die Zeit nach den Sommerferien. Selbst Herr Lorenz scheint mich heimlich anzustarren.

Nach dem Unterricht trotte ich nach Hause und tröste mich mit dem Gedanken, dass ich morgen nur noch die Zeugnisvergabe hinter mich bringen muss, bevor ich nach Paris abhauen werde.

Warum meldet sich James eigentlich nicht? Irgendwie hatte ich erwartet, er würde was von sich hören lassen, sobald er in Paris angekommen ist. Vermutlich schläft er gerade. Dass ich mir mittlerweile sehr genau vorstellen kann, wie James aussieht, wenn er schläft, macht alles nicht wirklich einfacher.

Am Abend wartet Jako bereits vor dem *Nachtleben*, als ich dort eintreffe. In der Schule sind wir fast schon höflich zueinander gewesen. Irgendwann werden wir über alles reden müssen, aber im Moment habe ich einfach keinen Kopf dafür.

Wir geben uns beide Mühe, ganz normal miteinander umzugehen, und ich bin ziemlich erleichtert, als das Konzert beginnt und wir eine Pause einlegen können.

»Willst du rein?« Jako deutet mit dem Kopf Richtung Halle.

Ich zucke mit den Schultern. »Ja, warum nicht?«

Eigentlich habe ich keine Lust. So gut kenne ich Vendetta gar nicht, und ein bisschen zu schnell ist mir ihre Musik auch. Jako geht es garantiert ähnlich, trotzdem drängen wir uns zwischen den Leuten hindurch. In der Nähe der Bühne hat sich ein Kreis gebildet, in dem Pogo getanzt wird, und wir halten einen sicheren Abstand zu den Wahnsinnigen, die sich gegenseitig durch die Gegend rempeln.

»Achtung!« Von hinten boxt jemand sich rücksichtslos den Weg zur Bühne frei. Vergebens versuche ich auszuweichen, doch unmittelbar, bevor ich vielleicht einen Ellbogen abbekomme, dreht Jako sich so, dass er zwischen mir und diesem Vollidioten steht.

»Danke.«

»Klar.« Jako erwidert mein Lächeln.

Von allen Seiten eingekeilt, stehe ich eng an Jakos Brust gepresst, und während ich mich nach vorn drücke, um ein paar Zentimeter Abstand zwischen uns zu bringen, habe ich plötzlich das Gefühl, Jako versucht genau dasselbe, indem er sich zurückstemmt.

Es ist verwirrend, festzustellen, dass mich das stört.

Das Interview läuft gut, Fotos haben wir auch, und erst als wir uns an der U-Bahn-Station voneinander verabschieden, entsteht ein Moment der Verlegenheit, in dem keiner weiß, was er sagen soll.

Jako hebt schließlich zögernd die Hand. »Bis morgen dann.«

Ich sehe ihm nach, wie er sich umschaut und dann die Straße überquert. Heute bringt er mich nicht nach Hause.

Nachdenklich mache ich mich auf den Heimweg. So sollte es zwischen Jako und mir nicht laufen. Das ist völlig falsch. Wir kennen uns schon so lange – ich kann mir nicht vorstellen, wie es ohne ihn sein würde. Und ich will es mir auch gar nicht vorstellen, ehrlich gesagt.

Plötzlich überkommt mich das beklemmende Gefühl, dass da gerade etwas kaputtgeht, was sich vielleicht nie mehr reparieren lässt, und ich bleibe stehen.

Das Geräusch von Schritten hinter mir lässt mein Herz schneller schlagen. Jako. Er ist doch nicht einfach so gegangen. Erleichtert drehe ich mich um.

Der Schmerz, als ich hart mit dem Rücken gegen die Hauswand pralle, kommt so unerwartet, dass ich ihn im ersten Moment gar nicht spüre. Vor mir stehen zwei Typen, eben in der U-Bahn habe ich sie schon einmal gesehen. Jako und ich sind an ihnen vorbeigegangen, ich habe ihre Blicke registriert, aber nicht weiter darüber nachgedacht. Jetzt drückt einer von ihnen seine Hand gegen meinen Hals und presst mich gegen den rauen Verputz. »Halt einfach die Klappe«, zischt er in mein Ohr. Aus den Augenwinkeln sehe ich den anderen Typen grinsen. Mein Shirt wird nach oben gerissen und für den Versuch, es wieder herunterzuziehen, kassiere ich eine heftige Ohrfeige. Kurz verschwimmt alles vor meinen Augen, ich kriege nicht genügend Luft, eine Hand schiebt sich in meine Jeans, dann falle ich auf die Knie.

Der Typ sieht hinter sich, sein Freund liegt auf dem Boden, und ich bekomme gerade noch mit, wie Jako in vollem Lauf dem Scheißkerl vor mir in den Rücken springt. Keuchend stolpert der Typ nach vorn und stützt sich an der Hauswand ab. Ich hole scharf Luft und krieche unbeholfen einen halben Meter weiter, bevor Jako über ihm auftaucht, in seine Haare greift und seinen Kopf mit einem Ruck gegen die Steine knallt.

Der Typ brüllt auf und torkelt benommen zur Seite. Mit der Hand fährt er sich übers Gesicht, und als er das Blut an seinen Fingern registriert, sieht er beinahe überrascht aus. Neben ihm kommt sein Freund auf die Beine, gekrümmt läuft er davon.

Das Arschloch wirft noch einen letzten Blick auf Jako, dann setzt er seinem Freund hinterher.

Jako hockt sich neben mich. »Hey ...«

So genau er eben noch zu wissen schien, was zu tun ist, so hilflos wirkt er jetzt. Ich will ihn anlächeln, fange aber plötzlich so heftig an zu zittern, dass ich meinen Kopf nach vorn sinken lasse und die Arme um meine angezogenen Beine lege. Erst in diesem Moment bemerke ich, dass mein Knie blutet. Der Riss in der Hose war schon vorher da, aber mein Knie ... wenn Jako nicht aufgetaucht wäre, wenn er nach Hause gegangen wäre ... wenn ich jetzt immer noch mit diesen beiden Dreckstypen vor dieser Scheißhauswand stehen würde ...

Ich hole tief Luft, und beinahe hört es sich an wie ein Schluchzen. Jako legt vorsichtig seine Arme um mich, und in den nächsten Minuten sitzen wir einfach nur da, im Schatten zwischen den Straßenlaternen gegen die Hauswand gelehnt. Ich schmiege mich tiefer in seine Umarmung hinein, in seinen vertrauten und beruhigenden Geruch, und wünschte, er würde mich noch fester an sich drücken.

Als ich irgendwann zu ihm hochschaue, sieht Jako nach unten, und ohne darüber nachzudenken, strecke ich mich noch ein bisschen weiter und küsse ihn.

Jakos Lippen öffnen sich, für ein paar Sekunden fühlt sich alles genau so an, wie es sein sollte, dann zieht er sich zurück.

»Das ist wohl gerade keine so gute Idee.«

Verwirrt rutsche ich ein Stück von ihm ab. »Entschuldige.«

Was ist denn los mit mir? Warum habe ich das gemacht?

Jako hat die Augen geschlossen. Verlegen versuche ich, mich aus seiner Umarmung zu winden.

»Ich wollte nicht ... also, ich ...«

Was wollte ich nicht? Jako küssen? Doch, das wollte ich eben durchaus. Ich weiß nur nicht, warum ich das wollte. Und vor allem weiß ich nicht, was da gerade in mich gefahren ist, diesen Gedanken auch sofort in die Tat umzusetzen. Ganz kurz lockert Jako seine Umarmung, dann spannen sich seine Muskeln wieder an.

»Es ist nicht so, dass ich nicht genau das wollen würde.« Er hat seine Augen immer noch nicht geöffnet, den nächsten Satz kann ich kaum verstehen. »Ich hätte mir wohl einen anderen Moment dafür vorgestellt.«

Als er mich schließlich ansieht, ist sein Blick ernst und beinahe abweisend. »Das hier gerade ...« Er deutet mit dem Kinn in die Richtung, in die die beiden Typen verschwunden sind, und zögert. »Keine Ahnung, ob du nicht morgen früh alles bereust, was du jetzt tust. Und außerdem«, obwohl er jetzt lächelt, wird sein Ton kühler, »ist da ja auch noch eine andere Sache.«

Seine Arme öffnen sich. Mit zitternden Beinen stehe ich auf. Ich muss nicht fragen, was er mit dieser anderen Sache meint. Und ich weiß absolut nicht, was ich sagen soll. Ich weiß ja nicht mal, was ich denken soll.

»Ich bring dich nach Hause.«

Schweigend laufen wir nebeneinander her, ohne dass unsere Arme sich auch nur zufällig berühren würden. Selbst, wenn ich wollte, könnte ich jetzt nicht reden. All die Bilder, die sich in meinem Kopf nach vorn drängen, der Schrecken und die Panik und das Gefühl, erst in Jakos Armen wieder atmen zu können ... Aber diese andere Sache, was ist damit? Im Moment fühlt sich alles, was mit James McMillan zusammenhängt, blass an, unwirklich, aber Jako hat Recht, und es lässt sich nicht einfach ausblenden.

Vor der Haustür gelingt es mir kaum, ihn anzusehen. Ich will jetzt einfach in mein Zimmer und mir dort die Decke über den Kopf ziehen. Vielleicht wache ich ja morgen auf, und alles fühlt sich ganz klar an.

Jakos weiche Stimme. »Hey.«

Unglücklich erwidere ich sein Lächeln. Ein Schatten fliegt über sein Gesicht. »Sie sind weg. Ehrlich.«

»Ich weiß, ich ... Jako ...«

Er nimmt mich in den Arm, und ich drücke ihn so fest ich nur kann. Sein Herz schlägt schnell, ich spüre die Wärme, die von ihm ausgeht, und merke erst jetzt, wie kalt mir ist.

»Jako«, flüstere ich noch einmal, und er lässt los, dabei wollte ich das gar nicht.

»Bis morgen«, sagt er leise, und ein zweites Mal in dieser Nacht sehe ich ihm nach, so lange, bis er um die Ecke verschwunden ist.

In meinem Zimmer lege ich das Handy aufs Bett und beginne damit, die Schnürsenkel aufzuknoten. Es gelingt mir nur, sie völlig zu verheddern, und als das Band zwischen meinen Fingern reißt, lasse ich mich auf der Matratze zur Seite kippen.

Wenn ich die Augen öffne, sehe ich genau auf die Schreibtischschublade.

Ich bin schon fast eingeschlafen, da klingelt das Telefon.

»Hi ... wo bist du gerade?«

»Zu Hause«, murmele ich.

»Ich vermisse dich.«

James legt auf. Das Display leuchtet noch eine Weile, dann wird es wieder dunkel.

Oh Gott.

ACHTZEHN

Am nächsten Morgen schlurfe ich mit meinem Rucksack über der Schulter in die Küche, und treffe dort auf meine Mutter, die noch nicht angezogen ist. Verwundert bleibe ich auf der Schwelle stehen. »Musst du nicht gleich los?«

Sie hält mir einen Teller mit Marmeladenbroten vor die Nase und schüttelt den Kopf. »Heute nicht. Ich habe frei genommen. Wann bist du zu Hause?«

Sie hat sich frei genommen? Wieso das denn? Will sie etwa höchstpersönlich darauf aufpassen, dass ich nicht nach Paris fahre? Völlig perplex nehme ich den Teller entgegen.

»Gegen elf«, antworte ich. »Warum bist du heute hier?«

»Wir müssen nachher noch etwas besprechen.«

Ich starre sie an. Das glaub ich einfach nicht!

»Du hast frei genommen, weil du mit mir etwas besprechen musst?«

»Den Vormittag, um genau zu sein. Und jetzt iss!« Sie schiebt mich aus der Küche. »Sonst kommst du zu spät.«

Immer noch fassungslos setze ich mich an den Esszimmertisch. Vorhin, nach dem Aufwachen, war ich noch meilenweit davon entfernt, nach Paris fahren zu wollen, aber dass meine Mutter es offenbar für nötig hält, mich zu überwachen, lässt mich schwer an den Marmeladenbroten kauen.

»Ich hab keinen Hunger.«

»Dann lass es eben liegen«, tönt es aus der Küche.

»Mach ich auch«, murmele ich und stehe in dem Moment auf, in dem Tom gähnend das Esszimmer betritt. Verwundert sieht er mich an, als ich ohne ein Wort an ihm vorbeilaufe.

»Bis später!«, höre ich meine Mutter noch rufen, bevor sich die Haustür hinter mir schließt.

In der Schule lässt mich das immer noch vereinzelt auftauchende Getuschel und Gekicher kalt. Auf dem Weg zu meinem Klassenzimmer halte ich nach Jako Ausschau, entdecke ihn aber nirgends.

Juli sitzt bereits an unserem Platz. »Und?«, will sie wissen. »Steht dein Plan noch?«

»Weiß nicht«, erwidere ich unbestimmt.

»Du weißt es nicht? Wieso das denn jetzt?«

Herr Lorenz kommt mit der Zeugnismappe herein. Dankenswerterweise hält er seine Abschlussrede wie immer kurz und knapp, und unmittelbar, nachdem er alle Zeugnisse verteilt hat, sind wir nicht wirklich feierlich aus der zehnten Klasse verabschiedet. Herzlich Willkommen in der Elften, hurra.

Im Strom der anderen Schüler lassen wir uns zum Schulportal hinaustreiben.

»Also, was ist jetzt?«, fragt Juli ungeduldig. »Warum weißt du plötzlich nicht mehr, ob du nach Paris willst? Was ist mit McMillan?«

Ich warte, bis wir aus dem größten Trubel raus sind, und lehne mich dann gegen eine Hauswand. »Gestern war ich mit Jako doch bei Vendetta.«

Juli nickt und sieht plötzlich misstrauisch aus. »Und?«

In ein paar Sätzen breite ich vor ihr aus, was nach dem Konzert passiert ist. »Die beiden sind abgehauen, ich hab fast geheult, und dann haben wir uns geküsst«, fasse ich den letzten Teil des Abends einigermaßen knapp zusammen.

»Bitte, was? Seid ihr zur Polizei gegangen?«

Kopfschüttelnd reibe ich mir mit beiden Händen über das Gesicht. »Sind wir nicht.«

»Wieso nicht? Vielleicht hätte man –«

»Es ist ja nichts weiter passiert. Und außerdem haben wir direkt danach … einfach nicht daran gedacht.«

Durch Julis besorgten Blick kommt dieser fiese Moment von gestern Abend wieder viel zu nahe an mich heran, und es kostet mich einiges an Energie, ihn wieder zurückzudrängen.

»Solche Scheißkerle«, murmelt sie.

Ungelenk schiebe ich die Hände in die Taschen meiner Jeans. In diesem Moment fühlt sich der raue Stoff über meinem aufgeschlagenen Knie unangenehm an.

»Und jetzt lässt du McMillan sausen?«

»Weiß ich nicht. Ich weiß nicht, ob ich nach Paris fahren soll. Hättest du mich gestern Nacht gefragt, hätte ich Nein gesagt. Ganz davon abgesehen sitzt sowieso meine Mutter zu Hause und passt auf, dass ich es nicht tue.«

»Wenn du fährst, kannst du das mit Jako jedenfalls vergessen.«

Das mit Jako. »Du redest so, als wäre da schon was zwischen Jako und mir.«

»Und? Ist es das nicht? Ich sag dir jetzt mal was.« Juli lehnt sich neben mich. »Wenn es nach Jako ginge, wäre da bereits seit Monaten was zwischen dir und ihm.«

Ähm, was?

»Guck mich nicht so an! Als du so beschäftigt damit warst, dir zu überlegen, ob du vielleicht was von ihm willst, hätte ich es dir beinahe erzählt.«

»Warum hast du nicht?«

»Ich weiß es von Levin«, gesteht Juli zerknirscht, »und ich hab ihm versprochen, es dir nicht zu verraten.«

»Du hättest es mir trotzdem sagen müssen!«

Ein paar Schüler schlendern an uns vorbei, und wir stehen wortlos nebeneinander, bis sie außer Hörweite sind.

»Ich dachte auch, ihr würdet das schon selbst hinbekommen«, beginnt Juli wieder. »Aber dann war da diese Sache mit Lea, und direkt danach hast du McMillan getroffen. Und nach dem, was in den letzten Tagen zwischen dir und ihm gelaufen ist ...«

Mit geschlossenen Augen atme ich einmal tief ein und wieder aus. Könnte bitte irgendjemand dafür sorgen, dass nicht alles in meinem Leben, das mich komplett aus der Fassung bringt, innerhalb von vier Wochen passiert?

»Katinka?«

»Mh?«

»Was hast du jetzt vor?«

»Jetzt geh ich erst mal nach Hause.«

Auf dem Heimweg wächst mit jedem Schritt meine Wut gegen alles und jeden. Ich bin wütend auf Juli, weil ich mir blöd vorkomme, wenn ich daran denke, dass sie sich wochenlang meine Zweifel wegen Jako angehört hat, ohne etwas zu sagen. Hätte es was geändert? Woher soll ich das jetzt wissen? Wäre ich mit James losgezogen, wenn ich nicht so sauer auf Jako gewesen wäre, weil er Milla und Lea zum Konzert mitgebracht hat? Vielleicht hätte das zwischen uns ja schon zu diesem Zeitpunkt ganz anders ausgesehen.

Und Levin ist Jakos Freund. Warum quatscht er mit Juli über Dinge, die sie gar nichts angehen? Warum redet Jako überhaupt mit Levin darüber und nicht mit mir? Weil er sich letztlich doch nicht sicher ist? Oder was?

Und warum sitzt meine Mutter zu Hause und passt auf, dass ich nicht nach Paris abhaue, und warum muss James jetzt gerade so weit weg sein?

Wie soll ich denn auf die Reihe kriegen, was ich in diesem ganzen Durcheinander will, wenn der eine nicht mit mir redet, und der andere gar nicht da ist?

Irgendwo rumort der Gedanke, dass nicht alles, was mir gerade durch den Kopf schießt, ganz fair ist, aber ich bin nicht in der Stimmung, darauf zu achten.

In denkbar schlechtester Laune komme ich zu Hause an und will sofort in meinem Zimmer verschwinden.

»Katinka?«

Entnervt bleibe ich auf der Treppe stehen. »Was?«

Meine Mutter steht vor dem Esszimmer. »Hallo, erst mal. Kommst du bitte gleich mit in die Küche? Bringen wir es hinter uns.«

Missmutig folge ich ihr. Sie weist auf einen Stuhl, und ich lasse mich darauf fallen.

»Also«, beginnt sie und setzt sich mir gegenüber. »Wann ist dieses Konzert, zu dem du möchtest?«

»Heute Abend.«

»Gut. Dann fahr hin.«

Mein Unterkiefer sinkt herab. Vernehmlich schließe ich den Mund wieder. »Was?«

»Ich sagte: Fahr hin. Vorher möchte ich allerdings mit dir klären, wie du hinkommst, wann du dich dort wo aufhältst und vor allen Dingen, wie du wieder zurückkommst. Ich nehme an, du hast schon Zugverbindungen herausgesucht?«

Im Moment kann ich nur nicken.

»Dachte ich mir. Was kostet diese Fahrt?«

»Ich hab schon ein Ticket«, flüstere ich.

Meine Mutter beugt sich vor. »Du hast schon ein Ticket? Von welchem Geld hast du das bezahlt? Du hast doch wohl nicht etwa schon wieder Oma Janice gefragt?«

»Es war ein Geschenk.«

»Ein Geschenk?« Sie lehnt sich in ihrem Stuhl zurück. »Lass mich raten: Wer auch immer dir dieses Zugticket geschenkt hat, sorgt auch dafür, dass du noch eine Karte für das Konzert heute Abend bekommst?«

Ich nicke wieder, und meine Mutter atmet tief ein.

»Hör zu, Katinka. Ich halte das nach wie vor für eine völlig unsinnige Idee. Für unsinnig und auch für nicht ganz ungefährlich. Hätte ich nicht mit Markus darüber gesprochen, würden wir jetzt nicht hier zusammen sitzen. Er ist allerdings der Ansicht, es sei klüger, im Vorfeld mit dir zu zu klären, wie das Ganze ablaufen soll, statt darauf zu hoffen, dass du dich nicht wieder spontan alleine auf den Weg machst.« Sie hält inne. »Hättest du das getan?«

»Weiß ich nicht.« Das ist die ehrlichste Antwort, die ich ihr im Moment geben kann.

Einen Augenblick lang presst meine Mutter die Finger gegen die Schläfen. »Irgendwie wusste ich ja die ganze Zeit, dass da mehr als nur deine Musik dahintersteckt. Das ist doch so, oder? Wie heißt derjenige, von dem du das Ticket hast?«

»James McMillan.«

»Hat er etwas mit dieser Band zu tun?«

»Er ist der Sänger.«

Sie lacht auf, und irritiert sehe ich sie an. »Was ist daran so lustig?« Mein Ärger kämpft unter meiner Fassungslosigkeit darum, wieder an die Oberfläche zu kommen, doch meine Mutter winkt ab. »Nichts, es ist nur ... muss es denn ausgerechnet der Sänger einer Rockband sein? Hätte es nicht irgendein netter Junge aus deiner Schule auch getan?«

Sie redet weiter, noch bevor ich den Mund öffnen kann. »In Ordnung. Lass uns darüber sprechen, wie genau das Ganze ablaufen wird.«

Das Zugticket liegt neben mir auf dem Bett. Noch immer kann ich kaum glauben, dass ausgerechnet meine Mutter mir den letzten Schubs in Richtung Paris verpasst hat. Sie hat sogar eine Jugendherberge in der Nähe der Konzerthalle herausgesucht. Angespannt greife ich nach meinem Handy.

Vielleicht ist es falsch. Es wäre so leicht, einfach gar nichts zu tun. Einfach hierzubleiben, mich für heute Abend mit Juli und Jako zu verabreden. Wir könnten ins *Cave* gehen, um den Beginn der Sommerferien feiern. Aber ich will etwas wissen. Ich muss das wissen. Mit dem Finger berühre ich das Display.

»Hi.« Jako klingt erfreut, und alles, was ich mir zurechtgelegt habe, löst sich in Luft auf.

»Hi, ich bin's. Jako ... ich fahre jetzt gleich nach Paris.« Einen Moment lang widerstehe ich dem Impuls, mir gegen die Stirn zu schlagen. So direkt wollte ich eigentlich nicht loslegen.

»Nach Paris? Jetzt?«

»Ja, es ist so ...« In vollem Galopp presche ich mit der Wahrheit vor, jedenfalls so weit, wie ich sie selbst zu fassen bekomme. »Du hast gestern gesagt, da sei noch etwas offen, und damit hast du Recht. Ich muss das für mich klar kriegen, kannst du das verstehen?«

Oh, bitte, sag, dass du das verstehen kannst, sag, dass es in Ordnung ist, sag ...

»Fahr nicht.«

Mein Herz zieht sich zusammen.

»Jako, wenn ich da heute nicht hinfahre, dann ... ich ...«

»Dann was?«

»Dann fühlt sich das nicht richtig an.«

Zwei Sekunden. Drei Sekunden. Die Worte hallen in meinem Kopf nach, und sie klingen ganz anders, als sie hätten klingen sollen.

»Das ist wohl auch eine Art Entscheidung. Viel Spaß in Paris, Katinka.« Jako atmet hörbar aus, dann klickt es.

Verstört lasse ich das Handy sinken. Das hätte ganz anders laufen sollen. Und was genau hast du denn erwartet?, meldet sich mein Zweit-Ich. Dass er sagt: Kein Problem, lass dir Zeit, ich drehe so lange ein paar Warteschleifen?

Minutenlang sitze ich da und sehe auf das Telefon in meinen Händen, dann stehe ich auf und greife nach meinem Rucksack. Auch, wenn Jako das überhaupt nicht verstehen kann, auch, wenn ich selbst nicht sicher bin, ob ich mich verstehe, auf jeden Fall muss ich James noch einmal sehen. Ich will wissen, wie es sich anfühlen wird, ihm gegenüberzustehen. Was ich dann tun werde, wenn ich es weiß – keine Ahnung.

NEUNZEHN

Pünktlich um kurz nach fünf fährt der Zug am Pariser Ostbahnhof ein, aber es dauert ziemlich lange, bis ich die richtige U-Bahn gefunden habe. Eingeklemmt zwischen abweisend guckenden Menschen schreibe ich meiner Mutter eine Nachricht, überlege kurz, ob ich auch James eine schreiben soll, und packe das Handy wieder in den Rucksack. Er meldet sich ja schließlich auch nicht.

Odd Fish und Keep on Dreaming spielen im *Zénith*. Vor der Konzerthalle ist schon einiges los, obwohl der Einlass noch nicht eröffnet worden ist. Aufgeregte Fans drücken sich gegen die Absperrgitter, und ich laufe an ihnen vorbei auf der Suche nach dem Ticketschalter für die Presse. Irgendwo da drin ist James. Ob er davon ausgeht, dass ich komme?

Mit einem grunzenden Geräusch schiebt der Typ am Schalter mir einen Backstagepass zu. Ich hefte mir den Klemmverschluss an die Jeans, lasse die Roadies am Eingang einen Blick in meinen Rucksack werfen und betrete den Vorraum zur Konzerthalle. Wenn ich das richtig mitbekomme, sind Odd Fish noch beim Soundcheck. Alle Türen zum Innenraum stehen offen, doch fürs Erste verschwinde ich in einem Waschraum und stelle mich dort vor den Spiegel. Auch wenn sich Jako weiterhin stur in meine Gedanken drängt, fühlt sich mein Mund trocken an, und mein Gesicht sieht blass aus. Langsam wasche ich mir die Hände. Keine Ahnung, wie Gavin reagieren wird, wenn er mich entdeckt. Das letzte

Mal hat er mich eindeutig zum Teufel gewünscht. Nicht zu vergessen Heather oder Davie und seine dämlichen Kommentare. Nachdem mir auch noch die neugierigen Blicke in den Sinn kommen, die mir letztes Wochenende ständig von allen Seiten zugeworfen worden sind, reiße ich die Tür des Waschraums auf. Wenn ich weiter über alles nachdenke, werde ich das Konzert auf der Toilette verbringen.

Ich laufe durch den erstbesten Eingang und bleibe am Rand der Halle stehen. Odd Fish springen gerade von der Bühne, direkt davor erkenne ich Davie, der mit einigen Leuten von der Crew zusammensteht. Dann entdecke ich Gavin, der in diesem Moment in meine Richtung blickt. Er hat sich mit jemandem unterhalten, doch jetzt hält er inne und mustert mich finster. Der Typ vor ihm dreht sich nach hinten, um herauszufinden, was plötzlich Gavins Laune so verhagelt hat. Unbehaglich beiße ich mir auf die Unterlippe. Ein fröhliches Willkommen sieht anders aus.

Da ist James! Mein Herz vollführt einen Doppelhüpfer. Er steht in der Nähe von Davie in einer größeren Gruppe, auch Tom Daniels von Odd Fish ist dabei. Außerdem zwei Frauen, keine von ihnen ist Heather. Gerade, als ich ein paar Schritte vorgehen und vielleicht eine Hand heben will, um auf mich aufmerksam zu machen, drängt sich eine der beiden an James heran. Lachend schiebt sie die langen Haare zur Seite und zieht ihr Top so weit runter, dass sich der ohnehin nicht sehr dezente Ausschnitt noch mal um ein gutes Stück vergrößert. James nimmt den Stift, den einer aus der Gruppe ihm hinhält, und setzt schwungvoll seine Unterschrift quer über ihr Dekolleté. Also, ich hoffe, es ist seine Unterschrift und nicht seine Handynummer.

Anschließend lässt er es sich ganz offenbar nicht ungern gefallen, dass diese dämliche Kuh ihm erst die Hände auf die Hüften legt und ihre Finger dann unter sein helles Shirt wandern lässt.

»Was machst du hier?«

Erschrocken schnappe ich nach Luft. Gavin sieht mich unfreundlich an.

»Ich ... James hat mich eingeladen.«

»Und dann fährst du einfach mal nach Frankreich, nur weil James zu dir sagt, es wäre nett, wenn du kommen würdest?«

Sein Sarkasmus ist nicht zu überhören, und obwohl der sogar berechtigt ist, fühle ich Ärger in mir aufsteigen. »Ich hätte es wohl nicht getan, wenn er mir nicht das Zugticket geschenkt hätte.«

»Was hat er?«, erwidert er ungläubig. Mit einer Hand fährt er sich übers Gesicht, bevor er mit schneidender Stimme fragt: »Und jetzt? Bist du froh, hier zu sein?« Er tritt zur Seite. Mittlerweile hat die Frau beide Arme um James' Hals geschlungen.

»Ich hab's dir schon mal gesagt: James ist nicht der Typ, der sowas ernst nimmt. Ihm passiert nur nicht oft, dass er nicht sofort bekommt, was er will. Lass ihn einmal ran, und du wirst sehen, was ich meine. Nur, weil er einen Abstecher nach Frankfurt gemacht hat, heißt das absolut nicht, dass ihm diese ganze Sache mehr bedeutet!«

Wortlos sehe ich Gavin an. Irgendwie glaube ich das gerade auch.

Seine Züge werden etwas weicher. »Ich sage das nicht, weil ich dich nicht leiden kann. Hey, ich kenne dich schließlich gar nicht. Aber diese Geschichte zwischen dir und James, das führt zu nichts.« Mit einer Hand fährt er mir über die Wange.

»Finger weg! Sie gehört zu mir.« James steht neben uns.

»Gottverdammt, James!« Wütend tritt Gavin zwei Schritte zurück. Unbeeindruckt zieht James mich mit einem Arm an sich.

»Hätte ich gewusst, was daraus wird, hätte ich dir im Bus völlig freie Hand gelassen! Dann wäre dieser ganze Mist am nächsten Morgen nämlich bereits beendet gewesen.«

»Halt die Klappe, Gavin. Das geht dich gar nichts an.«

Gavin schüttelt den Kopf, macht eine wegwerfende Handbewegung und läuft quer durch die Halle zur Bühne.

Ausatmen.

»Ich muss auch gleich vor.« James sucht meinen Blick. »Was auch immer Gavin gerade zu dir gesagt hat, er hat keine Ahnung.«

»Aber das eben, diese Mädchen ...«

»Fans. Das gehört dazu. Es hat nichts zu bedeuten.« Sein Gesicht ist ernst.

Ist Heather auch ein Fan?

»Wir reden nach dem Konzert darüber, okay? Wo bist du dann?«

»Keine Ahnung.«

Er nimmt meine Hand und zieht mich nach draußen. »Wenn du nach hinten durchgehst, siehst du neben dem Merchandise-Stand die Treppe zu den Logensitzen. Wir treffen uns da nach unserem Auftritt.« Er lächelt mich an, und automatisch lächle ich zurück. »Es ist schön, dass du hier bist.«

Eine Weile stehe ich da und sehe zu dem Eingang, durch den James gelaufen ist. Dann gehe ich einige Schritte zur Seite und lasse mich langsam an der Wand hinunterrutschen. Ich presse die Hände gegen die Schläfen und streiche mir die Haare aus dem Gesicht. Und jetzt?

Nach Gavins Reaktion habe ich zu nichts weniger Lust, als nach oben in den Crewbereich zu gehen. Warum ist er eigentlich nur mir gegenüber so abweisend? Die anderen Mädchen um James stören ihn doch auch nicht. Ich lege den Kopf in den Nacken. Und dabei dachte ich am Anfang, wir würden uns sogar ganz gut verstehen.

Bis zum Konzert dauert es noch über eine Stunde, und ich habe keinen Schimmer, was ich in dieser Zeit machen soll. Umständlich rappele ich mich auf und öffne eine der Glastüren, die nach draußen zu den Parkplätzen führen. Einen weiten Bogen um die Busse schlagend, laufe ich bis zu dem hohen Metallzaun, der den Parkplatz umgibt.

Nur einmal angenommen, Gavin hat nicht vollkommen Recht, und James nimmt das zwischen uns doch ernster – was würde das letztlich bedeuten?

Er lebt in Edinburgh, ich in Frankfurt.

Er ist im Moment ständig auf Tour, ich gehe noch zur Schule.

Er ist vierundzwanzig, ich bin erst sechzehn, er hat ständig und dauernd irgendwelche Frauen an sich hängen, und ich fühle mich nicht unbedingt wie Superwoman. Nur Fans. Schon klar. Ich möchte wissen, was er sagen würde, wenn ich Fans hätte, die mir mal eben unters T-Shirt greifen.

Mein Rucksack fällt zu Boden, ich setze mich daneben, den Rücken an die unbequemen Metallstäbe gelehnt, und denke an Jako und daran, dass meine Aufzählung nicht einmal vollständig ist.

Im Inneren der Halle ist es voll geworden. Seit einer Weile hänge ich vor dem Merchandise-Stand herum, doch als jetzt die Lichter ausgehen und das Geschrei lauter wird, halte ich den Roadies an der Treppe meinen Ausweis vor die Nase und steige die Stufen nach oben. Das Intro hat bereits eingesetzt, ich laufe bis zur Balustrade und recke mich vor, um einen ersten Blick auf James zu erwischen. Er hat sich umgezogen und trägt jetzt statt Jeans und T-Shirt eine schwarze Lederhose und ein weites, graues Shirt, auf dem in schwarzen Blockbuchstaben das Wort ›Monster‹ zu lesen steht.

Dagegen, dass die Musik mich sofort wieder packt, kann ich nichts tun, und dagegen, dass mir bei seiner Stimme die Knie weich werden, auch nicht. Beides klopft vorher nicht höflich in meinem Kopf an, um zu fragen, ob diese speziellen Emotionen in dieser Sekunde vielleicht genehm wären.

Trotzdem denke ich genau jetzt auch an Jako und an das, was er zuletzt zu mir gesagt hat. In dem Versuch, das verworrene Gefühlsknäuel in mir auseinanderzuzupfen, schließe ich die Augen.

»Hi.«

Oh nein.

»Auch wieder da?«, brüllt Heather in mein Ohr.

Ich ärgere mich darüber, versehentlich ihr unechtes Lächeln erwidert zu haben und zucke statt einer Antwort mit den Schultern. James springt von dem Podest, auf dem Gavins Schlagzeug steht, und facht mit ausgebreiteten Armen die Fans in den ersten Reihen an. Heathers Gesicht ist der

Bühne zugewandt, doch als sie jetzt weiterspricht, tut sie es laut genug, um von mir nicht überhört zu werden: »Eigentlich siehst du nicht so aus, als wär's dir egal, dass Jamie jeden Abend eine Neue abschleppt.«

Mit einem lautlosen Aufstöhnen lasse ich den Kopf auf die raue Balkonumrandung sinken. Heathers Lächeln hat jetzt etwas sehr Zufriedenes, jedenfalls solange, bis ich mich zu ihr beuge. »Dann bist du ja schon ziemlich lange nicht mehr dran gewesen, oder?«

Ich lasse sie stehen und suche mir einen anderen Platz. Wenn sie mir jetzt nachläuft, werde ich sie übers Geländer werfen. Wie deutlich will ich es mir eigentlich noch abholen? Heather, Gavin, dieses Mädchen, das vorhin James ihren Ausschnitt unter die Nase gehalten hat. Nicht zu vergessen James selbst, samt seiner »Sind doch nur Fans«-Einstellung. Gibt es denn überhaupt irgendwas, das dafür spricht? Abgesehen davon, dass sich mein Herzschlag verdoppelt, sobald ich ihn sehe? Warum ist das überhaupt so? Weil er er ist? Oder weil er der Sänger von Keep on Dreaming ist?

Die Menge in der Halle bewegt sich wellenförmig vor und zurück. Direkt neben den Absperrgittern hat sich ein Bereich gebildet, in dem die Leute sich gegenseitig nach allen Seiten schubsen, und die Roadies sehen ziemlich beschäftigt aus. Keep on Dreamings nächster Song, den James gerade ankündigt, ist allerdings kaum dafür gemacht, die aufgedrehte Stimmung wieder runterzufahren. Der Sound lässt das Geländer unter meinen Händen vibrieren. James streckt sich nach einer Wasserflasche, ein Roadie ruft ihm etwas zu, und er nickt. Dann läuft er in die Mitte der Bühne und hebt das Mikro, der harte Beat der Leadgitarre setzt ein. In diesem Moment fliegt etwas durch die Luft. James greift sich an den Kopf und schwankt zwei Schritte zurück, gleichzeitig schreie ich auf. Eine Dose, Davie hebt sie gerade hoch! Wie um alles in der Welt hat es jemand geschafft, eine Dose in die Halle zu schmuggeln? Und warum, verdammt noch mal, hat er sie jetzt gegen James geschleudert?

Einen Augenblick lang sieht es so aus, als würde die Band einfach weitermachen. Nur Davie gestikuliert in Richtung der Roadies und deutet auf die Stelle, von der aus die Dose aus dem Publikum geworfen wurde. James singt die ersten Zeilen von *Get Out of My Way*, bricht dann jedoch ab. Er zeigt auf jemanden, einen Fuß hat er vor sich auf die Lautsprecherbox gestellt. Über seine linke Gesichtshälfte läuft Blut, und neben mir geraten einige Leute in Bewegung. Mit einem gezischten *»Fucking asshole!«* lässt er plötzlich das Mikro fallen und stürzt sich in die Menge.

Mehrere Roadies springen hinterher, Ewan und Andy laufen zum Bühnenrand. Ein gellendes Pfeifkonzert setzt ein, die meisten haben gar nicht mitbekommen, was gerade passiert ist. Deckenlichter flammen auf, irgendetwas wird durchgesagt, aber selbst wenn mein Französisch besser wäre, könnte ich es in dem Lärm ohnehin nicht verstehen. Dort, wo die Roadies in die Menge eingetaucht sind, ist alles in Bewegung, ich erwische einen kurzen Blick auf James, der heftig auf jemanden einschlägt, bevor mir die Roadies wieder die Sicht verdecken. Ein paar Sekunden später werden James und ein anderer Typ aus der Menge herausgezogen. Jemand aus der Crew läuft auf ihn zu und scheint sich die Wunde ansehen zu wollen, aber James stößt ihn nur zur Seite. Mit gesenktem Kopf läuft er durch den Fotograben, klettert auf die Bühne und verschwindet in einem Seiteneingang. Davie stürzt ihm nach. Die meisten Lichter gehen wieder aus. Gavin beugt sich über sein Schlagzeug und ruft Andy etwas zu, der mit den ersten Takten von *Freak Show* loslegt. Diesen Song haben sie während der letzten Konzerte nicht gespielt, aber er kann mit einem sehr langen Intro punkten, und das wird in diesem Moment wohl benötigt.

Angespannt sehe ich zu der Stelle, wo James hinausgelaufen ist. Davie taucht dort wieder auf und greift nach seinem Instrument, doch keine Spur von James. Das Publikum, das sich gerade etwas beruhigt hatte, beginnt wieder zu pfeifen. Wo bleibt er denn? Geht es ihm gut?

Als er dann endlich zurück auf die Bühne kommt, empfängt ihn die Menge so begeistert, als habe es gar keinen Zwischenfall gegeben. Ohne ein weiteres Wort greift er zum Mikro, das Blut ist verschwunden. Wie er sich jetzt wohl fühlt? Angestrahlt von den Scheinwerfern ist es für ihn fast unmöglich, irgendwas im Publikum zu erkennen, er jedoch bietet eine perfekte Zielscheibe. Dieser Gedanke ist mir bisher noch nie gekommen, und ich wette beinahe, ihm auch nicht.

Während des restlichen Konzerts ist die Stimmung hier oben verhalten, und als Keep on Dreaming nach dem letzten Song die Bühne verlassen, gehen sehr schnell die Lichter an. Eine Zugabe gibt es heute nicht.

Der Balkon leert sich beinahe völlig. Ich setze mich nach hinten auf einen der gepolsterten Klappsessel und lasse den Kopf gegen die Lehne sinken. Ganz kurz spiele ich mit dem Gedanken, James zu suchen, aber der Trubel um ihn herum dürfte auch ohne einen Gavin, der die Wand hochgeht, wenn er mich sieht, heftig genug ausfallen.

Stattdessen krame ich mein Handy hervor und versichere meiner Mutter noch einmal, dass alles in Ordnung ist. Ich habe lange mit ihr wegen des zweiten Konzerts morgen diskutieren müssen. Ihr wäre es sehr viel lieber gewesen, wenn ich vormittags wieder nach Hause gefahren wäre, aber ich wollte so viel Zeit mit James wie möglich herausschlagen, und zwar abseits der Halle, so wie bei unserem Picknick im Wald. Ich wollte mich noch einmal mit James treffen, nicht mit dem Frontman von Keep on Dreaming.

Die ersten Leute trudeln wieder ein, und als die Lichter ausgehen, stemme ich meine Füße gegen den Sitz vor mir und lege die Arme über die Knie.

Odd Fish starten ihre Show, und fast alle drängen sich vor an das Geländer. Geistesabwesend betrachte ich die Menschen vor mir, mit denen ich überhaupt nichts zu tun habe.

Jemand greift über meinen Kopf hinweg nach meiner Hand. James macht eine Kopfbewegung in Richtung Treppe und hilft mir dabei, über die Lehne zu klettern. Sekunden später laufen wir zusammen die Stufen hinunter.

Er trägt wieder Jeans und Turnschuhe und hat sich ein dünnes, schwarzes Kapuzenshirt übergezogen, dessen Kapuze er beim Laufen hochzerrt. Mit gesenktem Kopf knurrt er die paar Leute, die es trotzdem wagen, ihn anzusprechen, unwillig an. Wütend sieht er aus, abweisend. Diese Seite an ihm kenne ich noch gar nicht. Als wir die Halle verlassen, wird er noch schneller.

»Wo willst du eigentlich hin?«, rufe ich.

»Weiß ich nicht!« Abrupt bremst er ab. »Zuerst …«

Mit beiden Armen umfasst er mich so fest, dass mir beinahe die Luft wegbleibt. Vorsichtig streiche ich seine Haare zur Seite und beiße unwillkürlich die Zähne zusammen. Autsch. Das sieht schmerzhaft aus.

James weicht zurück, die Haare fallen ihm wieder ins Gesicht. Sein Blick, der gerade eben erstmalig an diesem Abend etwas weicher geworden ist, verschließt sich erneut, und mir wird plötzlich bewusst, dass er mit dem, was vorhin auf der Bühne geschehen ist, nicht klarkommt. Es ist nicht nur das Gefühl des Ausgeliefertseins, es ist auch die Ablehnung, die für ihn dahintersteht. Er ist wirklich verletzt, und dabei geht es nicht nur um die Wunde an seiner Schläfe, die mit Tapes verpflastert worden ist.

»Eiffelturm?«, fragt er.

Ich sehe ihn an, dann nicke ich.

Gemeinsam stehen wir kurze Zeit später vor einer Karte des Pariser Métronetzes und fahren mit den Fingern die Linien nach, bis wir herausgefunden haben, welche Métro wir nehmen müssen. Wir sitzen bereits im Wagen, bevor James mir von den Ereignissen hinter der Bühne berichtet.

»Jetzt steht noch aus, ob ich eine Anzeige wegen Körperverletzung an den Hals bekomme.«

»Wieso du?«

Er verzieht das Gesicht. »Na ja, wir müssen ja erst mal jemanden finden, der gesehen hat, wie dieser Bastard die Scheißdose auf die Bühne geschleudert hat.« Sein Grinsen gerät ein wenig schief. »Mich haben ziemlich viele gesehen.«

Wir fahren bis *Trocadéro*, und als wir dort aussteigen, schließen wir uns den Leuten an, die ebenfalls zum Eiffelturm schlendern. James hat seinen Arm um mich gelegt, und bis auf den Moment, in dem zwei Mädchen ihn um Autogramme bitten, fühlt es sich beinahe so an, als wäre ich mit einem ganz normalen Typen unterwegs.

Der Eiffelturm ist unglaublich. Ich habe ihn schon unzählige Male auf Bildern gesehen, aber als ich jetzt mit nach oben gerichtetem Blick darunter durchlaufe, gerate ich ins Stolpern, so beeindruckend finde ich ihn.

»Willst du hoch?«, fragt James.

»Geht das denn noch?«

Er zeigt auf die langen Warteschlangen, die von den Pfeilern ausgehen. »Bis kurz nach Mitternacht.«

Den Kopf in den Nacken gelegt starre ich nach oben.

James legt mir einen Arm um die Hüften und zieht mich mit sich. »Ich habe eine andere Idee.«

Auf der Wiese vor dem Eiffelturm sitzen und liegen Leute auf Decken oder einfach im Gras, und James führt mich zwischen ihnen hindurch.

»Hast du wieder ein Picknick organisiert?«

»Besser.«

An einem freien Platz lässt er sich fallen und weist einladend neben sich. Neugierig setze ich mich neben ihn.

»Und jetzt?«

»Wart's ab. Geht gleich los.«

Das mächtige Bauwerk erhebt sich schwarz in den beleuchteten Nachthimmel. Um uns herum wird gelacht und geplaudert, als wäre es nicht bereits mitten in der Nacht, sondern heller Nachmittag.

»Jetzt«, sagt James leise.

Der Eiffelturm beginnt zu blinken. Unzählige Lichter leuchten auf, flackern, verlöschen, erstrahlen wieder neu. Dieses gigantische Bauwerk aus Metall wirkt mit einem Mal so, als würde es sich im nächsten Moment glitzernd und strahlend in die Luft erheben, und ich halte den Atem an. Das gehört zum Schönsten, was ich je gesehen habe. Als das Funkeln und Leuchten nachlässt und die Lichter alle erloschen sind, seufze ich so laut, dass James neben mir auflacht.

»Das war wunderschön!«

Er nickt.

»Woher hast du das gewusst?«

»Mikes Reiseführer. Er blinkt zur jeder vollen Stunde. Wir haben es gestern schon gesehen.«

Sein Arm umfasst meine Schultern, während seine Lippen über meine Wange streifen, und als er mir plötzlich leicht ins Ohr beißt, muss ich beinahe lachen. Die Luft ist warm, und James' Gesicht dem meinen so nah. Wenn ich an ihm vorbeischaue, kann ich den Eiffelturm sehen. Er küsst mich, will mich küssen, doch ich wende mich ab.

»Was ist?«, fragt er.

»Gehen wir zurück?«

Fröstelnd ziehe ich mir die Ärmel von James' Kapuzenshirt über die Hände. Er hat es mir gegeben, als er mitbekommen hat, dass ich friere, und nicht mehr den Versuch unternommen, mich in den Arm zu nehmen. Seit wir von der Wiese vor dem Eiffelturm aufgestanden sind, haben wir kein Wort mehr miteinander gesprochen.

Jetzt stehen wir vor der Jugendherberge, und ich zupfe an dem Kapuzenshirt herum.

»Du kannst es mir morgen wiedergeben.« James sieht ungewohnt ratlos aus. »Wenn du morgen noch da bist?«

»Vielleicht.«

Ich weiß, dass es richtig ist, was ich hier tue, aber es ist schwerer, als ich erwartet habe. Ihn mir jetzt in diesem Moment auf der Bühne vorzustellen, ist so ungefähr das Dümmste, was ich habe tun können, und hilflos hebe ich eine Hand. »Ich bin … ich dachte … ich glaube, das funktioniert einfach nicht.«

»Hey.« Jetzt legt er doch seine Arme um mich, und obwohl es so kühl geworden ist, fühlt sich seine Haut warm an. »Ist ja okay.« Er lässt mich wieder los, und ich bin gleichzeitig erleichtert und voller Sehnsucht. James tritt einige Schritte zurück. In dieser Sekunde möchte ich am liebsten ein Foto von ihm machen.

»Bis morgen dann. Vielleicht.«

Ich sehe ihm nach, bis er verschwunden ist.

Und noch ein bisschen länger.

In meinem Zimmer lasse ich mich quer auf das Bett fallen, ohne das Licht einzuschalten. Es ist kurz vor Mitternacht, ich drehe mich auf den Rücken und sehe zum Fenster, durch das die Straßenlaternen von draußen ein blasses Leuchten schicken. Im Gang vor meiner Zimmertür sind Stimmen zu hören. Eine Frau und ein Mann unterhalten sich auf Französisch, sie lacht, dann werden die Stimmen leiser, und alles ist wieder still.

Ich könnte jetzt einfach einschlafen. Morgen zum *Zénith* laufen. James wiedersehen.

Das Heulen einer Sirene kommt rasch näher. Einen Augenblick lang ist das Zimmer in blitzendes Blau getaucht.

Aber warum sollte ich das noch einmal tun?

Der Abschied eben war schwer genug.

Mein Rucksack liegt neben dem Bett, ich taste danach, meine Finger fahren über den abgeschabten, harten Teppich, bevor ich ihn zu fassen bekomme. Das Handy steckt ganz unten.

Lieber Jako.

Lange Minuten starre ich auf die Buchstaben.

Ich weiß nicht, ob ich in den letzten Tagen immer alles richtig gemacht habe. Wahrscheinlich nicht.

Delete.

Noch einmal.

Ich denke gerade an dich.

Delete.

Seufzend lasse ich das Telefon für einen Moment auf meinen Bauch sinken. Eine Tür wird zugeworfen, einige Sekunden lang hängt der Knall noch in der Luft.

Also gut, neuer Versuch.

Können wir uns sehen, wenn ich wieder in Frankfurt bin?

Schwach schimmert das Display im dunklen Zimmer. Senden.

Dann stehe ich auf. James bekommt jetzt sein Shirt zurück. Und ich werde ihm sagen, warum ich morgen nicht zu dem Konzert kommen will. Nur fair.

Die Straße führt an einem Kanal entlang bis zum *Parc de la Vilette.* Hier ist noch jede Menge los, die meisten Leute kommen vermutlich gerade aus dem Konzert. Mein Herz klopft bis zum Hals, als ich beim *Zénith* ankomme, und ich höre Jakos Stimme in meinem Kopf. Das ist auch eine Art Entscheidung. Eigentlich hatte ich in den letzten Tagen selten das Gefühl, etwas entschieden zu haben. Die meisten Dinge sind einfach passiert. Jetzt allerdings habe ich eine Entscheidung getroffen.

Lautlos schließen sich die Glastüren in meinem Rücken. Die hohe Vorhalle ist hell erleuchtet, doch bis auf vereinzelte Grüppchen nahezu leer. Aus dem Innenraum dringen Stimmen und Geräusche, und ich werfe einen Blick hinein. Mehrere Roadies sind noch mit dem Abbau beschäftigt, James kann ich nicht entdecken, und auch vom Rest der Band scheint keiner hier zu sein.

Am Merchandise-Stand stapeln ein paar Typen T-Shirts und anderes Zeug in Kartons, einer von ihnen hält mich auf, als ich die Treppe nach oben laufen will, und ich zerre meinen Backstageausweis unter James' Kapuzenshirt hervor. Oben sehe ich mich um. Rechts geht es zu den Logenplätzen, aber dort wird er sich kaum aufhalten. Stattdessen gehe ich geradeaus weiter und halte den Erstbesten, der mir entgegenkommt, am Ärmel fest. »Wo sind die Räume der Bands?«

Der Typ mustert mich einmal von oben bis unten. »Diese Richtung.«

Er ruft mir noch irgendetwas hinterher, aber ich achte nicht darauf, während ich den Gang entlangrenne. Hoffentlich erwische ich ihn alleine. Hoffentlich fang ich nicht an zu stottern. Hoffentlich – abrupt bremse ich ab. Davie ist aus einem Zimmer getreten, Arm in Arm mit irgendeiner Rothaarigen. Sie bemerken mich erst, als ich bei ihnen bin und die Tür weiter aufreiße, um in den Raum hineinsehen zu können.

Gavin und Ewan hängen auf einem Sofa herum, halb auf Ewans Schoß sitzt eine lachende Frau, die mir bekannt vorkommt. Weiter hinten im Raum steht James. Vor ihm an der

Wand lehnt dieses langhaarige Mädchen von heute Nachmittag, und keiner der beiden bemerkt mich, weil es nämlich schwierig ist, jemanden zu bemerken, wenn man dabei ist, sich gegenseitig abzuknutschen. Ihre Hände liegen auf seinem Hintern und wo seine Hände sind – egal.

Ich drehe mich um und stürze den Gang entlang zurück.

Dämlich, dämlich, dämlich, dämlich, hallt es in meinem Schädel, ich bin so verdammt unfassbar bescheuert dämlich!

Mit der Schulter drücke ich bereits eine der Glastüren nach außen, bevor jemand mich heftig zurückreißt.

»Es tut mir leid.«

Ich schüttele nur den Kopf, dann lasse ich es zu, dass Gavin mich an sich zieht. Auf keinen Fall, auf gar keinen Fall werde ich jetzt losheulen.

Gavin sagt nichts, und ich bin ihm dankbar dafür. Er steht einfach da und hält mich fest, und als ich mich nach einigen Minuten aus seinem Arm löse, habe ich das Gefühl, wieder ansatzweise normal atmen zu können.

»Bist du in Ordnung?« Auf mein Nicken hin fügt er hinzu: »Wo willst du jetzt hin?«

»Zur Jugendherberge hier um die Ecke.«

»Ich bring dich.«

Schweigend laufen wir nebeneinander her, bis wir die Herberge erreichen und ich mir das Kapuzenshirt über den Kopf ziehe.

»Sag einfach gar nichts, okay?«, bitte ich Gavin, und einer seiner Mundwinkel zieht sich leicht nach oben.

»*Bye.*«

Ich warte nicht, bis er gegangen ist.

In meinem Zimmer sitze ich ziemlich lange auf dem Bett und starre auf mein Handy. Jako hat zurückgeschrieben.

Im Moment besser nicht.

Ab und an ist kaum wahrnehmbar das Motorengeräusch vorbeifahrender Autos zu hören; es stört nicht beim Nachdenken.

ZWANZIG

Am nächsten Morgen um Viertel nach sieben sitze ich bereits im Zug, bevor ich Juli aus dem Schlaf reiße.

»Hey, wieso bist du so früh wach?«, nuschelt sie.

»Ich fahr gerade zurück.«

»Zurück? Zurück nach Frankfurt? Wieso das denn?«

»Weil ...« Eigentlich habe ich Juli von dem gestrigen Abend erzählen wollen, aber jetzt klingt meine Stimme unnatürlich laut im Abteil. »Bist du später zu Hause?«

»Glaub schon. Wann kommst du in Frankfurt an?«

»Gegen halb zwölf. Ich melde mich, okay?«

Um diese Uhrzeit hält sich Julis Neugier offenbar noch in Grenzen, sie fragt nicht weiter, und nachdem unser Gespräch beendet ist, rufe ich YouTube auf. Graue Jeans, Bikerstiefel. Ein weißes Shirt mit Totenkopf. Und er singt genau so scharf und aggressiv wie immer. Ich klicke das Video wieder weg und öffne meine Nachrichten. Eine Ewigkeit lang starre ich auf Jakos letzten Satz und zerbreche mir den Kopf darüber, was ich ihm darauf antworten soll.

Das Handy gibt einen Summton von sich, und ich tippe auf das Display.

I'm an idiot.

Nicht nur du, denke ich, nicht nur du.

Wenn es um mich herum Leute gibt, die bemerken, dass meine Nase nicht etwa läuft, weil ich so erkältet wäre, lässt es sich zumindest niemand anmerken.

Als der Zug am Frankfurter Hauptbahnhof einfährt, steht meine Mutter schon am Ende des Bahnsteigs. Sie hat nicht zurückgeschrieben, aber meine Nachricht, die ich ihr noch in Paris geschrieben habe, offenbar gelesen. Auch wenn ich sie nicht darum gebeten hatte, mich abzuholen, lasse ich mich jetzt dankbar von ihr in den Arm nehmen.

»Und, wie war's?«

»Okay.«

»Magst du davon erzählen?«

»Vielleicht später.«

Ich weiß es wirklich zu würdigen, dass sie auf der Fahrt nach Hause keinerlei Anstalten macht, mich auszufragen.

In meinem Zimmer lasse ich mich so, wie ich bin, auf mein Bett fallen, ziehe die Decke halb über mich und schlafe sofort ein.

Es ist das hartnäckige Klingeln meines Handys, das mich wieder in die Gegenwart zurückholt. Zerknautscht werfe ich einen Blick darauf. Juli.

»Hi.«

»Hi! Schläfst du etwa?«

»Mhm. Eigentlich schon.«

»Dann hör jetzt auf damit! Wie geht's dir? Wie war's also in Paris?«

»Ist mir schon besser gegangen.«

»Wieso das? War es nicht gut?«

»Ich bin mitten in der Nacht von der Jugendherberge noch mal zum *Zénith*, weil ich James sein Shirt zurückgeben wollte ...«

Einen Satz später atmet Juli scharf ein.

»Das hat er nicht wirklich! So ein Arsch!«

Ihre Reaktion überfordert mich. Es ist ja gar nicht die Tatsache, dass James sich letztlich genau so verhalten hat, wie es mir jeder prophezeite. Oder jedenfalls nicht in erster Linie.

Juli hält inne damit, James die Pest an den Hals zu wünschen. »Warum wolltest du ihm eigentlich das Shirt unbedingt zurückgeben?«

Ich zucke nur mit den Schultern, und als habe Juli diese Bewegung gesehen, sagt sie: »Oh.« Einige Sekunden später fügt sie hinzu: »Okay, dann ... was hältst du davon, heute Abend mit ins *Cave* zu kommen? Da kannst du mir alles noch mal genauer erzählen und ablenken wird es dich auch.«

Zögernd richte ich mich auf. »Jako wird auch da sein, oder?«

Am anderen Ende bleibt es kurz still. »Ja, klar«, kommt es ein wenig gedehnt.

Ich warte. »Juli?«, frage ich schließlich.

»Er war am Freitag mit Lea da.«

Langsam lasse ich den Kopf wieder auf mein Kissen sinken. »Das schaff' ich heute nicht, glaube ich.«

»Katinka, sie kamen nur gemeinsam. Levin sagt, sie sind nicht zusammen oder so. Überleg's dir noch mal.«

Schon klar.

Später werfe ich meine Sachen in die Wäsche, dusche und räume anschließend meinen Schreibtisch auf. Ich werfe alte Zettel zum Altpapier und suche mir das Zeug zusammen, das ich für ein Interview in zwei Tagen brauche. Danach bin ich immer noch so in Schwung, dass ich mein Mailpostfach durchgehe und es so konsequent ausdünne, dass sich die Anzahl der verbleibenden Mails erstmals seit Monaten wieder im zweistelligen Bereich befindet. Als ich damit fertig bin, beginne ich, das Interview mit Keep on Dreaming in den Rechner zu tippen. Es ist ein seltsames Gefühl, James' Stimme zu hören, und ich bin erleichtert, als ich knappe zwei Stunden später damit fertig bin. Direkt im Anschluss gehe ich die Bilder durch, die Jako mir bereits vor einigen Tagen gemailt hat, und setze den ganzen Eintrag auf unseren Blog.

Vielleicht sollte ich Jako zurückschreiben, dass die Bilder gut geworden sind?

Neben mir vibriert das Handy.

»Und? Hast du noch mal darüber nachgedacht?«, fragt Juli.

»Hab ich ... ich lass das heute besser mit dem *Cave.*«

»Ach, Katinka.« Juli klingt mitleidig, und ich weiß gerade gar nicht, ob ich das schrecklich finden soll oder nicht. »Ruf Jako doch einfach mal an.«

»Das will er im Moment wohl eher nicht.«

»Hat er das gesagt?«

»Er hat's geschrieben. Heute mach ich einfach gar nix mehr, sondern geh früh ins Bett.«

»Soll ich vorbeikommen?«

»Musst du nicht.«

»Ja, klar muss ich nicht, aber soll ich?«

Unschlüssig fahre ich mit der Hand über meinen fast leeren Schreibtisch, schiebe mit dem Finger langsam einen Bleistift quer über die Schreibunterlage. »Wie du willst.«

»Ich bin gleich da.«

Es ist bereits nach zehn, als ich Juli alles erzählt habe, was seit Freitag passiert ist. Wir liegen gemeinsam in meinem Bett, und sie sieht nachdenklich aus. Die Sache mit James macht ihr zu schaffen.

»Er ist wirklich ein Idiot.«

»Da seid ihr euch ja zumindest einig.«

Juli kichert, und ich grinse schwach. »Er ist eben einfach auch … normal. Glaube ich. Erst das mit der Dose …«

»Und dann lässt nicht mal du ihn ran.«

»So hätte ich das jetzt vielleicht nicht ausgedrückt.«

Juli tastet nach meiner Hand und drückt sie. »Und Jako hat sich gar nicht mehr gemeldet?«

»Nein, seit seiner Nachricht nicht mehr.«

»Bereust du, dass du nach Paris gefahren bist?«

Die Sekunden verstreichen, bevor ich schließlich erwidere: »Nein.«

»Nein?«

Hilflos zucke ich mit den Schultern. »Ich wünschte, ich hätte das Gefühl, das ich jetzt habe, schon am Freitag gehabt. Aber da wusste ich irgendwie nur, dass ich Jako … also, dass ich das mit Jako … ich wusste, was mir Jako bedeutet«, versuche ich es erneut. »Aber James war deshalb nicht plötzlich abgehakt.« Es ist mir wichtig, dass zumindest Juli mich nicht dafür verurteilt, und erleichtert atme ich aus, als sie nickt.

»Versteh ich«, sagt sie. »Als er so aus diesem Sportwagen ausstieg … ich meine, ich bin mit Levin zusammen, und du weißt, dass er mir wirklich wichtig ist, aber als er so aus diesem Sportwagen ausstieg und dabei so verdammt unglaublich gut aussah …«

Ich muss lachen, und Juli boxt mich in die Seite. »Ein Wort davon zu Levin, und ich spring dir ins Gesicht«, sagt sie, bevor sie ebenfalls lachen muss.

Eng aneinandergeschmiegt, schlafen wir irgendwann ein.

Jako meldet sich auch am nächsten Tag nicht, und da Juli mit Levin unterwegs ist, dümpele ich den halben Vormittag gelangweilt im Haus rum, bevor mir die Idee kommt, einzukaufen und für Tom, meine Mutter und mich zu kochen.

Ich habe noch nie richtig gekocht, aber erstens kann ein simples Abendessen ja wohl nicht so schwer sein, und zweitens glaube ich, dass es das Mindeste ist, was ich meiner Mutter schulde.

Nachdem ich mich durch unzählige Rezepte geklickt habe, entscheide ich mich für Salat und Curry, und verbringe eine geschlagene Stunde im Supermarkt auf der Suche nach Ingwer, Kokosmilch und so vielen Gewürzen, wie ich sie ganz bestimmt noch nie in einem einzigen Gericht gegessen habe.

Das Curry gerät sehr scharf, schmeckt aber trotzdem lecker. Tom verzieht sich irgendwann vollgefressen auf sein Zimmer, meine Mutter und ich sitzen jedoch noch eine Weile vor den leeren Tellern, und ich rücke endlich mit Berlin raus. Sie benötigt ein ganzes Glas Wein, um diesen Schock zu verdauen.

»In einem Tourbus! Allein! Katinka, das hätte ich nun wirklich nicht von dir erwartet.«

Ich bemühe mich, nicht allzu genervt zu gucken. Immerhin war ich von mir selbst auch ziemlich entsetzt, als ich morgens in dieser Koje aufgewacht bin, also muss ich meiner Mutter wohl zumindest ein paar fassungslose Ausrufe zugestehen. »Spar dir alles dazu, okay?«, bitte ich sie trotzdem. »Ich weiß selbst, was man dazu sagen könnte.«

Sie spart sich zumindest das meiste, und als ich später die Treppe zu meinem Zimmer hochgehe, bin ich zum ersten

Mal seit Wochen nicht gereizt, wenn ich an sie denke. Auch mal wieder angenehm.

Im Bett schreibe ich eine Nachricht an Jako.

Ich weiß, du bist sauer auf mich, aber ich würde dich trotzdem gerne sehen.

Ich schicke sie nicht ab.

So etwas will er bestimmt nicht lesen.

Das Interview am Dienstag ziehe ich mit Finn durch. Alles läuft glatt, bis auf einen Moment, in dem einer der beiden Bandtypen auf meine Frage nach einem bestimmten Song auf ihrem neuen Album antwortet: »Den haben wir eigentlich nur aufgenommen, um Weiber abzugreifen.« Selbstgefällig grinst er mich an. Ich stelle die nächste Frage, und was auch immer an meinem Gesichtsausdruck sich verändert haben mag, weitere blöde Sprüche reißt er nicht mehr.

Am nächsten Abend gehe ich mit Juli und Levin ins Kino, und auf dem Nachhauseweg frage ich mich, ob das jetzt die ganzen Sommerferien so weitergehen wird. Juli und ich. Juli und Levin und ich. Und was macht Jako in der Zeit? Sich mit Lea treffen, vermutlich.

Freitagvormittag fasse ich mir endlich ein Herz. Natürlich hat er geschrieben, dass er mich nicht sehen will, aber ich will ihn jetzt sehen. Zumindest muss ich herausfinden, wie zwischen uns genau der Stand der Dinge ist, bevor ich ihm das nächste Mal über den Weg laufe. Und vielleicht will ich das mit James doch noch mal irgendwie erklären, es zumindest versuchen, auch wenn ich nicht weiß, wie.

Für einen Moment bohren sich meine Fingernägel in meine Handflächen, als ich vor seiner Haustür stehe, dann drücke ich auf den Klingelknopf. Einige Sekunden später öffnet sich die Tür, und Jakos überraschtes Gesicht zeigt deutlich, dass er mit mir ganz bestimmt nicht gerechnet hat.

»Hi.«

»Hey.« Er lehnt sich in den Türrahmen.

»Sind wir noch miteinander befreundet?«

Ich mustere meine Turnschuhe. Großartig. Behutsames Herantasten war ja schon immer eine meiner Stärken. Unsicher schiebe ich die Hände in die Jeans und sehe wieder zu Jako auf. Seinen Gesichtsausdruck kann ich nicht einordnen. Besonders erfreut sieht er nicht aus.

»Ob wir noch befreundet sind?« Er zögert. »Klar. Ja, ich denke doch, dass wir noch befreundet sind.«

»Mhm.«

Jakos Shirt ist einfach nur grau, keine Totenköpfe oder so.

»Und *Listen Up!?*«, frage ich.

»Listen Up!?«

Eine Pause entsteht. Er hat die Arme vor der Brust verschränkt, und langsam macht mich sein Schweigen nervös. »Ich denke, ich zieh mich da jetzt erst mal für eine Weile raus.«

»Okay.« Ich beiße mir auf die Unterlippe. Im Moment habe ich nicht das Gefühl, dass es hier noch was zu erklären gibt. »Heute Abend komme ich vermutlich auch ins *Cave*«, sage ich und bereue es sofort. Das klingt, als würde ich ihn vorwarnen wollen.

»Gut.«

Einen Augenblick lang stehen wir wortlos voreinander.

»Es war wichtig, nach Paris zu fahren. Auch, wenn du es nicht verstehst.«

Jako sieht mich nur an, und mir fällt nichts mehr ein, was ich jetzt noch sagen oder tun könnte. Kurz ziehe ich die Mundwinkel hoch, dann gebe ich es auf und drehe mich um.

»Ich hab nie mit Lea rumgeknutscht.«

Bis gerade eben stand Jako noch gegen den Türrahmen gelehnt, doch jetzt stößt er sich mit einem Ruck ab und geht auf mich zu. Seine Hände umfassen meine Schultern, und er neigt den Kopf zu mir herunter.

»Vielleicht hat es so ausgesehen«, sagt er leise, und ich stelle das Atmen ein, um ihn besser zu verstehen. »Und sie hätte auch sicher nichts dagegen gehabt.«

Würde ich meine Hände heben und ihm durch die Haare fahren, sähen wir genauso aus, wie Jako und Lea damals auf der Tanzfläche.

Langsam lässt Jako die Arme wieder sinken. »Wenn ich gewusst hätte, wie das auf dich gewirkt hat …« Er bricht ab, sein Blick verfinstert sich. Dann schüttelt er den Kopf.

»Vielleicht bis heute Abend.« Zögernd geht er ein paar Schritte rückwärts und schließt lautlos die Tür.

Letztlich ist es Juli, die mich davon überzeugt, an diesem Abend tatsächlich ins *Cave* zu gehen.

»Was willst du jetzt zu Hause? Du hängst da nur rum, und am Ende rufst du noch McMillan an.«

Ich verziehe das Gesicht. »Sehr witzig.«

»Komm schon, Katinka. Du wolltest die Dinge klären, und das hast du getan. Jako kriegt sich auch wieder ein. Ich glaube wirklich nicht, dass er ernsthaft etwas von Lea will«, fügt sie hinzu. »Die ist in den letzten Tagen nicht klüger geworden, weißt du.«

Im *Cave* allerdings bereue ich es bereits nach wenigen Minuten, hier aufgetaucht zu sein. Levin und Jako sind da, und Lea auch. Juli drückt meine Hand, bevor sie sich neben Levin setzt und mich mit sich ziehen will. Lea strahlt mich an, als sie mich entdeckt, während Jako nur kurz hochblickt und mir knapp zulächelt.

»Ich besorge etwas zu trinken«, murmele ich und ergreife die Flucht.

An der Theke nehme ich mir vor, mich ab sofort völlig normal und entspannt zu benehmen, vergesse diesen Vorsatz aber wieder, sobald ich unseren Tisch erreiche. Lea dabei zuzusehen, wie sie jede sich bietende Gelegenheit ergreift, um Jako zu berühren, macht mich wahnsinnig. Jetzt beugt sie sich vor, um ihm durch die Haare zu fahren. Jako weicht zurück, doch er legt dabei seine Hand auf ihren Arm, und ich wende mich ab.

Ich glaube, ich will jetzt nach Hause.

Juli schubst mich in die Seite. »Lass mich mal raus«, sagt sie, »ich muss zum Klo.«

»Ich komm mit.«

Während Juli in der Kabine ist, stütze ich mich vor den Waschbecken ab und betrachte mein Spiegelbild. Sieh's einfach ein. Du hast es vermasselt. Vielleicht ist nur Freunde sein ja auch ganz okay. Wir waren doch immer nur Freunde.

Juli stellt sich neben mich und sieht ebenfalls in den Spiegel, während sie ihre Hände wäscht. »Alles in Ordnung?«

»Nicht wirklich. Ich verzieh mich.«

Sie seufzt nur und unternimmt gar nicht erst den Versuch, mich überreden zu wollen, doch noch zu bleiben. Hintereinander laufen wir bis zu unserem Tisch zurück, bevor ein neuer Song aus den Boxen zu hören ist. Ich erkenne die ersten Takte und greife nach Julis Arm. »Warte mal eben.«

Jetzt bloß nicht darüber nachdenken. Versuch es einfach. Mehr als Nein sagen kann er ja nicht. Fast überlege ich es mir trotzdem anders, weil Jako mich nicht einmal zu bemerken scheint, als ich schon direkt neben ihm stehe.

»Magst du tanzen?«

Nur Lea guckt überrascht zu mir hoch. Erst nach gefühlten Ewigkeiten lächelt Jako mich endlich an, sein ganz normales Jako-Lächeln, nicht dieses höfliche, neue. Mir fällt ein Stein vom Herzen, so groß, dass ich erst jetzt bemerke, wie wenig Luft ich bis zu diesem Augenblick bekommen habe.

»Sorry«, sagt er im Aufstehen zu Lea. Gott sei Dank sagt er es zu Lea und nicht zu mir.

Auf der Tanzfläche lege ich vorsichtig meine Hände auf Jakos Brust. Irgendetwas sollte ich jetzt vermutlich sagen. Eine Entschuldigung oder eine Erklärung, eine bessere als die, die ich ihm vor seiner Haustür geliefert habe.

Er zieht mich an sich, und ich lasse meine Stirn gegen seine Schulter sinken. Später.

Walking in the streets
Nothing more to do
I want to hear you say
I belong to you

Jako atmet tief ein. Seine Hände wandern meinen Rücken hinauf, kleine Küsse ziehen sich meinen Scheitel entlang.

Wasted time, days gone by
Don't want to hear 'bout this
I miss you more than I could say
Dying for your kiss

Ich stelle mich auf die Zehenspitzen, und als seine Lippen meine berühren, gleite ich mit den Fingern durch seine weichen Haare im Nacken.

»Gute Idee«, flüstere ich.

ENDE

ES WAR EINMAL ALEPPO

Jennifer Benkau

506 Seiten
Klappbroschur

14,90 €
ISBN 978-3-95869-277-0

Als E-Book auf Amazon erhältlich!

Es ist wie ein Schlag ins Gesicht. Antonia kommt mit ihrer ganzen Familie aus dem Urlaub, und plötzlich leben mehrere hundert Flüchtlinge nebenan.
Klar - irgendwo müssen sie unterkommen. Aber ausgerechnet hier?
Doch dann trifft Toni auf Shirvan. Und mit jeder skeptischen Frage, die sie ihm stellt, wird die Sache verzwickter.

WENN ICH DICH NICHT ERFUNDEN HÄTTE

Julia Dibbern

ca. 300 Seiten
Klappbroschur

12,90 €
ISBN 978-3-95869-279-4

Als E-Book auf Amazon erhältlich!

Erscheint im Januar 2017.

Alles davor ließ sich irgendwie noch logisch erklären – aber das hier?! Konnte man wirklich einen Menschen … erschaffen? Einfach dadurch, dass man sich ihn ausdachte? Und der lief dann quicklebendig durch die Gegend?

Seit sie sich erinnern kann, schreibt Leo Geschichten.
Eines Tages steht der Junge vor ihr, den sie sich wieder und wieder ausgedacht hat. Seelenverwandtschaft, ganz klar. Nur leider hat sie beim Erfinden ein paar Kleinigkeiten übersehen.

HERZ ÜBER BOARD: MEIN SOMMER MIT JONAH

Sina Müller

ca. 380 Seiten
Paperback

12,90 €
ISBN 978-3-95869-198-8

Auch als E-Book erhältlich!

Kann ein Sommer dein Leben verändern?

Lin hofft genau das, als sie von ihrem Freund betrogen wird und deshalb nach Sardinien flüchtet. Als Animateurin will sie alles vergessen - vor allem Männer. Bis sie Jonah kennenlernt und sich in ihn verliebt. Während ihm sein Ruf als Aufreißer vorauseilt, lernt Lin eine ganz andere Seite an ihm kennen. Hin und hergerissen zwischen ihrer Angst, erneut verletzt zu werden und der Hoffnung auf den Sommer ihres Lebens, stellt sie sich die alles entscheidende Frage: Kann sie ihm tatsächlich vertrauen?

Band 2 der Dilogie, „Mein Winter mit Lin“, erscheint 2017.